Niente caffè per Spinoza

Capitolo primo

Un caso fresco fresco

Ad agosto fa caldo anche a Livorno, che è ventosa quando pare a lei.

Alle tre del pomeriggio in via Cecconi, con trentadue gradi e il cielo coperto, c'era una cappa d'afa. In giro, solo qualche motorino vecchio e senza marmitta: ragazzini con il casco sganciato e in canottiera che vanno a fare i tuffi dagli scogli, sempre che non finiscano prima la benzina o quello che ficcano nel serbatoio.

Io al mare non ci andavo, ero davanti al cancello delle Acli, in anticipo come al solito, ad aspettare la Bianchetti per i colloqui.

La Bianchetti era una specie di balia abbastanza agghindata che era riuscita a piazzare un bel po' di gente grazie alla sua passione per il volontariato. Una santa donna, un tantino carica di fronzoli, ma santa comunque.

Via via arrivavano un po' di moldave, rumene, ucraine, domenicane o giú di lí. Si guardavano intorno perplesse e poi se ne andavano.

Cosí, quando la Bianchetti arrivò e aprí il portone di sinistra, eravamo rimaste in poche. Forse le piú tenaci, oppure quelle messe peggio.

All'interno del cortile, accanto a una palma polverosa, c'era un doppio ingresso, libero a destra, ma con una bella fila a sinistra.

A destra c'era scritto CERCASI, a sinistra OFFRESI.

Io stavo a sinistra, a sorbirmi la solita fila, quando

dall'altra porta uscí di corsa una giovane donna in jeans e maglietta sdrucita. Ci guardò senza vederci e andò a infilarsi nell'unica macchina parcheggiata storta, e per di piú sul passo carrabile.

– Baroncini! – si mise a gracchiare qualcuno.

Mi avvicinai, ma la Bianchetti non dava cenni di voler tirare fuori la testa dai raccoglitori.

– Baroncini, ci sarebbe qualcosa per te se vai di là dalla Tania, – si decise a chiarire da dentro il cassetto.

La Tania era una peggio della Bianchetti perché voleva fare la simpatica a tutti i costi, ma quando si cerca lavoro è meglio non sentirsi fare troppi discorsi.

– Baroncini, bella, come va in famiglia?

A Livorno si usa dire «bella» a chiunque abbia meno di sessant'anni, una forma di ottimismo causata dall'abbondanza di iodio.

E come vuoi che vada, pensavo, se sono qui bene non va. Tanto per cominciare ho perso il lavoro. Poi ho quasi quarant'anni e un marito che mi parla col contagocce. Ma non lo dissi e mi limitai ad alzare le spalle, tanto la Tania aveva già capito.

– Non mi ricordo, te hai bambini? – chiese. – La scheda tua non la trovo.

Non doveva essere molto fisionomista.

– No –. Però mi sono pentita subito della risposta. Magari s'inteneriva di piú con le ragazze madri.

– Comunque ho lo sfratto, – ho aggiunto, come si fosse trattato di un familiare a carico. Mentivo, ma non del tutto.

Annuí. – Forse ho qualcosina per te che sei italiana… un caso un po' particolare che mi è entrato proprio ora fresco fresco. Con questi bollori ci vorrebbe, eh?

Eh, ti pareva che non facesse le battute.

– Guarda, è appena andata via una signora, – continuò, e a me venne subito in mente quella specie di furia appena uscita, – che ha il padre anziano da solo, un tipo esigente da quanto ho capito, un po' difficile.

Tanto, peggio di quello che ho sposato sarà impossibile, pensai.

– Questo signore abita da solo, ma da settembre ha bisogno di una persona che vada tutti i giorni...

– Per me va bene. E ha anche bisogno la notte? – Sarebbe stata una fortuna.

– No, di notte si organizza benissimo.

Peccato.

– Il signore, a quanto mi dice la figlia, è... – si capiva che cercava le parole. – Dice la figlia che non ci vede...

– Non vedente, quindi.

– Già, e gradirebbe qualcuno che sapesse leggere, per questo credo che tu sia adatta.

Non pareva a proprio agio, si sventolava con il disco orario cavato fuori dal borsone, e le scivolavano dal naso gli occhiali a mezzaluna del supermercato.

– Leggere so leggere, ma cosa vuole che si legga?

– Mah, non so, la figlia ha detto... qui ho proprio segnato in stampatello... che la lettura è una cosa importante per lui –. Era evidente che la faccenda si discostava dal protocollo, o comunque dal protocollo della Tania.

– Ma... – balbettai, – e tutto il resto? Intendo la casa, le faccende, la spesa e cucinare?

– Non è la cosa principale, cosí mi ha ribadito la figlia. Ad ogni modo dovete fare un periodo di prova: se cominci da subito magari fai un rodaggio e capisci anche cosa vogliono. D'altra parte, se non c'era questo particolare della lettura non avrei saputo cosa proporti, prima di te ho una sfilza di ucraine che non finisce piú.

Mi guardò per vedere come reagivo.

– Per me va bene, – risposi senza pensarci un secondo.

– Allora avviso la figlia e le do il tuo numero di cellulare, cosí vi mettete d'accordo. Non c'è tempo da perdere, questa signora ha fretta, deve partire...

Sí, doveva essere proprio quella di prima.

La Tania tirò un sospiro di sollievo. Se andava bene poteva aggiungere un fiocchetto alla bacheca di «preghiere esaudite», dove di fiocchetti ce n'erano pochi.

Erano almeno quattro mesi che aspettavo una proposta migliore del volantinaggio, mi stava venendo l'ansia.

Quando richiusi la portiera della mia vecchia Panda rimasta sotto la canicola afosa (ma parcheggiata bene), ebbi la sensazione netta che quell'alito estivo pesante facesse parte della congiura del momento. O che comunque la rappresentasse a meraviglia.

Non riuscivo a capire come avessi fatto ad arrivare a quel punto. Quando avevo perso il mio lavoro nello studio medico non mi ero preoccupata piú di tanto. Mio marito guadagnava abbastanza per entrambi, potevo stare tranquilla, e aspettare che le cose girassero meglio. O comunque cosí credevo. La verità era che il mio matrimonio stava in piedi come una capannuccia fatta con gli stuzzicadenti già da prima, ma io non mi ero accorta della velocità con cui perdeva i pezzi, nemmeno quando lui tornava la sera a cena e accendeva la tv a tutto volume, pur di non dover chiacchierare con me.

D'un tratto m'ero ritrovata a chiedergli i soldi per la schiacciata o per la ricarica del telefono, e da lí a fare la fila per un posto di badante il passo è breve.

Adesso però si trattava di accudire qualcuno e chissà se era stata la scelta giusta. Quell'uomo avrebbe avuto bisogno di me e la cosa, sinceramente, mi terrorizzava.

Sarei stata capace di essere i suoi occhi, di non farlo sentire un ingombro?

Intanto avevo tirato giú i finestrini a manovella della vecchia Panda, e senza pensarci andavo verso il mare. Magari sulla terrazza Mascagni si respirava un po' meglio che in via Cecconi. Non che via Cecconi sia brutta, però non mi conciliava l'ottimismo. Almeno su viale Italia le palme sono contente di fare le palme. Belle alte, dritte e strapazzate dai venti. Poi davanti al mare le cose s'illuminano, prendono vita, hanno dei bei colori, e succede anche ai pensieri.

Ero molto preoccupata, sí, e anche poco convinta, ma una punta di vago entusiasmo si affacciava là sotto i dubbi. Era pur sempre un lavoro. L'aria di mare aveva smosso un po' di natura morta già entrando dal finestrino, e lasciava intravedere qualcosa di luccicante.

Mollai la macchina in un buco trovato per miracolo in piazzetta Modigliani e sbirciai le sagome dei bagnanti che saltavano come ranocchie nell'acqua dei bagni Pancaldi, in controluce. Il muretto di marmo scottava. E intanto le congetture facevano groppo: chissà se mi avrebbe telefonato la figlia, chissà perché lasciava il padre da solo. Chissà se questo signore sarebbe stato insopportabile o incontentabile, o noiosissimo. Chissà dove abitava. Forse a casa sua non c'era posto per parcheggiare.

Di lí a un'ora mi suonò il cellulare.

– È lei Maria Vittoria Baroncini? Ho avuto il suo numero dalla Tania delle Acli. Viene domani pomeriggio?

Detto fatto, pensai. Questa andava per le corte in tutti i sensi.

– Domani alle 16.30 le va bene? Via degli Ebrei 39.

Dissi di sí, e lei riagganciò, ancora prima di aver finito la frase «Allora l'aspetto».

Pensai che è come quando stai sulla battigia col mare mosso e arriva l'ondata lunga. Ti tira giú quel tanto che basta per riempirti di sabbia. Comunque è sabbia. Solo sabbia.

Capitolo secondo

Al largo senza ciambella

Il giorno dopo era venuto il libeccio, quello che porta via la cappa d'umido, e dài dài sposta le nuvole. Io mi ero svegliata all'alba dopo quattro ore di sonno, frastornata dal vento che sibilava forte e inchiodata ai miei crucci.

Erano mesi che capitava. Appena aprivo gli occhi la mente andava lí, a una ferita. Non era solo delusione e incertezza sul da farsi, era amor proprio. Quella mattina però, anche se mi ritrovai da sola nel letto come succedeva da tempo, decisi di non ricamarci.

Col libeccio che soffiava, e il cane della suocera da portar fuori, non avevo tempo per il risentimento.

Arrivai al numero 39 di via degli Ebrei in anticipo, per avere il tempo di parcheggiare. Non era per niente facile trovare un buco, e feci un bel numero di giri dell'isolato, abbastanza per rendermi conto che il Fabbricotti era un quartiere tranquillo e molto residenziale, con due o tre bar, qualche tabaccaio e alcune botteghe fornite poco di tutto.

Non lo bazzicavo spesso, perché io stavo un po' in collina, nella villetta vecchiotta di mia suocera costruita in un posto che, a giudicare dalla manutenzione della strada, era semisconosciuto all'amministrazione locale. Però di certo panoramico. Il condominio di via degli Ebrei non era grande, un edificio degli anni Cinquanta con una siepe davanti piuttosto incolta, un'esplosione di pitosforo con manie di grandezza.

Mi ero vestita bene, con una camicetta a fiori abbastanza scenica in cui crepavo di caldo perché le cose carine troppo a buon mercato sono tragicamente sintetiche, e una gonna al ginocchio sicuramente comoda, da «governante». Mi ero perfino pitturata le unghie delle mani di un bel rosso fuoco. A ripensarci era una scelta che non aveva molto senso, però volevo fare una buona impressione, anche se non sapevo in che modo.

Cominciai ad aggirarmi attorno a quel pitosforo alto quasi come me, e mi avvicinai al citofono per leggere i cognomi. Improvvisamente mi era sorto il dubbio di non saper piú leggere.

Eccolo: era proprio il primo in alto.

Stavo per schiacciare il pulsante quando qualcuno aprí il portone dall'interno. Il vento e la corrente che si levò mi fecero svolazzare la gonna come il bordo degli ombrelloni, tanto che la comare che mi comparve davanti si mise a ridere. Poi, studiandomi per qualche secondo da dietro i suoi occhiali da miope, s'informò:

– Cercava me?

– No, cerco il signor Farnesi.

– Ah, lei quindi è la ragazza nuova.

Questa era ferrata su parecchie cose.

– Allora, guardi, le do un consiglio, – continuò, – si ricordi di non chiamarlo mai signor Farnesi. Lo chiami sempre «Professore», mi raccomando. Lo conosco da piú di trent'anni. E stia attenta...

– Attenta?

– Sí, cerchi di parlare a modo, non faccia considerazioni inutili, potrebbe infastidirlo.

– È cosí esigente?

– Di piú, di piú...

Sembrava provarci gusto a farmi sentire al largo senza ciambella.

– Lei ha un cagnolino per caso?

– No.

– Meno male, quella di prima si portava dietro un cagnolino che abbaiava sempre. Povero Professore, si lamentava di non avere piú la sua pace.

– Be', magari aveva ragione, – lo dicevo piú che altro per rassicurarmi.

– Vedrà, vedrà, capirà da sola. Via, io vado. Sta al sesto piano.

Mi lasciò la porta aperta in tempo perché entrassi accompagnata da una danza di aghi di pino e di dubbi.

L'ascensore aveva ancora la cabina originale di legno, era lento e vagamente in sussulto davanti ad ogni piano. Se ci fosse stata una prossima volta sarei salita a piedi, ma quel giorno volevo preservare la camicetta dal sudore.

Il sesto piano era l'ultimo, e la rampa di scale che proseguiva portava al tetto. Lassú il vento soffiava tra le fessure, e sul pianerottolo c'erano tre porte piuttosto trasandate, ma era su quella messa peggio di tutte che c'era scritto PROF. FARNESI.

Feci un bel respiro e suonai. Dopo un laborioso armeggiare di serratura uscirono due ragazze adolescenti belle, abbronzate, allegre, e al galoppo come gli gnu che vanno al fiume. Mi passarono davanti in un soffio, e subito comparve la furia: – Vedete di tornare quando vi ho detto io, – intimò. Quelle sparirono nell'ascensore.

La furia era vestita ancora peggio di quando l'avevo vista nel cortile delle Acli, e comunque doveva avere una certa familiarità con le cose storte, perché oltre a parcheggiare storto aveva pure il colletto di una polo verde stinta girato all'interno. Mi guardò bene negli occhi in un modo che non mi aspettavo. Non era affatto lo sguardo di una furia o di una iena, piuttosto quello di una che vede arrivare il carro attrezzi dopo ore che lo aspetta con la macchina in panne.

– Lei è la signorina Maria Vittoria Baroncini, vero? – mi chiese.

– Signora... – precisai, ma non ne ero sicura.

– Ma è cosí giovane! – continuò la furia con calore, e

quell'apprezzamento mi indusse a ridimensionare ulteriormente la definizione di furia che le avevo appiccicato.

– Io sono Elisa, la figlia del Professore, – mi tese una mano stranamente fredda ma dalla presa forte.

Entrammo. La luce che c'era in quell'appartamento era la stessa del lungomare, feci fatica a non rimettermi gli occhiali da sole. Come si chiuse la porta, sentii sbattere usci da tutti i lati, e m'investí a mezz'aria anche un foglio di giornale. Pareva di essere sul ponte di una nave.

Entrammo in cucina scavalcando fazzolettini volanti, scarpe e cartine di caramella, Elisa lasciò aperta la porta, che difatti dopo pochi secondi sbatté. Meno male che non c'era il vetro.

– Sa che una volta queste porte avevano il vetro? – mi aveva letto nel pensiero. – Quando ero piccola, nei periodi di vento il vetraio era di casa. Smontava la porta e se ne andava sul pianerottolo a tagliare il vetro col diamante, io volevo chiedergli di darmelo per vederlo da vicino, ma ero timida, non lo facevo, e mentre lui lavorava volava un altro vetro.

Pareva che questa cosa la divertisse, ma a me non tanto. I vetri rotti mi ricordano un po' i cocci della vita.

– E perché non avete tolto i vetri prima?

– Per mio padre, – disse, – la Tania le avrà spiegato che mio padre non ci vede, un processo degenerativo, una malattia che toglie a poco a poco la capacità di ricevere la luce, poi restringe il campo visivo e poi piú nulla.

– Quindi prima ci vedeva.

– Sí, anche se non so quanto perché non ne parlava. Ha studiato tanto da giovane, si è laureato due volte e ha insegnato per tutta la vita. Sono almeno dieci anni però che dice di non vedere piú nulla. Quindi sa, la luce era importante. Per questo ci volevano porte col vetro e una finestra bella grande nello studio, per fare scorta di luce come fanno i cammelli con l'acqua.

Si sentí cadere qualcosa ma lei non ci fece caso.

– Io sono qui ancora per due o tre settimane, – continuò, – e se pensa di poter stare dietro a questa casa almeno le mattine, ci mettiamo d'accordo su tutto quanto. Quando poi me ne andrò ci sarà bisogno anche del pomeriggio. Lei ha già fatto questo tipo di lavoro?

– No, è la prima volta –. Meglio essere sincera perché le balle vengono sempre a galla. E poi, non so perché, mi sentivo a mio agio.

Non poteva certo definirsi una donna simpatica, però aveva piú o meno la mia età, e un atteggiamento molto semplice. Poco piú alta di me, il viso tondo e regolare che contrastava con la spigolosità del corpo, capelli scuri lunghi e legati in una coda di cavallo, parecchio disinvolta nel parlare, anche troppo. A ben guardare forse meno trascurata di quanto non sembrasse di primo acchito. Ebbi l'impressione che in quella casa fosse proprio la presenza della luce a indurre alla schiettezza e alla semplicità.

Si sentí come un raspare di gatto alla porta.

– Babbo, c'è la porta chiusa, apri, siamo qua in cucina.

La porta si aprí con cautela e apparve un signore infagottato, ben dritto in piedi, con pochi ingovernabili capelli bianchi sulla cima del capo, di media statura. Indossava un paio di pantofole col pelo dentro. Per essere agosto niente male. Era senza occhiali, e gli occhi erano rivolti verso la finestra.

– Babbo, ti presento la signora Baroncini, – disse Elisa.

Io mi alzai mentre mi tendeva debolmente la mano senza staccare gli occhi dalla finestra.

– Quindi ho il piacere di darle il benvenuto. Lei è bionda?

Si può capire dall'odore, il colore dei capelli?

– In realtà non vedo se lei è bionda, ma credo che lo sia.

Gli strinsi la mano e la cosa lo fece finalmente sorridere.

– Bene, è bionda ed è positiva, – soggiunse. – E si chiama?

– Marvi.

Si rabbuiò.

– Be', io non ci credo affatto, ha forse un nome composto?

– Mi chiamo Maria Vittoria, ma è lungo e mi chiamano Marvi.

– Quindi signorina sappia che non è la stessa cosa, se lei si chiama Maria Vittoria io la chiamerò Maria Vittoria. Il nome è una cosa importante, ci tengo molto, se non le dispiace.

Era estremamente delicato e signorile nei modi, nonostante l'ingombro dei vestiti e il tono lapidario. Tuttavia aveva l'aria di uno che è stato interrotto nel corso di un'attività.

– E ora che ho fatto la sua conoscenza la saluto, dovete parlare di cose che non mi riguardano. Ah, dimenticavo: lascio aperta questa porta sperando che non abbiate freddo.

Lui sparí, la porta sbatté dopo pochi secondi. C'erano comunque almeno una trentina di gradi. E a voler essere precisi le cose di cui si doveva parlare lo riguardavano eccome.

– Bene, – disse Elisa, – ora l'ha visto, è cosí, ha le sue fissazioni. D'altra parte ha ottant'anni appena compiuti. Ecco, quelle là sono le sue medicine.

Sulla credenza c'era una montagna di scatolette.

– L'unica pasticca che veramente conta è quella per il pancreas perché è stato operato di tumore tre anni fa.

Sgranai gli occhi.

– Secondo il medico di famiglia potrebbe avere al massimo ancora un anno di vita, – aggiunse senza scomporsi.

– Ma lui lo sa?

– Se si è accorto che lei era bionda, è probabile che sappia anche il giorno e l'ora –. Rise. A me pareva ci fosse poco da ridere.

Mi feci coraggio e chiesi: – Ma la questione della lettura di cui mi hanno detto?

– Guardi, se riesce a sbirciare nello studio ci arriverà da sola.

Ci alzammo e mi fece vedere la casa. Era parecchio

grande e piuttosto disadorna per non dire nuda. C'era un caos indescrivibile, specialmente nella camera in cui erano accampate le due ragazzine: letti sfatti, sandali sparsi, scatole dei trucchi aperte.

Nessuna delle finestre aveva le tende e i vetri erano sporchi, «cosí lo sporco fa da tenda», aveva commentato sportivamente Elisa.

Lo studio del Professore invece era un vero spettacolo: la finestra occupava l'intera parete rivolta a ovest. La luce era accecante. Il resto era un brulicare di scaffali pieni di libri fino al soffitto. Su una vecchia scrivania stavano accatastati giornali che svolazzavano, e altri giornali misti alla posta erano sparsi per terra. Una fotografia, miracolosamente in piedi su una mensola, e talmente stinta dal sole che a malapena si potevano intravedere le figure: il Professore, con almeno vent'anni di meno, e una donna.

Poi sotto la mensola c'era una branda. Anche quella coperta di giornali.

– Ma bisogna leggere tutto? – chiesi sbigottita.

– No no, però tutti questi libri gli fanno compagnia. E secondo lui hanno un'anima, quindi sono indispensabili.

– Un'anima?

– Indubbiamente. Quasi tutto è stato letto, il problema è ricordare, o almeno ricordarne l'anima. A volte basta il titolo –. Se bastava leggere il titolo si poteva anche passare in rassegna la biblioteca in una settimana, pensai.

In un'altra camera c'era un letto matrimoniale e un caos di tipo diverso, addirittura vidi un violino sdraiato su un cuscino e musiche sparse. Riconobbi i jeans sdruciti buttati su una sedia: evidentemente facevano parte dell'assetto operativo.

In salotto, forse l'unica stanza vagamente in ordine, ritrovammo il Professore. La tapparella del balcone era abbassata, e lo sarebbe stata anche quella della finestra attigua allo studio, se lui non l'avesse alzata di poco per infilarci una mano sotto. Quando entrammo sobbalzò.

– Babbo, ma cosa stai combinando?
– Ho delle briciole in tasca.
– E perché le metti sul davanzale, per i passerotti? Arriveranno i piccioni.
– Io credo che i colombi abbiano fatto l'uovo nel vaso dei gerani, quindi dovranno covare e troveranno da mangiare –. Lo disse placidamente, con l'aria di riferirsi a un fatto ineluttabile.
– Ecco, vede, Marvi?
– Maria Vittoria, – precisò lui.
– Sei sicuro, babbo, che ci sono le uova? Come hai fatto, ti sei sporto?
Andammo alla finestra e alzammo un po' di piú la tapparella. I vasi erano pieni di un terriccio incolto da chissà quanti anni, e in uno c'erano effettivamente due piccole uova.
– Sono i colombi, io la mattina presto li sento, sembrano indaffarati.
Elisa sospirò, poi mi accompagnò alla porta. Nell'ingresso, lontano dalle orecchie di suo padre, concluse:
– Allora ha visto la situazione. Ci pensi, e mi sappia dire qualcosa in questi giorni per favore, cosí ci organizziamo per la regolare assunzione, il numero settimanale delle ore eccetera. Guai a non fare le cose per bene, a mio padre verrebbe un infarto.
Stavo dirigendomi verso le scale per scendere a piedi quando mi voltai a chiedere:
– Ma come si chiama di nome il Professore?
– Luciano.
– Luciano... – ripetei. Se i nomi sono importanti, avevo già imparato la prima cosa.

Anche se avevo cercato di non sudare, avevo sudato. Anzi per la precisione stavo sudando pure mentre tornavo a casa. Quando mi vide, il cane prese a scodinzolare eccitato. Brutto segno, doveva essere al limite. Sul tavolo trovai un foglietto lasciato da mia suocera: «Il prossimo anno l'acqua del giardino la pagate voi».

Era una novità perché alla fine le piante che annaffiavo erano sue. In ogni caso aveva avuto la clemenza di lasciar finire l'anno, forse perché avrei dovuto badare al cane, l'essere vivente a cui teneva di piú dopo il figlio. Sotto sotto forse anche prima del figlio. Il quale era passato da casa e mi aveva lasciato una pila di camicie da lavare sul divano. Ormai era il suo modo di parlarmi. Un tempo si comportava da marito, ora sembrava il cliente di una pensioncina a conduzione familiare. Ogni tanto m'illudevo che se ne accorgesse e ammettesse che era finita, anche la classica pausa di riflessione sarebbe andata bene. E invece niente. Solo un silenzio che era peggio di qualunque discussione. D'altra parte anch'io facevo poco, ero piú abituata a rassegnarmi che a reagire.

Misi il guinzaglio al cane, un simpatico bracco che in realtà piaceva molto anche a me. Facevo solo fatica ad ammetterlo, un po' perché era il cane della suocera, un po' perché non sono buona a capire cosa mi passa nel cuore. Lui mi guardò con riconoscenza, e ci incamminammo per la strada sterrata dietro casa finché lo lasciai libero. Prima di mettersi a correre nei campi però si voltò, come per assicurarsi di non essere lasciato solo. Sorrisi, e gli lanciai un bastone: – Vai, Aceto –. Obbedí, sfrecciando allegro. Anche se la sua padrona l'aveva chiamato Barolo, ormai lui rispondeva solo al nome che gli avevo appioppato io.

Quel pomeriggio, mentre il sole si avviava verso l'orizzonte e il libeccio ancora soffiava, mi chiesi se dalla grande finestra del Professore si sarebbero visti i cirri della sera, le rondini, e se i colombi sarebbero tornati a covare le loro uova nel vaso vuoto dei gerani.

Casa «mia» era nella penombra, e mi venne per la prima volta da pensare che una casa con poca luce non fa germogliare le speranze. Come succede con le patate, che quando stanno al buio non hanno i butti.

Capitolo terzo

Un ciclone igienico

Quello era il libeccio di tre giorni, col mare mosso. Gli spruzzi alla terrazza Mascagni arrivavano a bagnare i piedi, ma col caldo è anche piacevole, e il vento galvanizza. Cosí davanti ai cavalloni chiamai Elisa e le comunicai che intendevo iniziare il mio rodaggio. Mi armai di un insolito spirito d'iniziativa nel decidere di telefonare, ma Elisa non mi fece neanche finire la prima frase.

– Se vuole facciamo l'assunzione dal mese prossimo, e per questo ci arrangiamo. Basta che non lo dica a mio padre.

– Per me è perfetto –. Avevo bisogno di denaro, dichiarato o meno.

– Allora l'aspetto. Domani o dopo, è lo stesso. Per favore non arrivi prima delle nove.

Cosí in capo a un paio di giorni mi presentai, e senza camicetta elasticizzata ma in maglietta di sano cotone, aspettando dietro al pitosforo che la lancetta spaccasse il minuto. Vidi pure uscire quella vicina peggio del Kgb, quella che sapeva tutto, con il suo carrello della spesa, e mi rimpicciolii dietro le fronde come un merlo. Non volevo farmi suggestionare da qualche altra informazione.

A quell'ora in casa Farnesi c'era una calma innaturale. Elisa indossava un prendisole bucherellato che lasciava scoperte le sue gambe secche, il Professore era al tavolino con una tazza da cui usciva inesorabilmente il caffellatte a causa di una fetta di ciambellone che non passava dai bordi, ma che lui si ostinava a inzuppare.

La camera delle ragazze era chiusa. Probabilmente dormivano.

– Buongiorno, – disse Elisa, piano.

Entrai senza fare rumore.

– Dormono tutti?

– No no, credo che le mie figlie stiano armeggiando con il cellulare, solo che nello studio è entrata una rondine e mio padre non la voleva disturbare, cosí ha deciso di restare in cucina.

– Una rondine?

– Sí, a volte capita perché la finestra è sempre spalancata. Abbiamo chiuso la porta cosí magari riparte.

Prima o poi avrebbero fatto il nido direttamente nello studio.

Pensai che, standо cosí le cose, il mio spazio di manovra pareva assai limitato. Avevo da fare il mio «periodo di prova», come aveva detto la Tania, ed ero venuta con la precisa intenzione di pulire e mettere in ordine.

– Da dove comincio?

Per un motivo apparentemente inspiegabile il Professore, che teneva con una mano la fetta di ciambellone e con l'altra una radiolina all'orecchio, rispose:

– Potrebbe cominciare con il leggermi i titoli dei giornali di ieri.

– No, babbo, non se ne parla, Maria Vittoria deve dare una pulita mentre noi non ci siamo, cosí magari troviamo le tue scarpe che non si sa dove siano finite –. Lui spense la radio.

– E io dove vado? – chiese preoccupato.

– Vieni al mare con noi.

– E la Vally?

– Alla Vally aprirà Maria Vittoria e tratteranno fra loro.

E questa chi era? Un altro personaggio che gravitava in quella casa. Cominciai a sospettare che erano molte le cose che non sapevo.

– La Vally è la sorella di mia madre, – mi spiegò Elisa,

– e per le questioni amministrative è molto utile perché sa cosa fare all'Inail, all'Inps eccetera.

– È un ciclone igienico, – aggiunse il Professore, per nulla entusiasta all'idea di essere portato al mare.

– Ma dài babbo, falla finita con questa storia.

Ci rimase male: – Maria Vittoria, quella lí, la Vally, trova sempre qualcosa che non va, imputandomi colpe che non ho.

– Chi, sua cognata? – me la immaginavo secca secca, alta, ossuta, tipo Crudelia.

– Sí sí, vedrà.

Quindi avevo alle costole un carabiniere, dedussi.

– Ma secondo lei, non fa un po' troppo freddo per andare al mare? – continuò il Professore.

– Babbo...

– Stai zitta che sentiamo una campana neutrale sull'argomento. Allora che dice, signorina? O signora?

Sinceramente non me la sentivo di essere tirata in ballo sulla questione, e men che mai ero in grado di specificare il mio stato civile. Comunque se non c'erano trenta gradi, ce ne saranno stati ventotto. Mi sforzai di essere diplomatica:

– Professore, c'è vento piú che altro, ma il vento non è particolarmente freddo.

– Allora se usciamo mi metterò l'impermeabile.

– Ma babbo, prendi il costume casomai! Non siamo ancora al dieci di agosto! – Elisa doveva essere una che esplode di colpo.

– Be', magari se suo padre si vuole coprire... – provai a difenderlo.

– Non se ne parla.

Lui si alzò finalmente dal tavolo e sparí nel bagno da cui riemerse con un golf appallottolato sotto il braccio annunciando di essere pronto. Mancavano le scarpe e basta. O meglio: ne mancava una, allora la cercarono nello sgabuzzino, vicino alle pantofole col pelo dentro, quelle «estive». Ma non c'era.

Ci misero circa un quarto d'ora a trovarne un altro paio dello stesso colore, e a convincere il Professore che andavano bene, ma lui diceva di non starci comodo per niente. Anzi, per la precisione diceva di stare comodo in due scarpe che però erano una nera e una marrone.

Cosí alla fine quella mattina mi toccò dare il lucido nero a una scarpa marrone per trovare una soluzione accettabile alla questione. Quanto al Professore, s'infilò gli scarponi invernali di soppiatto. Elisa concluse:

– Fondamentale: aprire la porta alla Vally e rispondere al telefono. Ma se proprio vuole rovinarsi la mattinata prenda per favore quei soldi sul tavolo e ci lasci qualcosa da mangiare. Se va via prima le chiavi sono nel vassoio delle medicine dietro allo sciroppo.

– Basta che dopo gli accordi non mi lasciate delle zucchine lesse, – aggiunse il Professore.

Sparirono tutti nell'ascensore, comprese le ragazzine sbucate dalla camera all'improvviso ancora mezze addormentate. Ciabattarono svogliate nell'ingresso e mi guardarono come fossi un extraterrestre.

Quando la porta si richiuse ebbi l'impressione di non essere da sola, o comunque non sola come a casa mia. C'erano, oltre il vento che fischiava, come delle presenze animate e crepitanti che lí per lí non riuscivo a individuare.

Cercai di concentrarmi sul lavoro.

Tanto per cominciare aprii la porta dello studio dove si sentiva cinguettare. La rondine aveva semplicemente sbagliato l'angolatura: il suo nido stava sopra la finestra dalla parte esterna, evidentemente aveva confuso il cornicione dello stabile con l'interno della mantovana. A fatica riuscii a farla uscire perché ritrovasse l'orientamento. Poi richiusi la finestra.

Adesso potevo distinguere il ticchettio dei tanti orologi nascosti, un rubinetto chiuso male, un'altra radio fuori sintonia sepolta chissà dove, sciabordio di fogli che sventolavano debolmente forse in salotto, il cavo dell'antenna che sbatteva contro il vetro, come fanno le cime contro gli alberi delle barche quando sono in balía del vento.

Mi misi a raccogliere tutti i giornali sparpagliati per terra e li impilai sulla scrivania. Anche cosí, l'odore forte della carta stampata imperversava come in una tipografia. Liberato il pavimento si camminava però sulla sabbia. Il che mi diede una risposta alla domanda che mi ero posta su dove si può portare al mare un non vedente a Livorno, evitando gli scogli: lo si porta in provincia di Pisa, dove la spiaggia va dal Calambrone alla foce dell'Arno e si estende per un lungo tratto, con tutti gli annessi e connessi, compresi gli stabilimenti.

Poi mi chiesi cosa ci facesse una branda nello studio, e capii che probabilmente il Professore dormiva lí. C'era il lenzuolo e una coperta di lana compatibile con la sua concezione di terribile freddo estivo. Sotto il cuscino di piume giaceva un'altra radiolina, quella fuori sintonia, che spensi.

Era evidente che aveva lasciato la sua camera grande con i due letti alle nipoti, che nell'altra camera stava Elisa forse con un marito che non avevo ancora visto, e che lui si era confinato sulla branda nello studio. Scomoda, tra l'altro, e piena di granelli di sabbia.

Mi dispiacque. Quella scomodità non si addiceva a un uomo della sua età, al limite avrebbe potuto sistemare un buon divano letto nel salotto, visto che la casa era piuttosto grande. Però in salotto non c'erano libri né giornali, quindi, secondo la teoria di Elisa, sarebbe mancata la motivazione principale per stare a proprio agio. In compenso c'era una grande radio Grundig con un giradischi incorporato, una sorta di cimelio, anche se dischi in giro non se ne vedevano.

Doveva aver pensato che l'ospitalità non è mai troppa. Un po' come faceva con i colombi, nei vasi dei gerani.

Quando suonò il campanello, non ero ancora riuscita a dare una parvenza di ordine alla casa, anzi avevo appena trovato l'aspirapolvere rimpiattato dietro la porta della camera piú grande.

La citata e temibile Vally era una donnina piccola con enormi occhiali da sole, vestita con cura e con tanto di rossetto. Si portava dietro una borsa da cui sbucava un giornale. A occhio e croce aveva una settantina d'anni o poco piú. No, non somigliava a Crudelia, ma a un pennuto rotondeggiante come un tordo. Mi guardò di sotto in su sollevando gli occhiali, quindi, sfoggiando un sorriso fin troppo mite, esclamò:

– Lei è di certo Maria Vittoria, io sono la cognata di Luciano, – e prima che fiatassi aggiunse con orgoglio: – ho portato il giornale con la cronaca di Pisa.

Entrambe le notizie non mi parvero entusiasmanti, ma mi sforzai di manifestare un minimo interesse. Dopotutto ero lí solo per le mie presunte capacità di lettura, e avrei anche dovuto trovare il tempo per dimostrarle.

Entrò come un investigatore sulla scena del crimine: studiava bene dove mettere i minuscoli piedi sulla graniglia originale del pavimento, facendo attenzione a non toccare nulla. Poi si guardò intorno, disapprovando.

– Ha visto signorina che caos c'è in questa casa? – Muoveva la testa allungando un po' il collo in avanti come le galline, ma doveva essere assai piú pericolosa di una gallina.

– Be', c'è di peggio, – dissi vantando un'esperienza inesistente.

– Sono contenta che mia nipote abbia trovato lei. Ha bisogno davvero di una mano con tutto quello che deve fare. E poi questo pover'uomo che ha lasciato da solo... – Nonostante la voce fioca e remissiva, le frasi non lasciavano scampo.

Le presi la borsa col giornale e attaccai il suo foulard a un attaccapanni di ferro battuto, che non si capiva come facesse a stare ancora appeso al muro con tutto quello che ci avevano buttato sopra.

– Allora, cara Maria Vittoria, sono contenta che ci sia lei, – ripeté, – ma è sola?

– Sí, sono andati al mare.

– Tutti?

– Quelli che ho visto io, sí.

– Ma c'è anche il marito di Elisa?

– No, non credo.

Parve sollevata. Abbassò le spalle e il tono della voce cambiò.

– Strano però, perché avevo detto a Luciano che sarei venuta e gli avrei letto la cronaca di Pisa.

Avevo l'impressione che se ne fossero andati proprio per quel motivo lí.

– Ho portato anche tutti i moduli dell'Inail, per favore, cerchiamo di metterli in un posto sicuro, ammesso che in questa casa ce ne sia uno, – disse zampettando in giro per individuare una zona franca. – Certo, quando c'è mia nipote, qua le cose vanno a catafascio, fra lei e le figliole non so chi sia peggio. Di sicuro hanno preso tutte da Luciano e non da mia sorella, che era una precisa come me. Ad ogni modo, cara Maria Vittoria, lei faccia quello che può e non si preoccupi.

Quindi piazzò i fogli dell'Inail nella credenza dove stava un attrezzo per fare le tagliatelle: – Qui di sicuro non ci metterà mai le mani nessuno –. E su questo mi sentii di concordare pienamente, per quello che avevo capito.

– Io avevo intenzione di dare una pulita al pavimento che è pieno di sabbia, e poi pensavo di fare la spesa. Elisa mi ha detto di preparare qualcosa da mangiare, che non siano zucchine lesse, – provai a riassumere, visto che *costei* magari avrebbe voluto modificare i programmi. Difatti.

– Dare l'aspirapolvere è una battaglia persa. E sarebbe proprio il caso che Luciano mangiasse zucchine lesse, prugne cotte, frutta fresca e cose leggere perché… – s'interruppe.

– So che è stato operato al pancreas, – tagliai corto.

– Appunto. Ha il colesterolo alto e non si fa mai

controlli. Non ne vuole sapere di curarsi. Alla sua età e con quello che ha avuto trova solo dottori che gli fanno fare quello che gli pare. D'altra parte voi livornesi fate sempre quello che vi pare. Da quando è morta mia sorella, non ha mai voluto nessuno in casa, cosí ha mangiato uova sode tutti i giorni! Una donna, due volte alla settimana, ma perché ho insistito io, e un giorno ho scoperto che quella gli friggeva la qualunque lasciando la padella con l'olio nel forno da una volta all'altra. Mi stupisco che gli sia venuto soltanto un tumore al pancreas, io sarei morta prima.

– Stia tranquilla, io non friggo mai.

– Brava, ma comunque ormai quel che è fatto è fatto, basta non assecondare Luciano nelle sue richieste di croccante, noccioline, Baileys, panna…

Mettendo il ciambellone della colazione in uno scaffale, avevo notato che era pieno di burro di arachidi, infatti.

– Quindi sua sorella è morta tanti anni fa, – deviai.

– Sí, all'improvviso, Elisa aveva appena fatto la maturità. Era ancora giovane, povera donna, è stata una tragedia, ha lasciato soli questi due, uno quasi del tutto cieco e l'altra una ragazzina incapace persino di farsi un riso in bianco. Ed Elisa cosa ha fatto? Invece di continuare l'università e restare accanto a suo padre si è messa a suonare la viola a destra e a sinistra. Per carità è brava, ma se ne è andata fino a Lugano lasciando questo poveretto qua con i suoi problemi agli occhi. In piú si è sposata giovanissima e ha fatto due figlie.

Disse queste cose con un'evidente disapprovazione, sia nei confronti della sorella, che secondo lei era morta in uno dei momenti peggiori, sia nei confronti di chi era vivo. Comunque aveva taciuto le ragioni della morte. Ma almeno sullo strumento mi aveva illuminato: non era un violino ma una viola.

– Mia nipote è sempre a corto di quattrini e sa perché? Perché non ha mai voglia di discutere e perché non sa vendere la pelle... Un marito ce l'ha, ma ha detto che non c'è, vero Maria Vittoria?

– No –. Sul non saper vendere la pelle pensai che non era l'unica.

– Meglio, ma verrà, stia tranquilla.

Io ero tranquilla, casomai era lei a non esserlo, mi pareva.

– Io non voglio dire nulla, – continuò, – ma questa ragazza non ne ha imbroccata una –. Ecco, l'aveva detto.

– Certo, sa, Elisa è stata anche sfortunata a ritrovarsi tanti pesi addosso di colpo, quando era una ragazzina. Però andarsene cosí, dall'oggi al domani, le ha raddoppiato solo i problemi –. Non specificò quali.

Si mise ad aprire i cassetti di cucina chiusi a pressione da cui schizzavano fuori carte e bollette. – Ecco, vede? Lei ha da scarrozzare figliole e famiglia di qua e di là e qua va tutto all'aria, speriamo che almeno gli paghino la luce e il gas a questo pover'uomo.

La lasciai a frugare nella montagna di scartoffie e m'infilai un grembiule trovato per miracolo nel ripostiglio. Già che c'ero, mi misi a lucidare la scarpa marrone avanzata, feci anche un bel lavoro, e mentre lei mi trafficava alle spalle ripensai alle parole del Professore: «È un ciclone igienico... trova sempre qualcosa che non va»...

Per un pelo non scoppiai a ridere. Non mi succedeva da un po'.

Capitolo quarto
L'arte di trattare le donne

La mia Panda all'una e mezzo era un forno. E intanto dal mare non era tornato ancora nessuno. La Vally era rimasta, probabilmente per fare il controllore generale, come diceva il Professore.

Per lo stipendio ci eravamo messe d'accordo, e l'avevo persino spuntata con l'aspirapolvere.

– Forse ha ragione lei, – mi aveva assecondato, – con la sabbia sotto le scarpe magari Luciano scivola, infatti via via lo vedo con qualche bernoccolo.

Pure.

Mi sentivo quasi contenta, tanto che mi piaceva ripensare alla mattinata.

Insomma, con me di certo il lavoro «sporco» l'aveva fatto la Vally: quante ore settimanali dichiarare, orari elastici e a mia discrezione, lasciare gli scontrini in un borsellino vecchio e scorticato, tenere le porte o ben aperte o chiuse per evitare che il Professore le inforcasse «perché non sa mettere le mani avanti», l'orario delle medicine e «tutte, proprio tutte», non come diceva Elisa. Evidentemente né lei né suo padre avevano il carattere per dare direttive, quindi questa donnina si era presa la briga di farlo al posto loro. Secondo me oltre ad essere pisana era anche pignola, ed entrambe le cose dovevano risultare indigeste a tutti e due.

Comunque, alla fine della mia prima giornata avevo optato per una salomonica insalata di farro: verdure crude e niente zucchine lesse. La Vally, davanti alla zuppiera piena, aveva commentato: – A quest'ora non mi metto in macchina per tornare a Pisa, fa troppo caldo e alla mia età non mi devo strapazzare. Lasci pure tutto lí che aspetto io il quartetto.

Ci credo, per dare un tocco personale ci avevo messo anche l'avocado. E lei di sicuro non ne aveva mai visto uno.

A casa mia invece trovai ancora le camicie da lavare, Aceto che mi faceva le feste, e la penombra. Lí era sempre fresco, e quando c'erano vento e sole lasciavo aperte le finestre per far asciugare la muffa, cosí la sera mi dovevo gestire le zanzare. La suocera non si decideva a chiamare l'operaio per sistemare le infiltrazioni che tanto erano dalla parte «nostra» dell'edificio, poi suo figlio non c'era quasi mai, quindi io potevo tranquillamente ammuffire insieme al muro.

Mi ero portata dietro il grembiule trovato dal Professore, per dargli una bella lavata e togliere le tracce di lucido, e cosí, col grembiule in mano, mi trovò il marito piombato con altre camicie da rifilarmi.

– Vedo che ti dai da fare, – ironizzò, guardandomi di sfuggita come al solito.

– Cosa c'è ora che non va?

Non rispose.

– Ceni qui?

– Neanche morto.

– E perché?

– Guardati –. Voleva essere una battuta.

– Mi sto dando da fare –. E inghiottii.

Si chiuse in bagno e a me venne un nodo alla gola. Avrei voluto che sparisse o che si scusasse, due cose ugualmente impossibili. La voce non mi usciva. Insieme alla voce si confondevano i pensieri. Quell'accenno di felicità provata prima era svanita e non avevo voglia di raccontargli del lavoro. Al diavolo. Per quanto mi riguardava ero ancora a suo carico.

Mi squadrò come fossi un mobile da caricare sul pianale, e prese una delle camicie da me lavate e stirate.

– Ma quella blu dov'è? – chiese.

– Si dice *per favore*.

Rise.

Era ancora bagnata ma non glielo dissi, come non gli dissi che ci avevo trovato l'indirizzo di una sala bingo nel taschino. Certo non dovevo giustificarmi sul servizio di lavanderia. Andai in cucina e mangiai della frutta che rischiava di marcire, poi portai Aceto nei campi colonizzati da coccinelle e mosconi.

Restai a guardare un angolo azzurro che si affacciava tra un paio di oleandri, forse uno scorcio di mare, forse ancora cielo perché la linea dell'orizzonte si scioglieva. È difficile mettere a fuoco quando viene da piangere. Forse aveva ragione mia madre quando diceva che non ci si sposa a vent'anni «perché quello che si prende di notte te lo ritrovi di giorno», ma non mi andava di dargliela vinta.

Le camicie buttate sulla sedia puzzavano di fumo e di fritto e lui continuava a girare per casa in mutande con in mano delle carte piene di numeri.

Ci provai:

– Come va la costruzione delle villette?

– E da quando in qua t'interessa?

Ma sí, aveva ragione. Parlare o tacere era diventato uguale, le parole non avevano piú peso. E comunque, pensai, l'indirizzo della sala bingo se lo poteva scordare.

Da un paio d'anni si era messo in combutta con un'impresa edile rampante e lui, in quanto geometra, collaborava a dei progetti che «andavano a gonfie vele». Però si era scocciato moltissimo quando il centro medico dove lavoravo mi aveva lasciato a casa. Gli avevo spiegato che non avevano piú bisogno di qualcuno che gestisse gli appuntamenti della fisioterapia. Aveva sbuffato e si era ammutolito come un pesce.

Mi accanii sui colletti delle camicie per cancellare col

sapone di Marsiglia lo sconforto. Fino ad allora mi ero barcamenata, di quelle ringhiate continue cercavo di farmene una ragione, e non solo perché lo diceva don Baracchini alle prediche. Lo ripeteva anche in confessionale, la pazienza, il risarcimento divino, e non mi tornava tanto, visto che stavo sempre peggio. D'altra parte quando si è allo sbaraglio a qualcosa bisogna attaccarsi, e in chiesa avevo preso ad andarci piú spesso senza farmi domande, solo per avere qualche risposta e tirare avanti. Guardavo don Baracchini con la voglia di lagnarmi e basta finché lui, un pomeriggio, dopo avermi sopportato per mezz'ora, aveva alzato la testa per guardare la Madonna dietro di me. E la Madonna gli aveva suggerito di spedirmi alle Acli a cercare lavoro con un po' di costanza.

L'abbaiare di Aceto mi scosse. Ce l'aveva con mio marito che si stava vestendo per andarsene di nuovo.

– Levamelo dai piedi, – afferrò la valigetta, – visto che vi capite.

Presi Aceto per il collare. Poi tirai fuori le camicie dall'oblò e andai a stenderle fuori lasciando scorrazzare il cane mentre il sole mi scottava le braccia. Avrei stirato in serata e il giorno dopo sarei rimasta dal Professore un po' di piú, stavolta senza la Vally.

Sul filo della luce c'erano le rondini tutte in fila come mollette per i panni. Tutte d'accordo a stare lí e a scambiarsi le impressioni della giornata, almeno loro. Misi il guinzaglio ad Aceto e m'incamminai a piedi verso il nuovo centro commerciale. Volevo distrarmi pensando a cosa si può comprare con pochi soldi a un anziano professore cieco. Trovai che una bella piantina di basilico sarebbe stata perfetta, perché sa descriversi da sola col profumo.

Il giorno dopo, alle nove di mattina, c'era soltanto il Professore. Pensai che era un bene, sarebbe stata l'occasione per capire un po' che tipo era, ma soprattutto avrei capito meglio che tipo ero io. Sarei stata capace di passare un inverno intero a occuparmi di lui? Temevo che prima o poi avrei detto o fatto qualcosa di sbagliato. Abbondavo di buoni propositi, ma le situazioni in quella casa erano imprevedibili.

Intanto lí per lí non lo trovavo, sentivo vagamente una radiolina accesa ma non capivo dove. Cosí mi misi a girare per casa con la piantina di basilico in mano, e aprii le porte che dovevano aver sbattuto anche se il vento era diminuito. Alla fine lo scovai sul terrazzo con la radiolina in tasca, passeggiava in su e in giú come un panda nella gabbia dello zoo. Al mio saluto sussultò, non si aspettava di essere sorpreso da me.

– Quindi sono andati al mare come avevano preannunciato… – commentò tra sé e sé, poi aggiunse: – Maria Vittoria, che ne dice, fa freschino stamani, eh?

Al sesto piano in pieno sole e con il golf quasi a ferragosto, la domanda richiedeva una certa prontezza di risposta.

– Io ho caldo, – dissi, – ma probabilmente perché mi muovo molto.

– Già, capisco. Io invece no. Ora devo sbarcare la mattinata perché è saltata la trasmissione che m'interessava –. Dalla radiolina infatti usciva una musica rock che non mi pareva adatta a un anziano professore.

– Vuole fare una passeggiata? – azzardai, certa che avrebbe rifiutato.

– Magari, – pareva non aspettasse altro. – Potremmo fare tutta via degli Ebrei ed entrare di fianco al giardino di Villa Fabbricotti, attraversarlo e uscire da piazza Roma, poi…

– Professore, devo fare delle faccende e poi preparare il pranzo. Facciamo tra un'oretta?

– D'accordo. Io vivo per delega –. Fece un sospiro. – Lei dunque ha avuto modo di conoscere anche la Vally. Vi siete intese? – Finalmente spense la radio.

– Certo. Ho seguito le istruzioni.

– Bene, lei la pensa come me, quindi ci coalizzeremo –. Chissà come aveva fatto ad accorgersene, io ci ero stata attenta, un capolavoro di diplomazia. – Quanto a mia figlia è un tornado. Fra lei e le figliole ne fanno di confusione. Io che sono sempre solo ora mi rimpiatto negli angoli, ma vedrà che torneranno i tempi in cui sarò davvero padrone del mio regno. O quasi, visto che c'è lei.

Sorrise, come a scusarsi del suo ultimo pensiero. Io invece l'avevo capito benissimo, era abituato a disporre da solo del suo tempo e lo rivoleva indietro.

– Io sento sotto le dita della mano destra, qui sulla balaustra, l'umidità che si sta addensando, – disse d'un tratto, – e anche i suoni sono leggermente piú attutiti. Lei vede l'ombra del nespolo nel cortile di fronte?

– Non tanto bene.

– E l'ombra della tenda della mesticheria di fronte la vede?

– No.

– Ecco, ho ragione. E i colombi erano taciturni stamani. Se fra un'ora usciremo andrà portato l'ombrello.

– Io entro in casa, Professore, cerco un posto dove mettere la piantina perché non si bruci.

La volle prendere in mano e annusare, sembrava contento.

– Buono questo profumo, è fresco e appetitoso. La metta nel mio studio, lí c'è il sole e non fa né troppo caldo né troppo freddo, dovrebbe starci bene.

Lo disse come se la piantina fosse della stessa famiglia delle rondini o dei colombi. E in ogni caso sulla temperatura non ero affatto d'accordo.

Per accontentarlo andai a cercare un angolo nello studio, ma era impossibile, le superfici bastavano al massimo per una tazzina. Alla fine decisi di metterla in cucina dove avrebbe preso almeno il sole della mattina, e gli dissi che mi pareva la soluzione migliore.

– È davvero sicura?

– Senz'altro.

Restò ancora a girare in su e in giú sul terrazzo, fra l'altro un terrazzo con la balaustra bassa, priva di copertura, senza una tenda, un po' inquietante. Ma lui non aveva le vertigini, e chiaramente neppure il senso dell'altezza. Poco dopo lo ritrovai nel corridoio in cerca del cappello e degli occhiali da sole. Erano sepolti sotto delle felpe colorate non sue. Tutto bardato annunciò che sarebbe tornato fuori «a breve».

– Però, Maria Vittoria, avrei bisogno che prima mi leggesse una frase.

Oddio ci siamo, pensai.

– Di là nello studio, sulla sinistra, nel primo scaffale, c'è un libro di Schopenhauer, si intitola *Il mondo come volontà e rappresentazione*. Ma vicino dovrebbe essercene un altro, sempre suo, molto piccolo, *L'arte di trattare le donne*. Sa, è materia che mi riguarda.

Andai a cercare nello studio, anche se non sapevo chi fosse questo tale che diceva lui e non avevo idea di come si scrivesse il nome, ma per fortuna lo trovai subito.

– Apra al capitolo quarto e mi legga un aforisma sui pregi delle donne.

– Ma le donne in generale?

Alzò un sopracciglio, e poi ridacchiò. – Tutte le donne, con cui Schopenhauer non fu affatto generoso per vari motivi, anche personali. Troverà però qualcosa di perfettamente calzante.

Cosí, col grembiule appena allacciato e un guanto di gomma, mi misi a sfogliare fino al quarto capitolo. Mi pareva una situazione bislacca. Pensavo che la lettura l'avrei fatta al tavolino, per bene, in momenti scelti apposta. Non cosí, di colpo e senza ragione.

Comunque attaccai:

– «Le donne sono senza dubbio piú prosaiche degli uomini, e quindi non vedono nelle cose piú di quel che realmente vi sia».

Lessi senza titubanze, e mi sembrò che la frase restasse nell'aria come un fumetto.

– Ecco, precisamente. E poi vada avanti, c'è anche un'altra considerazione sui consigli, per l'appunto.

– «Non è affatto sbagliato in circostanze difficili chiedere consiglio anche alle donne, secondo l'uso degli antichi germani. Il loro modo di concepire le cose, infatti, è del tutto diverso da quello dell'uomo, in particolare per la tendenza femminile a prendere volentieri in considerazione la via piú breve per raggiungere la meta...»

– Già, – m'interruppe, – direi che qui ci siamo: Elisa ha trovato rapidamente lei per risolvere una circostanza difficile che mi riguardava, e lei ha trovato rapidamente il modo di avere a portata di mano un ingrediente fresco assicurandosi la sopravvivenza della piantina.

Incredibile.

– Mi faccia toccare il libretto –. Glielo porsi e fece frullare le pagine. – Sono d'accordo con Schopenhauer almeno in questo.

– Ma davvero la piantina le ha fatto venire in mente il libro?

– La *destinazione* della piantina, per essere precisi. Schopenhauer è un filosofo, la filosofia sta alla base della scienza, anche di quella sulla natura umana, – e tornò sul terrazzo piantandomi in asso. Magari aveva ragione lui sulla filosofia, chissà. D'altra parte io avevo fatto solo un paio d'anni di Istituto commerciale, e la filosofia l'avevo cominciata al secondo anno. Con uno che era la noia incarnata.

Rimesso a posto il libro mi dedicai alle camere delle ragazze dove a momenti inciampai in un portatile con la spia accesa. La valigia era aperta con i vestiti appallottolati dentro, in giro magliette sporche e a rovescio impigliate ovunque, come fossero state lanciate da un treno in corsa. Raccolsi tutto e ficcai in lavatrice.

Quanto alla sabbia, aveva ragione la Vally: era una battaglia persa. Fortuna che l'aspirapolvere sembrava piuttosto nuovo.

Anche nella camera di Elisa trovai un bel caos, e di nuovo quello strumento musicale sul letto mezzo sfatto. Non osavo spostarlo, cosí ci girai intorno.

Qualcuno telefonò e il Professore partí come un razzo cercando di mettere avanti le mani in modo maldestro, rischiando d'incontrare gli spigoli. Ne dedussi che il telefono era sacro, e che la Vally aveva ragione a dire che il Professore inforcava le porte.

– Sí, va bene! Alle undici mi faccio trovare davanti al portone, certo, certo...

Una telefonata brevissima che l'aveva attivato. Restò con la cornetta in mano perché aveva ancora un apparecchio vecchio stampo, e con una certa fatica riuscí a riagganciare per bene senza rischiare l'isolamento.

– Oggi ci sono telefoni piú evoluti, Professore, – dissi, – che lei si potrebbe portare in tasca.

– Sí, mi è stato riferito. Però sono affezionato a questo qua che fa un suono tradizionale, quello di sempre, quello che sentivo anche trent'anni fa.

– Be', il suono lo si può riprodurre, – intanto provavo a venire a capo della polvere dell'ingresso senza molto successo a causa delle correnti d'aria.

– Poi quando squilla io vado a rispondere, – concluse. A prima vista sembrava un commento inutile, quindi mi venne da sorridere.

– Certo, se suona si va a rispondere, – ripetei.

– Non è una cosa da poco, Maria Vittoria, andare a rispondere al telefono presuppone una serie di condizioni. La prima è quella di essere certi dell'esistenza di un telefono.

Oddio. Mi sentii un'oca.

– La informo che si trattava di Costantino. Verrà insieme ad Aurora a prendermi, quindi non c'è bisogno che lei mi accompagni fuori. Però guardi che ci sarà occasione... – Temeva che me la potessi prendere, e che non gli proponessi piú di fare passeggiate.

– Come vuole. Sono suoi amici?

– Esattamente, erano due professori anche loro, e quando possono o vogliono mi fanno compagnia. Facciamo cose molto interessanti.

– Di che genere?

– Andiamo a comprare il giornale in largo Vaturi, poi passeggiamo qui intorno, ci mettiamo su una panchina parzialmente soleggiata, anzi loro vogliono stare all'ombra dove fa freschino, e leggiamo i titoli principali.

Eravamo al livello del mio giro al supermercato, però forse proprio per quello riuscivo a capirlo.

– Alle volte leggiamo per intero anche l'articolo di fondo –. Notai che non diceva affatto «mi leggono» ma «leggiamo», come fosse un'attività di squadra.

Fatto sta che dieci minuti dopo era pronto: aveva le scarpe che gli avevo camuffato io con il lucido nero, una maglietta bordeaux un po' impataccata e una giacca. Andò all'armadio a muro in cerca dell'impermeabile.

– Professore, a che ora vengono?

– Alle undici.

– Manca un'ora, si veste già con le scarpe e tutto, non è un po' presto?

– No, per me tanto è lo stesso.

Tornò in salotto e si sedette sul divano tutto imbacuccato. Prevalse il mio inutilizzato senso materno.

– Professore, però se esce si deve cambiare quella maglietta che è impataccata e magari la professoressa sua amica lo nota e non sta bene.

– Lei trova? – Ci teneva a non fare brutte figure. – Quindi mi cerchi lei una maglietta adatta visto che ha senso pratico come ha appena letto, e io di buon grado vedrò di cambiarla.

Non fu una faccenda tanto facile perché di maglie ne aveva poche e anche piuttosto sgualcite. Si capiva fin troppo bene che nessuno si occupava delle sue cose da un bel po'.

– Meno male che non c'è la Vally, – commentò, – altrimenti avrebbe detto immediatamente che sembro un barrocciaio e mi avrebbe obbligato a comprare dei vestiti.

– Addirittura...

– Dice che le mie maglie estive sono tutte da buttare, ma io non ci credo, è colpa del suo perfezionismo. Sa, ad essere troppo perfezionisti nella vita si resta al palo.

Pensai che potesse essere vero, cosí a orecchio, anche se non mi era del tutto chiaro a cosa si riferisse.

In ogni caso la Vally aveva ragione da vendere, nel cassetto non trovavo una maglietta decente a pagarla oro. Alla fine ne scovai una nuova, di un giallo imbarazzante.

– È quella gialla, vero? – chiese subito il Professore e io rimasi con un palmo di naso, perché proprio non capivo come facesse ad accorgersene.

– Mi sembra la migliore, – la tastò con attenzione. – Me l'hanno regalata le nipotine forse per prendermi in giro, ma è la piú morbida –. Ah, ecco da cosa la riconosceva.

Si volle cambiare in bagno, e riemerse con il colletto girato all'interno. Dovevano essere una prerogativa di famiglia, i colletti storti. Lo indussi a sistemarsi un po' meglio, a pettinare i pochi capelli, e a tornare in salotto sul divano in attesa dell'orario.

– «Non v'è grand'uomo per il suo maggiordomo», – commentò indicando col dito nella mia direzione, ma io non stetti a tenergli bordone anche se la frase mi colpí. Restò lí, in silenzio e senza radio, ma non chiese nulla, sembrava che misurasse il tempo. Poi mi chiamò perché gli cercassi l'«orologio parlante». Siccome non sapevo cos'era me lo descrisse come un orologio da polso, dotato di alcuni piccoli pulsanti.

– Dovrebbe essere nello studio, però sembra essersi volatilizzato.

Continuavo a non trovarlo.

– Mia figlia l'ha comprato al mercatino americano, lo conosce?

– Eccome, che livornese sarei?

– Quindi non è grave, se lo si perde, lei poi mi riaccompagna a comprarne un altro. Mia figlia mi ha anche regalato un bel portachiavi che suona se si fischia, ma io non sono capace di fischiare, lei sí?

– No, Professore, non so fischiare.

– Allora è un guaio perché non so dove sono le chiavi.

Era una parola stare dietro a un personaggio cosí. Di sicuro avrei dovuto scoprire cosa in realtà importava fare in quella casa, a parte corrergli dietro.

– Forse, Maria Vittoria, ora che ci penso devo aver messo le chiavi nell'impermeabile.

Era vero, meno male.

– Il tempo è una delle cose piú inesorabili. Devo tenerlo ben presente.

Santo cielo. Il mio di tempo stava volando.

Una volta riavuto l'orologio parlante parve sollevato, ma quando furono le undici non volle che lo accompagnassi nell'androne.

– Aspetto giú in piedi vicino alla siepe, tanto non mi sposto oltre il marciapiede. Piuttosto per favore mi dia un ombrello.

– Davvero pioverà?

Lo vedevo già un po' meno convinto.

– Chissà, i presupposti ci sono. Non bisogna mai sottovalutare i presupposti, sa?

Sparí nell'ascensore e io controllai dalla finestra. Il gruppetto era lí. Poi mi accorsi che sul davanzale c'era il segno di qualche pesante goccia di pioggia estiva.

Capitolo quinto

Mentre l’acqua bolle

Elisa non controllava affatto gli scontrini della spesa. Io li mettevo nel vecchio borsellino come mi aveva predicato la Vally, ma lei li prendeva e li buttava nel sacchetto del generico senza pensarci un istante. La vidi proprio con i miei occhi, e la prima volta mi stupii. Avrei potuto fare la cresta, o sbagliare a contare un resto. Insomma, quanto la Vally era stata perentoria, tanto questa se ne infischiava delle cose fondamentali. Invece io stavo attenta come avevo sempre fatto e poi rimettevo nel borsellino i soldi, al centesimo. Ma quel gesto no, non l’avevo mai visto fare da nessuno, neanche da mio marito nei tempi migliori, neanche da sua madre quando compravo la scatoletta al gatto che aveva prima. Neanche se la scatoletta al gatto la compravo con i soldi di suo figlio.

Non resistetti: – Ma Elisa, non controlla gli scontrini?

– Mi devi dare del tu, te l’ho già detto –. No, non me l’aveva detto. – Siamo anche coetanee. E per cosa li dovrei controllare questi scontrini, per raccontarlo a mia zia?

Andai a rovistare nel sacchetto della spazzatura per farle vedere che avevo preso anche dei prodotti per pulire che costavano abbastanza.

Lei mi guardò, piú che altro divertita: – Hai fatto bene. Ma lo so già, ho visto i flaconi in bagno.

Restai interdetta con gli scontrini accartocciati in mano.

– Mi fido, se non mi fidassi come farei a lasciarti qui da sola con un vecchio che non ci vede, e che quando ci vedeva manco sapeva il prezzo del pane?

– Allora forse non se l'è mai passata cosí male, – ormai l'avevo detto, anche se non volevo.

– Dipende, a volte la vita ti dà da mangiare ma ti leva un pezzo, a volte ti lascia tutti i pezzi ma non ti dà da mangiare. Quanto a mio padre non ha scelta: deve fidarsi, almeno per quello che gli resta da vivere.

Me l'ero cercata. Speravo solo che «quello che restava da vivere» al Professore durasse abbastanza per aiutarmi a rimettere insieme i cocci.

Però continuavo a non capire la sua fiducia: o la Bianchetti aveva detto che ero l'onestà personificata, oppure c'era dell'altro.

Indagai con circospezione: – Ma siccome te ci vedi, almeno un'occhiatina di controllo potresti darla, mi sentirei piú tranquilla

– L'ho data l'*occhiatina*, – disse, – ti ho guardata in faccia, – e andò in camera a suonare la viola.

Un suono strano, sicuramente triste. Il Professore, appena si accorse che la sua radiolina aveva un accompagnamento insolito, la spense e si spostò dal salotto, voleva sentire Elisa, e chiuse bene la finestra per non essere disturbato da nessun rumore. Quella musica gli ricordava qualcosa, forse, o forse sentiva il bisogno di registrarla in qualche angolo della memoria come una riserva a cui attingere. Elisa mi aveva detto che a suo tempo, quando ancora ci vedeva, aveva fatto scorta di luce per quando sarebbe arrivato il buio, magari adesso la stava facendo di musica. Ci sono cose che si possono surgelare come i fagiolini freschi, o le triglie. Ma con le cose immateriali ci vuole ben altro che il surgelatore.

Elisa continuò a suonare per mezz'ora, il tempo che ci impiegai a tagliare tutte le verdure e mettere sul fuoco il minestrone. Stavolta ripose lo strumento nella sua valigetta e si rifece il letto da sola, poi si mise a telefonare.

– Niente mare stamani? – chiesi prudentemente.

– Stamani ahimè no, – mi rispose il Professore, – ma

se lei facesse la spesa, Maria Vittoria, me lo prenderebbe il giornale? – Lo disse con l'aria di chiedere qualcosa di proibito e mi volle dare per forza un paio di euro «per essere sicuro che bastino...»

Le ragazze erano uscite con degli amici.

Alla telefonata di metà mattinata rispose Elisa:

– Oggi il mio babbo non esce con voi perché devo portarlo in banca.

Verso le undici il Professore si mise una giacca incredibilmente leggera, delle scarpe che gli risultavano scomode e gli occhiali da sole. Avrebbe voluto portare l'ombrello ma Elisa fu irremovibile. – C'è un sole che spacca le pietre, poi se vuoi proprio che piova, porto il pieghevole.

– No no, era tanto per avere in mano qualcosa.

Allora capii: non voleva usare il bastone per i non vedenti, e nessuno voleva ammetterlo. Però qualcuno glielo aveva procurato, l'avevo visto in un angolo della cucina, nascosto fra le scope.

Non so cosa dovessero sistemare in banca, ad ogni modo una cosa era certa: il Professore era contrariato perché non poteva fare il suo giretto, ed Elisa era piú nervosa del solito.

Ne approfittai per mettermi a pulire lo studio dove c'era di nuovo la sabbia, visto che la sabbia vola. In mezzo a quella baraonda trovai delle lettere con la busta di posta aerea e un articolo di giornale che risaliva a una data precisa di vent'anni prima. Nonostante fossero cose vecchie erano piú a portata di mano di quelle recenti.

Avevo molto da fare, per cui mettermi a leggere sarebbe stato un rischio soprattutto per il minestrone che bolliva. Però ero sola e nessuno mi avrebbe disturbato. Cosí lessi il titolo: «In ricordo di Laura Poggi, nota insegnante di liceo morta un mese fa nel tragico incidente al Calambrone».

La donna aveva lasciato un marito, conosciuto anche lui in città (pareva che l'unica a non conoscerlo fossi io), e la figlia appena maggiorenne. Non si diceva nulla della figlia, e poco del marito.

Il pacco di lettere invece era legato con un elastico imporrito che aveva ceduto, spargendone il contenuto in giro.

A giudicare dal timbro e dagli enormi francobolli colorati, era posta proveniente dagli Stati Uniti.

Non osai guardare quelle lettere, ma pensai che presto il Professore mi avrebbe chiesto di leggerne qualche parte, visto che si trattava di cose abbandonate lí sulla superficie del mare di giornali. Dallo strappo delle buste sbucava una grafia regolare e chiarissima che tratteggiava sempre un «Carissimo Luciano».

O forse no, non mi avrebbe mai chiesto di leggere un solo rigo perché si trattava di qualcosa di molto personale e legato al passato. Magari pensava di aver trovato un posto sicuro per le sue carte, e non immaginava che una domestica zelante potesse spostarle. O forse sí, ma se ne infischiava. Mi concentrai per ricordare quella frase che aveva detto il giorno prima: «non v'è grand'uomo per il suo maggiordomo». Be', sarà stata presa da uno dei suoi libri. Però era bella.

Misi da parte le lettere, legandole con un elastico nuovo. Cosí non si sarebbero piú sparse come foglie secche alle folate di vento.

Sotto la scrivania regnava il caos: decine di copie di «Time», molte ancora chiuse nel cellophane di spedizione. Americane pure quelle, con copertine spaventose: facce enormi di presidenti o scene di guerra. Non si trattava certo di riviste da parrucchiere.

Notai che le date riportate risalivano a parecchi anni addietro, anche quelle dei numeri ancora impacchettati. Come se a un certo punto il dialogo con l'America si fosse interrotto e nessuno si fosse piú curato delle notizie.

Rimisi tutto sotto la scrivania e andai a sistemare un po' il salotto, piegai la coperta sul divano. Dato il freddo cronico del Professore mi preoccupava l'inverno, a questo punto.

La caldaia era quella di un riscaldamento autonomo, e

quindi avrei dovuto imparare ad accenderla da settembre, se il Professore non fosse congelato entro agosto.

Negli angoli, per terra, trovai dei bicchieri sporchi. Non c'erano, nei giorni precedenti.

Lí per lí pensai che fosse colpa delle ragazzine, ma annusando mi accorsi che si trattava di vino. Feci il giro della casa per controllare, ne trovai ancora uno in camera di Elisa e un altro molto piccolo in cima a un pensile.

Quando il Professore e la figlia tornarono io avevo in mano i pomodori già pronti, ripieni di basilico e di pane avanzato. Non volevo buttare il pane, mi sembrava un insulto, e ci tenni a dirlo.

– Brava, – approvò lui, – in tempo di guerra era una rarità... come oggi la riconoscenza.

– Maria Vittoria, per favore metti un piatto in piú, – disse Elisa.

– Ho fatto cose di tutti i giorni, non pensavo che ci fossero degli ospiti.

– Non ti preoccupare, ieri sera è arrivato mio marito, ci pensa lui a comprare qualcosa che gli piace.

Un tizio poco piú alto di me, brizzolato, abbronzato e piuttosto insignificante sgusciò in casa lanciandomi uno sguardo infastidito, come fossi un'intrusa. Si dileguò prima che Elisa organizzasse una presentazione.

Il Professore si barricò nello studio. Quando andai a salutarlo mi disse:

– Maria Vittoria, domani ci vediamo, vero?

– Sí, stia tranquillo.

– Ottimo, io ascolto il radiogiornale, ma mi raccomando richiuda la porta, per favore, altrimenti c'è troppa corrente.

Richiusi la porta. Non si muoveva un filo d'aria.

Capitolo sesto

Immaginando nel buio

Quel pomeriggio non riuscivo a levarmi dalla testa che prima o poi mi sarebbe toccato leggere quelle riviste intitolate «Time». Avevo dei dubbi di pronuncia persino sulla parola «time», anche se fin lí ci arrivavo. Se avessi dovuto fare una cosa cosí difficile, però, la Tania delle Acli me l'avrebbe detto, invece aveva specificato che dovevo leggere *passabilmente* l'italiano. E basta.

In quei due anni al Commerciale avevo imparato solo delle cose inutili tipo: «Would you like a cup of tea or a cup of coffee?» e via di quel passo. Se avessi continuato magari l'inglese l'avrei pure imparato, invece avevo mollato ed ero andata a lavorare nella pizzeria dove c'erano i campi di calcetto, a fare scontrini e organizzare le rotazioni delle squadre. C'ero rimasta abbastanza per conoscere quello che poi, anni dopo, sarebbe diventato mio marito. Era stato un mago a farmi girare la testa: stava piantato in porta con la concentrazione di un tiratore scelto che non perde mai di vista l'obiettivo. Controllava i suoi con gli occhi, e parava le palle senza manco spostarsi granché. Una roccia, ne ero certa.

Cosí me l'ero sposato, forse troppo presto, a ripensarci.

C'era un altro punto su cui continuavo a rimuginare: gli scontrini buttati via senza guardarli. Elisa li gettava e metteva degli altri soldi nel cassetto, sempre la stessa somma. Ce li metteva comunque, anche se non erano ancora finiti e io non ne avevo chiesti altri, tanto che non mi mancavano mai, e mi ero fatta l'idea che in quella casa i soldi crescessero spontaneamente come la muffa in casa di mia suocera.

Eppure i soldi mica piovono dal cielo. Il Professore alla fine era un pensionato, avrà anche avuto l'invalidità, però un nababbo non era di sicuro. La casa era spoglia, abbondava solo di libri. In un corridoio c'era anche una libreria traboccante di vocabolari e di quaderni. Gonfi, le pagine rigide, piene di zampe di gallina pressate da una penna a sfera. Di conti e di numeri lí non ce n'erano, e manco di mappe del tesoro.

Per arrivare a casa mia avevo due possibilità: passare dal lungomare o fare l'interno.

In genere, una volta salita in macchina, la mia Panda arroventata mi portava a destinazione via terra. Di solito avevo sempre fretta di tornare per vedere se a casa fosse tutto a posto, se Aceto doveva fare pipí, se mia suocera aveva bisogno di qualcosa, se mio marito aveva lasciato le solite camicie, se la muffa si era asciugata. Invece dopo l'episodio degli scontrini me ne andai dalla parte del mare, e mi comprai pure un tramezzino da mangiare davanti agli scogli. Scesi piú a sud e mi sistemai su un masso ad Antignano dove d'estate c'è sempre gente che fa il bagno, o almeno ci prova, visto che l'acqua è bassa.

Tutti se la godevano parecchio: l'acqua era invogliante, trasparente, sopra di me un cielo azzurro con qualche batuffolo bianco. C'era chi se ne stava ad arrostire al sole, chi discuteva seduto su qualche spigolo di scoglio, chi tentava la pesca. Uno aveva pestato un riccio e si contemplava la pianta del piede.

Il tramezzino era buonissimo, e mi fece venir voglia di prendere una decisione: l'indomani sarei andata dal Professore col costume nella borsa, me lo sarei messa prima di andare via, e poi avrei fatto un tuffo. Anche io.

La mattina dopo trovai il marito di Elisa nell'ingresso. Si comportò come la prima volta, mostrando fastidio ad ogni passo da lí al bagno. Ci teneva a farmi capire che avevo invaso il suo territorio. Aveva qualcosa che mi ricordava il mio, di marito.

Gli altri se ne stavano tutti zitti e rinchiusi in cucina. Elisa si era messa a pulire il tavolo perché il Professore continuava a buttare biscotti e pezzi di crostata nella tazza del caffellatte in modo maldestro. Le ragazzine succhiavano svogliatamente il succo di frutta dai cartoncini, e in giro le briciole facevano la fortuna di una piccola fila di formiche che scorreva lungo il lavello.

La mia presenza rianimò un po' tutti.

– Maria Vittoria, stamani esco con lei, – disse il Professore.

– Era buonissimo il minestrone, oggi ci faresti un'insalata delle tue? – chiese Elisa.

Mi parve un buon incoraggiamento.

– Dovrò uscire con lei, – disse di nuovo il Professore, – in quanto i miei amici non possono venire: uno ha da andare dal dottore per le febbri reumatiche, l'altro è prigioniero delle direttive della moglie, e Aurora ha mal di denti.

– Un lazzaretto, Professore.

– A parte Aurora che sta sempre abbastanza bene, i miei amici, lei può immaginare, non sono dei ragazzini.

– Comunque camminano, no?

– Quello con i reumatismi va piano, almeno quanto la Vally che è alta come un soldo di cacio.

Mi venne da ridere, insomma, direi che tutti i difetti del mondo erano concentrati nella Vally.

Il marito di Elisa, intanto, entrò, prese una birra dal frigo e sparí. Non male per essere le nove di mattina.

– Quando vai al mare? – domandò a sua figlia il Professore abbassando la voce, come per ripararsi da quell'incursione.

– Tra poco. E per l'una e mezzo Maria Vittoria farà una bella insalata...

– Io non la voglio.

– Babbo, ti fa bene.

– Non riesco a mangiarla, sfugge alla mia forchetta in modo inesorabile.

– Trova altre scuse, babbo.

Lui si alzò e si fiondò nel salotto presumibilmente vicino alla finestra dei colombi. Per fortuna aveva messo le mani avanti.

Percepii una certa tensione, la stessa che avvertivo da mesi a casa mia. Non che dicessero o facessero niente di particolare, ma l'aria intorno si tagliava con il coltello.

Nel giro di una mezz'ora uscirono tutti, e io andai a stanare il Professore.

– Sto per dare l'aspirapolvere, – avvisai.

– E dopo mi accompagna a prendere il giornale, vero? Se ne sono andati senza nemmeno salutare, – commentò.

– Purtroppo non è in mio potere cambiare le cose.

Notai che vicino al davanzale c'era un bicchiere in bilico che doveva aver schivato per un pelo. Lo presi con cautela perché non se ne accorgesse.

– Sento odore di vino, – disse. – Strano.

Annusai. Aveva il naso fino.

– A proposito, Maria Vittoria, può leggermi l'inizio del *Manuale* di Epitteto? Dovrebbe essere di là sotto i giornali.

Avevo messo io in ordine i giornali, ma non avevo fatto caso al libro.

– È un fascicoletto un po' squinternato, – specificò il Professore. Lo trovai, meno male che non lo avevo buttato via con la pubblicità.

– Legga dall'inizio, vedrà come fornisce le istruzioni per ogni situazione. Ha abbastanza luce?

Tanta luce che mi avrebbero fatto comodo gli occhiali da sole, ma se era davvero come diceva lui valeva la pena leggere pure in piedi e col grembiule addosso: – «Tra le cose che esistono, le une dipendono da noi, le altre non dipendono da noi. Dipendono da noi: giudizio di valore, impulso ad agire, desiderio, avversione, e in una parola tutti quelli che sono propriamente fatti nostri. Non dipendono da noi il corpo, i nostri possedimenti, le opinioni...» Vado avanti?

– Salti fino a: «in una parola tutti quelli che non sono propriamente fatti nostri». Poi?

– «Le cose che dipendono da noi sono per natura libere, senza impedimenti, senza ostacoli. Le cose che non dipendono da noi sono in uno stato di impotenza, di schiavitú, di impedimento, e ci sono estranee. Ricordati dunque che, se credi che le cose che sono per natura in uno stato di schiavitú siano libere e che le cose che ti sono estranee siano tue, sarai ostacolato nell'agire, ti troverai in uno stato di tristezza e di inquietudine...»

– Ecco, appunto. Meglio sempre sprecarci un pensiero in piú che in meno. Dia qua il libretto per favore che me lo metto nella giacca.

– Professore, poi mi spiegherà meglio?

Lui si grattò la testa bofonchiando: – Non dobbiamo volere con ostinazione che le cose vadano come desideriamo, ma desiderare che vadano come vanno.

Provai a dire qualcosa di decente:

– Sarà, ma forse è un po' rassegnato questo Epitteto.

– Stoico, stoico.

– Non si può cavare il sangue dalle rape, giusto? Lo dicono anche al mercato.

Rise. – Brava. Ma non basta, bisogna che la cosa non ci tocchi, invece in genere ci arrabbiamo. Stare bene o stare male dipende solo da noi e da come valutiamo le situazioni. Però non voglio annoiarla.

Pensai agli scontrini. Forse si fidava di me perché doveva, punto e basta.

– Che ne dice di un bel caffè come quello di ieri? – mi rimise in terra il Professore.

– Elisa dice che le fa male bere troppo caffè.
– Probabile, però è andata al mare...
– Allora che facciamo?
– Non diciamo niente a nessuno, – concluse. – Mi pare inevitabile. A mali estremi, estremi rimedi.
Presi una moka piccola e cercai di fare un caffè leggero.
– Buonissimo, ci voleva proprio. Io mi metto le scarpe e poi l'aspetto giú vicino alla siepe.
Quella era la prima passeggiata di una lunga serie, me lo sentivo, ma non era proprio la giornata giusta per cominciare. Con cinque persone in casa – la famiglia di Elisa non accennava ad andarsene da lí con tutto il suo caos –, avevo parecchio da fare, e la passeggiata non sapevo proprio dove metterla. Però non avevo cuore di dire al Professore che era tardi, questi piccoli avvenimenti come la telefonata o il giro fuori sembravano di vitale importanza per la sua sopravvivenza, tanto quanto per me occuparmi delle sue necessità. Cominciavo a sentire una certa sintonia con lui, e la sua totale mancanza di senso pratico alla fine m'inteneriva.
Alla svelta mi tolsi il grembiule e le ciabatte per raggiungerlo. Vidi sbucare il cappello di paglia da dietro la siepe.
– Come vede, ho mantenuto la promessa di recuperare la passeggiata dell'altro giorno, di sicuro lei non se l'aspettava –. Era vero, non pensavo che fosse un fan del giretto a Villa Fabbricotti fino al punto di propormi una visita guidata.
Le giornate in ogni caso si stavano avvicendando con rapidità, il tempo lí sembrava piú veloce. Chissà se mi avrebbe fatto una lezione anche su quello.
– Bene, allora avviamoci verso l'edicola di largo Vaturi, lei sa dove si trova, vero?
– No, l'edicola no. Però so benissimo dov'è il fruttivendolo e la bottega che ha il pecorino che piace a lei.
– Certo, a ciascuno le sue competenze, io poi le mostro le meraviglie della zona e in particolare la Villa Fabbricotti dove vado con i miei amici, e dove Elisa mi parcheggiava

quando aveva le figlie piccole da portare ai giardini. Un tempo invece, quando era piccola lei, ero io che la parcheggiavo con la sua amica, all'epoca riuscivo ancora a leggere su una panchina. Vede come la vita inverte le carte?

Andammo quasi di buon passo e constatai che portarlo in giro non era poi cosí facile.

Accompagnare qualcuno che non vede dove mette i piedi, significa immaginare di continuo dove potrebbe metterli. I marciapiedi sono stretti, o pieni di buche, o sporchi, e la gente non pensa a scostarsi, non immagina d'incrociare un cieco. Sí, forse un bastone ci sarebbe voluto, ma decisi di non affrontare l'argomento.

– Allora, Maria Vittoria, io le tengo il gomito, cosí capisco meglio dove andare, però l'avviso che andrebbe attraversata la strada.

Mi resi conto che mi stancavo piú a stare attenta che a camminare, anzi non ero mai stata tanto concentrata in vita mia, al punto che oltrepassai l'edicola.

– Dev'essere qui, – mi disse a un tratto il Professore. – Ho sentito la voce di Giulio.

Il giornalaio aveva già pronti i quotidiani: – Ma che bella ragazza stamani, Professore, eh?

– Si chiama Maria Vittoria, – mi presentò con molto garbo.

Il giornalaio era un tipo con gli occhiali a mezzaluna in bilico sulla punta del naso a prugna, grasso, calvo e allegro: – Sa che il Professore la mattina è cosí puntuale che quando lo vedo potrei regolare l'orologio? – mi disse.

Come ci allontanammo commentò: – Sto diventando peggio di Kant.

– Di chi?

– Kant. Era un grandissimo abitudinario.

– Allora aveva poco da lavorare, – commentai.

– Ha ragione. Quindi lei non ha mai sentito questo nome?

– Forse. Io mi ricordo solo Socrate e Platone.

– Bastano e avanzano, a ben vedere.
– Ma lei, Professore, cosa insegnava?
– La filosofia, – rispose, – ma anche la storia.
Era ovvio. In quel momento mi sentii davvero come il maggiordomo di un grand'uomo.
– Ma quella frase che ha detto l'altro giorno è sua?
Cadde dalle nuvole. – Mi ricordi lei.
– «Non v'è grand'uomo per il suo maggiordomo».
– Ah già. No, è di Hegel, il grand'uomo si mostra al suo maggiordomo per quello che è, svelandogli le sue necessità. Io so dove l'ha scritta.
Non proseguí, probabilmente era affaticato. Io stavo con gli occhi incollati ai suoi piedi, li trascinava un po', come per seguire l'andamento del terreno. A volte inciampava su qualche dosso, incappava in qualche buchetta.
Teneva stretti i suoi tre quotidiani sotto il braccio libero, come avesse paura che qualcuno glieli scippasse. Me li porse con estrema cautela, non appena si rese conto che il semaforo era rosso, visto che non mi muovevo.
– Mi legge per favore il titolo a sinistra, quello sotto la testata?
– C'è scritto *Se questa è Europa*.
– Grazie, grazie, basta solo che mi dica chi l'ha firmato.
Attraversammo, sentii che il suo respiro era un po' affannoso. Aveva il golf pesante, con quel caldo era il minimo.
– Le basta sapere solo titolo e firma?
– Per ora mi basta, a volte l'immaginazione fa miracoli.
Questa risposta mi disorientò.
– Riesce a vedere Villa Fabbricotti là sulla destra?
– Vedo un cancello.
– Esattamente quello. È la mia meta quotidiana, entriamo per qualche decina di metri?
Non mi pareva vero, ci sedemmo su una panchina sotto un leccio.
Il sole passava polveroso qua e là fra i rami, c'era una pace.

– Perché non va al mare anche lei ogni tanto? – chiese. – Oggi per esempio. Domani il tempo si guasterà.

Arrivò un merlo a cantare sulla testa del busto di marmo davanti a noi.

– Simpatico, – commentò, – è sul ramo o sulla testa di Mascagni?

– Sulla testa.

– E poi dicono che i busti di marmo non servono piú a niente.

Lo osservai: il cappello di paglia calato sulla fronte a toccare gli occhiali da sole, le gambe magre accavallate, il tronco leggermente proteso in avanti come a cercare di captare dei suoni o dei movimenti, le spalle un po' curve, anche se ancora molto larghe. Forse era stato un nuotatore.

– Lei, Maria Vittoria, si sta facendo delle domande, non è vero?

Ebbi un sussulto. Poteva sentirmi pensare?

– Lei che ha ancora il dono della vista non immagina quante cose siano inscritte in quello che non si può vedere.

– Professore, di cosa parla, degli articoli?

Si mise a ridacchiare.

– No, lí le cose sono scritte, non *inscritte*.

Santo cielo, peggio che andar di notte, ma la mia curiosità cresceva e i minuti passavano.

– Pensi all'aria che può spostare quel merlo sulla testa della statua. Ogni piccolo spostamento produce un cambiamento che arriva fino a noi.

– In che senso?

– Tipo l'acqua, Maria Vittoria, come succede nell'acqua. Provi ad aprire questo inserto, – e mi porse un fascicoletto che aveva scelto con un criterio per me inspiegabile.

– C'è un articolo interessante, vero? Parla appunto delle onde gravitazionali… vede, come quelle dell'acqua –. Forse ne avevano parlato alla radio visto che andava a colpo sicuro.

Trovai l'articolo e mi terrorizzai all'idea di leggerlo, ma quel che era peggio era la foto.

Un buco nero.

– Non si preoccupi, non le chiedo di leggerlo.

– Allora che fa, Professore, si *immagina* anche questo? – Capii che ero io piú di lui a brancolare nel buio, almeno in quel momento.

– No, non devo immaginare nulla, devo solo stare attento a non perdere mai la tranquillità dell'animo. Nonostante quello che scrivono sui giornali.

Aveva alzato la testa e si era appoggiato alla panchina come cedendo finalmente al bisogno di rilassarsi, e difatti il merlo era volato via quasi fosse l'incarnazione dei suoi pensieri.

– Ma io la annoio con questi discorsi?

– No, Professore, mi sembra che lei mi accenda come una lampadina.

Una volta apparecchiata la tavola e lasciato tutto pronto, mi ero messa il mio due pezzi azzurro, quello che era stato classificato da mio marito come «spugna per i piatti», e avevo aspettato gli altri in salotto insieme al Professore, che intanto faceva partire il suo orologio parlante ogni cinque minuti circa.

– È tardi, lei deve andare, mi lasci qui con la radiolina.

Sembrava inquieto, contrariato da qualcosa. Mi disse che si preoccupava quando qualcuno tardava «perché l'imprevedibile purtroppo esiste», ma non aveva continuato la frase perché si era sentito infilare la chiave nella porta, finalmente.

Capitolo settimo

Il nuotatore

Scesi velocemente le scale di marmo e raggiunsi in fretta la mia Panda. Volevo andare piú a sud stavolta, poco dopo Calafuria.

Avevo addosso quella sensazione di disobbedienza che mi prendeva da ragazzina quando le mie compagne bigiavano. «Ci troviamo al portone prima che suoni la campanella poi si prende l'autobus che fa il Romito, dài, vieni!»

Io però alla fine non le seguivo, magari dentro di me ero lí a fare la sirena su un asciugamano tigrato, ma a scuola ci andavo lo stesso.

Quel giorno invece andai dritta verso gli scogli. Mi dispiaceva davvero solo per Aceto, ma mi sarei fatta perdonare.

Scesi giú in cerca di un punto dove lasciare la borsa.

Il mare era appena increspato dal maestrale che si alza sempre a quell'ora, però è forse il momento migliore per la luce, la sfacciataggine del sole e il fresco dell'aria, pare che non ci sia differenza fra il godersi l'acqua da fuori o da dentro. Mi misi seduta con i piedi in una specie di conca naturale e guardai il movimento dell'onda che cambiava colore.

Era un bello spettacolo, e dentro di me provai a descriverlo come avessi voluto raccontarlo al Professore. Non ci riuscivo perché non avevo dimestichezza con le parole, o forse perché le parole non si piegavano.

– Marvi!

Non capii subito da dove provenisse quella voce.

– Baroncini!! – sentii gracchiare di nuovo.

Era la Tania, maldestramente insaccata in un due pezzi rosso a pallini bianchi, tanto che mi dava l'idea che avesse addosso un paio di fette di finocchiona.

Si portava a rimorchio un bimbo pieno di graffi che saltava di continuo come una rana dallo scoglio all'acqua e dall'acqua allo scoglio, fino a grattugiarsi come una carota.

– Allora che mi dici? – continuò a starnazzare, alla distanza di almeno quattro metri.

Non eravamo su un'isola deserta e avevo ben poco da dirle. In realtà mi scocciava assai che mi avesse abbordato in quel modo, dovevo far sapere i fatti miei anche ai granchi?

– Bene. Va bene...

– L'ultima volta andava male, ti ricordi?

Fortuna che i livornesi di norma urlano abbastanza, nessuno mostrò particolare curiosità.

Tranne uno.

– Sí sí, ma comunque sto lavorando...

– Dal Farnesi, eh?

– Sí, dal Professore.

– Hai visto che con un po' di buona volontà si ottiene tutto? Mirko!

Il bimbo si era buttato su una biscia di gomma e scavallava verso il mare aperto.

– Guarda che disgraziato, e chi lo tiene a bada, il mi' nipote. Mirko, torna indietro!

Quello non la degnò di un'occhiata, e come tutta risposta si mise a sgomitare neanche dovesse arrivare alla Gorgona.

– Mirkooo! – Si era spostata cosí in bilico sul bordo di quella piattaforma naturale che temetti di vedere l'effetto che fa un enorme panino alla finocchiona che cade in mare.

Ma fui graziata.

– Ora ci vado io, – disse quello di fianco a me, l'unico che avesse seguito la faccenda.

– Ma guarda come va veloce. Mirkooo!

– Lo becco alla grande, – aggiunse il tipo. Si alzò con calma, vidi la sua figura in controluce, non riuscivo a guardarlo in faccia per capire se la cosa lo divertisse. Andò a infilarsi le pinne sedendosi in cima allo scoglio e si tuffò.

– Eh Baroncini, mi sa che hai fatto colpo... – sentii sfiatare piano dalla Tania, che si era avvicinata.

Al nuotatore bastarono poche bracciate per afferrare e spingere a riva la biscia di gomma con il suo carico che si lagnava. Quindi lo minacciò:

– Ora però se ci rivai ti viene a prendere la guardia costiera.

– Grazie, bravo. E ora questo qua mi sente per benino, lui, la su' mamma e il su' babbo!

La peste si mise immediatamente a frignare rendendo vano, grazie al cielo, qualunque ulteriore tentativo di dialogo da parte della Tania.

Intanto il nuotatore si era tolto le pinne e le scaraventò a un paio di metri da me con evidente abilità. – Lei invece, signorina, ci sa tornare da sola dalla Gorgona? – Vedevo il suo sorriso sul luccichio della superficie.

– Mi basta arrivare davanti allo scoglio della Meloria.

Appena fui certa di non essere troppo notata decisi di buttarmi in mare come un'anatra nella pozza. Non avevo ben inquadrato costui, però aveva un discreto fisico, forse era piú giovane di me, e non sembrava un «battitore libero». Tant'è vero che se ne partí di buona lena con l'evidente intenzione di essere lasciato in pace.

Buttarsi in mare è come una guarigione, è come un battesimo. Forse quello era il terzo bagno della stagione perché mi ero proprio dimenticata che oltre ai guai ci fosse qualcos'altro.

Mi allontanai di poco, sguazzando con un'inedita beatitudine intanto che tenevo d'occhio lo scoglio, la borsa, l'asciugamano, la Tania che ficcava la maglietta in testa alla peste, la linea della collina contro il cielo.

Chiusi gli occhi. Misi la testa sotto e sentii la freschezza del mare, poi cominciai ad allontanarmi dalla riva pigramente, per assaporare meglio tutta quella bellezza. Desiderando che le cose andassero come andavano.

Mi ritrovai a una discreta distanza, tanto che il nuotatore mi passò vicino una prima volta. Poi una seconda. Poi una terza.

Alla quarta si fermò:

– Ma lei signorina nuota o fa da boa? – chiese dopo aver sputato l'acqua.

– Generalmente galleggio.

I suoi capelli erano molto corti, scuri, il viso triangolare e leggermente abbronzato. Non si tolse gli occhialini, però.

– Allora, visto che io ho fatto un favore alla sua amica, lei lo farebbe a me?

– Se non si tratta di andare a caccia di polpi se ne può parlare.

– No, niente polpi, mi basta che non si muova da lí, magari facendo il morto.

– Perché?

– Mi serve un riferimento. Sotto di lei ho visto un'*Aurelia aurita* bellissima.

Oddio, un altro che sa un'infinità di cose piú di me.

– Sarebbe?

– Una medusa.

– No. Dove? Aiuto! – e presi a scalciare come una furia per tornare verso riva.

– Non erano questi gli accordi.

– Le meduse proprio no!

– Ma è un organismo interessante, soprattutto poco aggressivo, – continuò il tipo restandosene tranquillamente nella sua postazione.

– Questo lo dici te!

– Ci presentiamo?

Ma ero già lontana. Quella medusa ebbe il merito di farmi nuotare come un razzo. Lui rimase indietro e lo vidi immergersi piú o meno nel punto da cui ero fuggita. Poco dopo nuotava a rana verso riva, il sorriso a pelo d'acqua si era notevolmente ridotto.

– Poco aggressiva, eh?

– La prima sí, ma vicino c'era pure una *Pelagia noctiluca* che... piccola, rosa, ha colpito.

Parlava come avesse in bocca una castagna. Il labbro era di certo un po' gonfio. Mi venne da ridere.

– Era una sua amica anche la *Pelagia noctiluca*? Se non voleva fare la boa bastava dirlo.

Saltò sullo scoglio restando di spalle, larghe, e cercò uno stick. Pareva attrezzatissimo per qualunque evenienza.

– Ci rivediamo? – mi chiese.

– Ci sta di sí.

E ti rivedrei anche volentieri, pensai.

A casa non riuscii nemmeno a parcheggiare la macchina da quanto Aceto ci saltava intorno per la contentezza. Mia suocera indossava la tuta di ciniglia verde che le avevo regalato anni prima, e agitava il guinzaglio come fosse una briglia. Figuriamoci se il cane le dava retta. Fu già tanto se riuscii ad aprire la portiera.

– Barolo, lasciala sta'!

Quello niente, si comportava come il Mirko della Tania. Aceto di dubbi non ne aveva, al momento era chiaro che mi preferiva di un bel po'.

– L'hai letto il biglietto?! – Mia suocera si era avvicinata. Potevo vedere la ricrescita bianca sotto quella tinta rossastra che mi chiedeva sempre di farle.

– Quale biglietto?

– Mi dovrai pagare l'acqua te, perché il mi' figliolo dice che lui soldi un ce l'ha ma te pare di sí, perché devi avelli imboscati.

– Va bene.

Restò di sale. Non mi andava di raccogliere provocazioni, ma lei aveva già preparato le armi e le pareva impossibile che non servissero.

Le presi il guinzaglio di mano e subito Aceto venne a farselo mettere.

– Guarda che dice di preparargli il divano, poverino, lavora fino a tardi lui, mica come te.

– Va bene.

– Ma un me la puoi fa' la tinta domani mattina?

– No, la mattina no, semmai la sera.

– Ma che fai tutto il giorno da un po' in qua?

– Leggo.

– Ci mancava solo questa.

Si stava agitando, non trovava dove attaccarsi manco fossi stata un'anguilla.

– Me la fo' da sola allora, anche di dietro, perché mi sa che te un hai tutti i tu' venerdí, e chissà poi come viene.

– Va bene.

Era vero, il tempo si era un po' guastato, con una nuvola grigia che non si spostava da Montenero. Una cappa, ma gravida di pioggia, anche il Professore l'aveva preannunciato.

Funzionava meglio di un barometro, quindi gli chiesi delle spiegazioni al riguardo:

– Ho i miei informatori, – ironizzò.

– Sarebbero?

– Prima erano i colombi ma temo che qualcuno li abbia scacciati, quindi ormai, cara Maria Vittoria, la mia informatrice infallibile resta la porta del bagno.

– Cioè?

– Cigola quando sta per venire l'umidità, poi quando piove smette di cigolare e annuncia il sole.

Andai a controllare, in effetti cigolava un po'.

– Però per favore non si metta a oliare i cardini perché per me sarebbe un inconveniente.

– Ha già provato?

– Ahimè sí. Poi ho tolto l'olio con la carta igienica per farla tornare come prima.

– Prometto, la lascio cosí.

– Anche i colombi andavano lasciati dov'erano. Tutti sono convinti che si debbano migliorare le cose, ma non sanno esattamente cosa significhi migliorare le cose –. Poi aggiunse: – È un guaio quando qualcuno sentenzia al posto tuo e sulla tua vita, anzi è un vero e proprio abuso. Provi a mettersi nei miei panni.

Restai in silenzio perché pensavo che avrebbe aggiunto qualcos'altro.

– Per esempio la Vally.

Appunto.

– La Vally decide al posto mio e stamani ha congiurato con mia figlia di portarmi a comprare delle magliette. Poi hanno deciso che devo trovare un altro costume da bagno perché sono dimagrito molto. A loro dire. A me pare di no, mi sento una grande pancia.

Lo guardai meglio, era piuttosto magro: continuava a stringere la cintura dei pantaloni bucherellati che portava in casa ma senza risultati accettabili. Forse quella sensazione di «grande pancia» doveva essere riferita al dottore, piú che a me.

– Professore, già che c'è, si faccia comprare anche una cintura, – dissi.

– Un'idea pertinente.

Cominciavo ad avere una certa influenza.

Poi sparí, e mentre mettevo a posto la cucina riapparve con un mucchio di soldi in mano. Chissà dove li aveva presi, doveva possedere un nascondiglio sicuro.

– Maria Vittoria, visto che non ho speranza per oggi, e che devo andare a comprare queste famose magliette, vorrei che lei mi dicesse se questi fogli bastano.

– A meno che non vada a comprare maglie ricamate d'oro direi che sono anche troppi.

– Non sono mai troppi. Poi se avanzano so cosa farci, – borbottò. – Ma secondo lei mia figlia e le nipotine sono vestite in modo decoroso? Sa, io non me ne rendo conto.

La domanda mi colse alla sprovvista, ma provai a fare mente locale per dire qualcosa di diplomatico:

– Be', a me sembra che siano tutte vestite... – esitai, – normalmente, cioè come tutti, un po' casual.

– Casual.

– Sí, si dice cosí, Professore.

– Casual...

– Non saprei descrivere, diciamo con i jeans, la maglietta.

– Non depone a favore di un concetto di eleganza.

– Difatti casual sarebbe a dire...

– Che sono vestite a casaccio, – concluse.

– Non proprio.

– Evidentemente mia figlia non ha la minima cura di se stessa. Ho la sensazione che nessuno pensi a lei.

Era una considerazione amara, e mentre si ficcava in tasca il mucchietto di «fogli» mugugnò fra sé e sé: – Finché sono vivo ci penso io, visto che sono suo padre.

– Quando andrete?

– Nel pomeriggio, appena arriva la Vally con la sua macchina piccola e perfetta.

Poi si mise a cercare le scarpe per uscire. – Viene Aurora stamani, – m'informò, – anzi le dirò di salire, cosí la conosce.

Era agitato come un alunno prima di un'interrogazione. Si mise le scarpe giuste, e da solo, poi si sedette in cucina vicino al mobiletto del telefono in una posizione strategica, con il cappello e una giacchetta. Si era messo anche gli occhiali da sole e nell'insieme era insolitamente presentabile.

Presi i soldi per fare la spesa e vidi che c'erano anche tutti i miei vecchi scontrini stipati nel cassetto, ovviamente incontrollati. Stavolta li buttai via direttamente io. Il Professore se ne stava in silenzio, senza radiolina e senza orologio parlante.

– Ma lei esce con tutti quei soldi in tasca?

– Almeno sono sicuro che se capita qualche imprevisto sono fornito. Non so, magari trovo nella cassetta della posta un bollettino da pagare o posso avere l'occasione di aiutare qualcuno. Sempre meglio non avere debiti col mondo, sa? Per un discorso di onestà con la società intera. Io ai miei studenti l'ho sempre detto, forse qualcuno l'ha compreso. Fa parte del concetto di eredità.

Tirò fuori il suo libretto di Epitteto e fece frullare le pagine, io posai i guanti di gomma. Ormai avevo capito.

– Per ingannare il tempo, – aggiunse, – mi rinfreschi la memoria del precetto 38.

– «Come durante una passeggiata fai attenzione a non camminare su un chiodo o a non storcerti un piede, cosí fai attenzione a non nuocere al principio direttivo che è tuo. E se osserviamo questo principio in occasione di ogni azione, potremo intraprenderla con piú sicurezza». Ma lei si ricorda a menadito tutte le frasi?

– No, ho alcuni punti di riferimento mnemonici, delle piccole tracce che servono a me per…

Suonò il campanello, il Professore schizzò in piedi e andò ad aprire con una discreta precisione.

Aurora, la professoressa, era alta come me, rubiconda e sorridente, fra i sessanta e i settanta, con uno chignon platinato, un rossetto fiammante e due orecchini di finte perle che parevano due confetti. La faccia rotonda, i piccoli occhi verdi che sprizzavano allegria con in mezzo un naso lungo come quello di Olivia. Era piuttosto in carne, e nascondeva la figura sotto un largo vestito color malva stampato a papaveri. Diciamo che non sarebbe passata inosservata. Doveva essere il suo sistema per segnalare un problema quando andava in giro con un cieco.

– Oh Luciano! – gorgheggiò come un cardellino, – che caldo! Che stupenda ragazza! E questo profumino di soffritto?

I convenevoli durarono assai, fra esclamazioni squillanti e strette di mano, poi lei andò a depositare sulla scrivania, già duramente provata, una pila di giornali vecchi che teneva stipati in una borsa. Assicurò di aver letto accuratamente tutto, di non essere d'accordo su nulla, e di restituire al mittente in caso di «future discussioni plenarie».

Non so di cosa parlasse, ma il Professore per tutta risposta andò a chiamare l'ascensore schivando uno spigolo per un pelo.

– Maria Vittoria, – disse piano Aurora passandomi accanto, – è una fortuna anche per lei stargli vicino. Lui vede meglio di noi e poi... – Non finí la frase ma fece un gesto a metà fra un saluto e un «ne parleremo».

Uscí anche lei sul pianerottolo e sparirono nell'ascensore. Corsi a vedere come stava il mio sugo di pomodoro. «A ciascuno le sue competenze», aveva detto il Professore una volta.

La mia Panda aveva letteralmente pisciato in terra. Mi era bastato girare la chiave e si era accesa la spia dell'acqua. Cosí avevo guardato sotto. C'era una bella gora, almeno mi consolava l'ombra del nespolo, un'ombra smorta creata dall'afa e da un sole sbiadito ma feroce lo stesso. Di certo non sarebbe stato facile arrivare sul Romito in quelle condizioni. Quindi niente mare, mi dissi, dovevo cercare un'officina.

Ero lí a meditare sul da farsi quando vidi sulla curva una macchina grossa, metallizzata, che si avvicinava.

Si affiancò alla mia scalcagnata utilitaria, era il marito di Elisa.

– Vai via? – chiese senza salutare, come al solito.

– Magari, – risposi, – sono in panne.

– Ok, – e se ne andò di gran carriera.

Dopo un paio di minuti arrivò Elisa con un'utilitaria piccola e le figliole dentro. Fece la stessa cosa, si affiancò:

– Maria Vittoria, ancora qui?

– Ho la Panda che perde, devo trovare un meccanico.

– Qui non apre prima delle cinque –. Certo, se non andavo al mare io, ci andavano di sicuro i meccanici. – Ti presto la mia, se ti va.

Noncurante delle mie proteste, definite da lei «salamelecchi», mise la sua macchina di traverso su un passo carrabile, uscí, fece scendere le due ragazzine scure come gianduiotti e con i capelli lunghi ancora bagnati, e mi dette le chiavi. Suo marito passò a piedi, a debita distanza e con un grosso sacco, guardando dritto davanti a sé.

– Conosco bene il meccanico, – disse Elisa, – oggi gliela porto io la tua macchina a due all'ora, tanto è vicino, poi domani ce le scambiamo di nuovo.

Non so quante volte la ringraziai, lei, la sua furia e i suoi modi sbrigativi. Mi disse che se fosse capitato a lei io avrei fatto lo stesso. Ma non ne ero cosí sicura.

La sua macchina forse era ancora piú piccola della mia, però piú nuova. Mi era tornata la voglia di andare al mare per un tuffo e ci pensai fino al bivio che portava a est o a ovest. Alla fine tornai a casa. Il contrattempo mi aveva ringalluzzito il senso del dovere. Volevo parcheggiare in un luogo sicuro, tipo il cortile dalla parte della suocera, per non rischiare un segno sulla carrozzeria. Una volta arrivata vidi che la macchina era sudicia fuori peggio che dentro, e perfino coperta di colate di resina qua e là come se avesse stazionato a lungo sotto i pini. Aveva anche un paio di ammaccature, una davanti e una dietro. In compenso le gomme sembravano nuove. Assomigliava a Elisa: l'essenziale c'era, mancava l'apparenza.

A casa mia era tutto come al solito, salvo il cane che dormicchiava inspiegabilmente e la muffa che stava dilagando con piú allegria. Non c'erano le camicie ma mio marito in persona sdraiato sul divano con il termometro sotto il braccio.

– Mi viene da vomitare, – disse.

– Te lo fa sempre quando mi vedi, – commentai.

– Lo dico per davvero.

– Anche io.

– Vabbè, ho capito. Prestami la macchina.

– È rotta.

– E come sei tornata? Volando come Mary Poppins?

Si alzò e andò a controllare dalla finestra se avevo detto la verità.

– Ma quella lí fuori?

– Me l'hanno prestata.

– Allora la possono prestare anche a me.

– Ne ho bisogno io tra poco.

Era vero, volevo lavarla e restituirla almeno pulita.

Lui se ne tornò sul divano. – Tanto muoio prima, – disse. Pareva distrutto, ma non ci cascai.

Montai l'asse e scaldai il ferro, poi attaccai a stirare in silenzio mentre lui era in morte apparente. Una volta almeno ci provava, ad aiutarmi, e poi si rideva insieme del risultato. A quel tempo prendevamo tutto come un gioco. Forse era stato questo lo sbaglio.

– Passami quella blu, – disse a un certo punto.

– *Per favore*, – sottolineai, e gliela passai sgualcita.

Rufolò nel taschino, era la camicia dove avevo trovato l'indirizzo di una sala bingo.

– Qui doveva esserci un biglietto.

Continuai a stirare imperterrita. – Mai visto nessun biglietto.

– Eppure... – cominciò ad agitarsi.

– Se era importante potevi metterlo nel portafoglio.

Si alzò e si mise a frugare ovunque sempre piú freneticamente. Ma ritrovare il biglietto dipendeva da me, e continuai a stirare. Meglio che stesse lontano dalle sale bingo.

Lo guardai. Mi parve diverso, in balía di se stesso. Continuava a non farmi pena.

Si mise una camicia ancora calda e uscí. Mi salutò persino.

Io finii nell'arco di una mezz'ora, poi andai a lavare la macchina e a togliere la colata di resina dal finestrino. Volevo anche invasare un piccolo ligustro. Quello è senza grandi pretese, può starsene tranquillamente sul balcone al sole. Il Professore avrebbe accarezzato le foglie con le dita, e qualche merlo ci avrebbe raspato dentro.

Capitolo ottavo

Aria pura

Cominciavo ad avere l'impressione di fare la spola non tra due case ma tra due pianeti. Quei pochi chilometri che separavano la mia vita da quella del Professore mi parevano anni luce percorsi in una ventina di minuti al massimo, inclusi i semafori rossi.

Entrando con la piantina di ligustro incappai nella vicina del Kgb con il carrello della spesa. Mi squadrò dietro i grandi occhiali da miope e quando ebbe chiaro il panorama s'illuminò.

– Vista la macchina nuova? – chiese subito.

– Quale?

– Ma come quale, quella grande, l'hanno messa sotto il mio balcone.

– No.

– E la cognata l'hai conosciuta?

– Sí.

– E come è andata?

– Bene, credo.

– Quella prima di te l'ha mandata via lei. E il suo vecchio scolaro?

– Quale?

– Quello morettino che lavora a Pisa e ogni tanto viene e gli legge.

Questa mi tornava nuova.

– So che stamani doveva venire il dottore.

– Il dottore? – Mi agitai, altroché.

– Sí, cercava un libro per il figlio, e forse il Professore

ce l'ha. Se non ce l'ha lui che ne ha a quintali. Via, sono in ritardo.

Restai spiazzata.

Quando aprii trovai il Professore in piedi nell'ingresso che si teneva la fronte. Aveva un taglietto e un bernoccolo.

– Cos'è successo, si è fatto male?

– Ho trovato un ostacolo inatteso sulla mia traiettoria...

– Ma dove?

– Bah, nel corridoio. Un oggetto insolito alto come me che aveva delle sporgenze e che poi è sparito.

Intorno non c'era niente. L'unica cosa reale pareva il bernoccolo con il taglietto.

Gli dissi di sedersi in cucina e presi un po' di ghiaccio dal freezer. Dietro la porta c'erano delle canne da pesca che prima non avevo notato. Mi parvero compatibili con l'accaduto. Preparai un sacchetto di cubetti e lo diedi al Professore:

– Lo metta sulla fronte.

Da come eseguí senza fiatare immaginai che gli facesse abbastanza male, ma l'alcol non lo volle, neppure quello che non brucia. Non si fidava, era una diavoleria «priva di risvolti terapeutici». Apparentemente la cucina era in ordine e io volevo restituire a Elisa le chiavi della macchina e spiegarle dove l'avevo parcheggiata.

– Dove sono tutti? – chiesi.

– Sul tetto.

– Ma come?

– Non ho idea di cosa avessero da sperimentare ma sono saliti e non si sono piú visti –. Poi cambiò la mano che si stava congelando e aggiunse: – Comunque io non li avrei visti in ogni caso.

Sembrava un gatto che resta a casa in attesa che il tempo passi, però di colpo gli venne in mente qualcosa. Proprio come il gatto, che se ne sta spalmato sul divano a occhi socchiusi, poi all'improvviso li spalanca, insegue un'apparizione e se ne schizza chissà dove.

– Maria Vittoria, – disse, ricomparendo con un libro in mano, – visto che siamo soli e nessuno controlla, non è che mi farebbe un bel caffè?

Ero preparata, avevo preso la miscela giusta.

– Ma prima mi leggerebbe una breve cosa?

Figuriamoci.

– Si tratta di una massima capitale di Epicuro che mi ci vuole ora, mi sembra la quarta. Provi a vedere lei se c'è abbastanza luce.

– «Non perdura continuamente nella carne il dolore, ma il massimo permane minimo tempo, e non persiste molti giorni quel soffrire che appena si sovrappone al piacere corporeo: anzi, le lunghe malattie piú hanno piú abbondevole il piacere del corpo che la doglia». Professore, questo è matto, e anche l'italiano suona strano.

Ridacchiò. – No no, traduzione fedelissima. Epicuro mi spiega come si gestiscono le sensazioni. Anche quella di questo bel bernoccolo che mi sono procurato per la mia sventatezza.

Stavolta ridacchiai io, e gli restituii il libro. Sapevo che gli epicurei sono quelli che se la godono, ma si vede che mi sbagliavo.

Il caffè glielo misi sul tavolo, dove lo lasciai alle prese con una bustina di zucchero.

– Quando arriva il marito di mia figlia le novità non si contano, – bofonchiò, – non mi stupirei che avessero una mongolfiera.

Salii la breve rampa che proseguiva oltre il pianerottolo e mi trovai davanti una porta sgangherata di legno scheggiato, appena accostata e incastrata nel pavimento. Il tetto luccicava per una vernice argentata, e in pratica era una grande terrazza: a destra una marea di antenne e sbocchi dell'aria dietro un parapetto sbriciolato, a sinistra, oltre a un bucato steso, si svoltava in un'ampia zona tra una balaustra arrugginita e il solito muro scrostato. Era chiaro che oltre il muro non si poteva andare perché, tranne un tratto calpestabile ma quasi privo di bordo, c'era il vuoto.

Elisa si trovava esattamente lí, nella minuscola zona di pochi metri quadri confinante con il nulla, e stava urlando:

– Non ne posso piú, ora me ne vado!

Io, che soffro di vertigini, mi bloccai. Mi prese un gelo dalle gambe fino alla radice dei capelli. Cercai di mettere a fuoco la scena ma c'era vento.

Le ragazze stavano prendendo il sole, il marito aveva in mano una sorta di telecomando ed Elisa era impegnata a raccogliere delle mutande che un oggetto volante aveva tirato giú dai fili del bucato. Praticamente stava rischiando la vita per degli slip.

Mi avvicinai al parapetto tendendo le mani verso di lei. – Torna al sicuro, – le dissi. Presi i panni e l'aiutai a scavalcare.

– E chi lo decide se il sicuro è di qua o di là? – chiese.

Era proprio figlia di suo padre.

Suo marito continuava ad armeggiare con quell'insolito aggeggio telecomandato e brontolava:

– D'altronde io soffro di vertigini ma te no.

Si vede che gli pareva una buona spiegazione per mandare la moglie a un metro dal vuoto.

– Sono parecchie le cose di cui non soffro, ma è lo stesso...

Andammo a riattaccare le mutande ai pochi fili che campeggiavano su quel lato.

– Di chi è questo tetto? – domandai.

– E chi lo sa? È uno spazio condominiale, ci vengono tutti. I panni qui asciugano in un attimo.

– Grazie per la macchina, l'ho messa in via Labriola davanti al portone del dentista.

– Il meccanico ha detto che te la fa per le due, è qui vicino, – disse.

– Ma cosa sarebbe quell'aggeggio?

– Lo chiamano drone.

– E serve?

– A rompere le palle a me.

A occhio e croce la faccenda dell'oggetto volante non doveva essere una cosa breve, quindi decisi di tornare giú anche perché il Professore doveva aver finito il caffè ed era meglio far sparire le tracce.

Il tetto non mi piaceva, era inquietante, ma non feci commenti col Professore che sosteneva di averci passeggiato. Poco dopo entrò anche Elisa, accaldata, e sbuffando. Vide la pianta di ligustro che avevo lasciato sul tavolo e decise di metterla sul balcone proprio come avrei fatto io.

– Babbo! Maria Vittoria ti ha portato una piantina, la vuoi vedere?

– Sí. La *vorrei* proprio vedere!!

La tastò e si andò a relegare nello studio con un registratore vicino all'orecchio. Quando entrai per portare via un bicchiere sporco, non se ne accorse.

– Si è fatto registrare un articolo sull'origine dell'universo, – disse Elisa. – Da un vecchio alunno, ora biologo. Registra sopra le cassette vecchie con un apparecchio vintage, roba che usavo io. Non ti dico le volte che sono scivolata sulle stilo.

– Hai visto che ha un bernoccolo?

– Mia madre sosteneva che avesse «il santo».

– Il santo?

– Uno che gli ha sempre fatto schivare i pericoli per un pelo, e tutte le volte, ché c'ha un talento, per i pericoli. Soprattutto quando scola la pasta da solo. Chissà che santo è, il mio no di certo.

– Il parroco di Santa Maria dice che non bisogna sfidare la Provvidenza perché non conviene.

– Allora a mio padre, quest'inverno, spiegaglielo te, ma credo che sarà del tutto refrattario. Anche se io, al posto suo, una visitina in chiesa ce la farei.

Mi lasciò a lavare le bietole e ricomparve con un vestito

che non avevo mai visto e che le stava bene, un po' come tutti gli stracci che si metteva addosso.

– Ti piace? – mi chiese.

– Ti sta a fagiolo –. Era una semplice tunichetta di lino dritta e turchese, parecchio corta, con il cartellino ancora attaccato. Immaginai fosse il risultato dei «fogli» del giorno prima.

– Me l'ha preso mio padre con i rimasugli dello shopping –. Se la guardava compiaciuta.

Poco dopo entrarono pure le ragazzine con gli occhi fissi sul cellulare, e il marito con l'ufo.

Nessuno fece caso al vestito nuovo di Elisa, che disse: – Notate niente?

Il Professore annuí. Evidentemente lui l'aveva *notato*.

Quando usciva tutta la tribú, mi sentivo sollevata, come se la tensione si allentasse. Anche il Professore si sentiva libero di stirarsi come un gatto.

Aveva ragione: senza gli ospiti le cose sarebbero cambiate, lui sarebbe tornato padrone del suo territorio e della giornata. Comunque era da escludere che in quella casa sopraggiungesse l'immobilità.

Tanto per cominciare, era abbastanza raro che se ne stesse a lungo fermo. Quando non andava a Villa Fabbricotti si fiondava sul balcone, oppure camminava deciso su e giú per il corridoio non appena gli confermavo che la rotta era libera.

– Maria Vittoria, per favore, mi vada a prendere il terzo libro partendo da destra sulla mensola di mezzo della libreria centrale. Quella che si trova a perpendicolo della finestra, – disse.

– Professore, lei è piú preciso del basista di una rapina.

– Conosco la mia libreria a menadito. Mi dica per favore se si tratta del *Sidereus Nuncius*.

Misi giú la ciotola con le verdure da far scolare e andai a colpo sicuro nello studio.

– Sí, c'è scritto Galileo Galilei.

– Bene, collima perfettamente con il titolo, per favore me lo dia.

Maneggiò il libro come per accertarsi che avesse tutte le pagine, poi tornò nello studio e lo aggiustò dietro alla solita fotografia sbiadita.

– Ecco, adesso deve restare lí, cosí ce l'ho a portata di mano.

Stranamente non mi chiese di leggere. Squillò invece il telefono.

Lui doveva sapere che era la Vally, perché mandò me a rispondere. Chiedeva se erano usciti tutti, diceva che sarebbe passata per portarlo a fare delle commissioni.

Me ne andai prima che tornassero, lasciai come sempre tutto apparecchiato, mi misi il costume e andai a recuperare la macchina all'officina. A quell'ora, con quel caldo, a piedi non c'era quasi nessuno, se non quelli che dovevano per forza scendere dal motorino per entrare in casa.

– A posto, – disse il meccanico. – Con queste carrette si tribola.

Non avevo tutti i soldi necessari, lí per lí.

– Vai, un ti devi preoccupa', un mi movo da qui, tanto sei l'amica della luganese mi sembra d'ave' capito.

La «luganese» evidentemente i debiti non li lasciava, come suo padre.

Mi diressi a Calafuria per il mio quinto tuffo di stagione.

Vicino al mare c'era un'arietta leggera, un po' irrequieta, e adocchiai subito un punto facilmente raggiungibile. Stesi l'asciugamano e mi sedetti a guardare l'orizzonte e la Gorgona: il solito profilo addormentato con il naso verso il cielo. Un po' dietro si vedeva la Capraia, e a spostare lo sguardo verso sinistra perfino il ditone corso.

In corrispondenza della Meloria, a poche centinaia di metri da riva, scorsi una barchetta a vela che pareva piegare verso gli scogli. La seguii con lo sguardo, doveva essere divertente trovarsi lí sopra e godersi il fresco del maestrale. Mi sdraiai nel punto piú liscio e chiusi gli occhi ascoltando lo sciabordare dell'acqua, un rumore regolare, quasi una ninna nanna. Vedevo casa mia. A quell'ora il cane già scodinzolava in attesa che qualcuno lo portasse fuori, forse mia suocera aveva appena sparlato di me con le vicine, e a me, ora, poco importava, avrei potuto raccogliere i pinoli per fare un neccio al Professore... Dovevo essermi appisolata perché mi fece trasalire un rumore forte di qualcosa che cadeva nei paraggi, sembrava un ceffone. Poi mi colpí uno spruzzo d'acqua.

A due passi da me c'erano un paio di pinne e una maschera. La barchetta a vela invece era proprio davanti agli scogli, sotto la luce abbagliante del sole. Il vento ce la stava facendo.

– Svegliata? – urlò qualcuno dalla barchetta.

Il nuotatore che avevo visto l'ultima volta si stava liberando della sua attrezzatura lanciandola con precisione assoluta.

– Tranquilla, – continuò dalla sua barchetta. – Faccio il lanciatore di coltelli.

– Guarito dal bacio della medusa? – chiesi. Era destino che lo vedessi sempre in controluce.

– Alla grande, non mi vedi? – mi aveva dato del tu senza problemi. – Fatto il bagno?

– Non ancora.

– L'acqua è calda, si sta bene, io mi chiamo Angelo.

I nomi sono importanti, mi aveva detto il Professore la prima volta.

– Te ti chiami?

E visto che sono importanti il mio lo dissi per intero.

– Allora, Maria Vittoria, ti garba fare un giretto con la barca?

– Non saprei, magari la prossima volta perché ho poco tempo.

– Dài, solo dieci minuti, ti aiuto a salire.

Rischiavo di fare una figuraccia, non sapevo proprio

come salire su una barca come quella, priva di scaletta, a meno di non trasformarmi in un cefalo cosí su due piedi.

– Grazie, Angelo, ma...

– Ma non vuoi fare la fatica di saltare, dillo.

Ci aveva beccato.

– Mi fa un po' male una spalla, – provai a mentire.

– Ho capito, allora vado da solo, – tirò una cima e si allontanò.

– Mi attrezzo per la prossima volta! – urlò, prima di sparire nel luccichio del mare.

Restai a guardare quella specie di guscio che slittava verso nord, forse verso il porticciolo di Antignano, poi mi lasciai scivolare nell'acqua e mi misi a nuotare a dorso: il sole mi batteva sulla faccia, e io avevo dimenticato la crema protettiva. Ma chi se ne frega della crema.

A casa guardai il calendario che don Baracchini propinava al momento di benedire le case o quando svuotava la sagrestia. L'avevo appeso di fianco al divano, dove stazionavano alcune camicie, ma stavolta le ignorai e lo tolsi dal chiodo.

Era da gennaio che fissavo le date solo per controllare la scadenza del latte o calcolare fino a quando mi sarebbero bastati i soldi, ma non mi ero mai fermata a guardare le immagini: un albero nelle varie stagioni. Non so che albero fosse, di certo uno con foglie caduche che appariva ora spoglio, ora intirizzito, ora grondante di pioggia, ora con le gemme, con i fiori, con dei piccoli frutti simili a bacche, o pieno di foglie.

Sotto, poi, c'erano delle frasi che avevano a che fare con il suo ciclo vitale. Frasi del Vangelo o di qualche santo, o cose del genere. Sotto la foto dell'albero assediato dalle cornacchie c'era scritto: «Ogni cosa ha due prese, una da cui la si può portare, l'altra da cui non la si può portare. Se tuo fratello commette un'ingiustizia contro di te, non prendere la cosa dal lato: "Mi ha fatto un oltraggio" (infatti è la presa da cui non la si può reggere), ma piuttosto dal lato: "È mio fratello, allevato con me", e tu prenderai la cosa dalla presa da cui la si può portare. Epitteto, 43».

Mi sedetti col calendario in mano per studiarlo meglio. Mi sembrava strano, era quello della parrocchia senza dubbio. Andai a guardare sotto le altre immagini, all'inizio della Quaresima trovai un'altra frase: «Quando hai adattato il tuo corpo alla frugalità, non vantartene. E se bevi acqua, non dire ad ogni occasione che bevi acqua. Quando vuoi esercitarti, per te stesso e non davanti agli altri, a sopportare la sofferenza, non abbracciare le statue, ma, se ti capita di avere una fortissima sete, prendi una golata di acqua fresca, poi risputala e non dirlo a nessuno. Epitteto, 47».

I discorsi di questo tipo li facevano i profeti che stavano nel deserto o i santi penitenti. Io il catechismo l'avevo studiato dalle suore, e a scuola mi ero sorbita l'ora di religione che non aveva niente a che fare con quella di filosofia. Quella di religione era l'ora delle cose risapute, quella di filosofia l'ora delle cose incomprensibili. Riattaccai il calendario al muro.

Presi le camicie e le misi in lavatrice senza manco smacchiare i colletti. Ma quando stavo per farla partire, mi vidi in un angolo del soggiorno con l'asse da stiro, la bomboletta dell'acqua profumata alla lavanda, le zanzare pronte a mangiarmi le gambe, il neon acceso, la tv che prende male, con l'immagine frantumata, mentre stiro chiedendomi che differenza c'è tra Epitteto e Isaia, e il mio dito sul bottone si paralizzò.

Aceto prese ad abbaiare.

E a quel punto li vidi. Due carabinieri, belli incorniciati dalla finestra sul cortile.

Andai ad aprire la porta parecchio agitata.

– È lei la signora Baroncini? – mi chiesero.

– Sí, per ora.

– Cioè?

– Cioè niente.

Mi controllarono i documenti e conclusero che essendo coniugata Baroncini avevo poco da menare il can per l'aia.

– Suo marito, Baroncini Aldo, è in stato di fermo per un reato di tipo associativo.

– Che cosa sarebbe?!

– Corruzione, signora. È uno dei soggetti implicati.

– Ma come?

– Si trova al comando da noi, dobbiamo fare una perquisizione.

Restai senza parole. Continuarono:

– La casa risulta essere intestata a Malanima Ernestina... comodato d'uso al Baroncini.

– Sí, mia suocera.

– Abbiamo un mandato.

Uno di loro aveva un foglio in mano, infatti.

Mi scansai dalla soglia, e solo in quel momento realizzai che in dieci anni non era mai entrato nessuno in quella casa a parte l'idraulico. Che i primi ospiti potessero essere i carabinieri, proprio non l'avrei immaginato.

Entrarono, si portarono via un computer di cui non sospettavo neanche l'esistenza che trovarono nella vecchia borsa da calcio di mio marito e se ne andarono. Mi chiesero solo se per caso avessi visto «il soggetto» nelle ultime ore, ma era una domanda che non esigeva neppure una risposta precisa, tanto erano di sicuro meglio informati di me.

– Volete anche le camicie?

– Come?

Appena se ne andarono, il cane si mise a scodinzolare. La suocera comparve nel parcheggio e la raggiunsi giusto per capire se almeno lei ne sapeva qualcosa di piú.

Non mi raccapezzavo granché, eppure, nonostante il brutto colpo, mi sentivo lucida. Era come se avessi avuto una conferma alle mie supposizioni e una parte di me (non la migliore), da qualche parte, stava festeggiando.

Mia suocera, invece, aveva le lacrime in bilico: – Sono disperata, un si po' nemmeno telefona' o vede' come sta, – si passava le mani fra i capelli, si guardava intorno sbigottita come se fosse capitata su Marte. Comunque la tinta se l'era fatta da sola. Per il resto, era agghindata di collane peggio della Madonna di Montenero, e s'era messa un camicione color paglia che la faceva sembrare un covone. Pareva invecchiata di dieci anni.

– Ma non sapevi nulla? – mi chiese.

– No, so solo che in genere mi lascia cinque o sei camicie per volta, e che in questi giorni girava per casa col termometro.

– Colpa tua che l'hai lasciato bollire nel su' brodo! – mi vomitò addosso, – una buona moglie deve controlla', deve capi' tutto. Un dovevi farti licenzia'! Dovevi cerca' lavoro per da' una mano invece di sta' a fa' cosa?

Le venne il singhiozzo. Mi faceva un po' pena, mordeva solo perché aveva paura, come le bestie selvatiche.

– Se vuole le faccio una tisana.

Entrai in casa e sperai che la piantasse di scaricare sugli altri le grane del figlio. Lui «nel su' brodo» voleva starci, e da quel dí.

Ora mi spiegavo il mutismo degli ultimi mesi e la faccenda della sala bingo, ma niente da fare, per lui non mi dispiaceva, il nostro amore era davvero una capannuccia di stuzzicadenti.

Mentre stendevo il costume telefonò un avvocato.

– Il cellulare di suo marito è staccato, – mi disse. – Ma mi ha dato alcuni contatti tra cui il suo.

– E in cosa sarebbe invischiato? – chiesi.

– L'impresa edile per cui lavora ha corrotto dei pubblici ufficiali per autorizzare la costruzione di ville nell'area della biblioteca comunale.

Mi girava la testa.

– Comunque non si preoccupi, è ordinaria amministrazione.

– *Ordinaria amministrazione*?

– Ma sí, sono cose che capitano…
– Capitano a chi…?
– A chi ha a che fare con gli immobili, comunque il Baroncini ha un ruolo marginale e lo dimostreremo.
Mi sentii un'oppressione al petto e provai subito a pensare ad altro: come quando uno si trova chiuso in un ascensore e si mette a pensare all'aria pura. Pensavo al Professore, ai suoi libri, alla sua casa luminosa, ai soldi che si portava dietro per non avere debiti ed essere nel giusto.
Stesi l'asciugamano e poi andai a cercare la suocera al piano di sopra.

Capitolo nono

Merito del gommone

La vicina del Kgb si fermò con il suo carrello della spesa all'angolo di via degli Ebrei. Stava di vedetta apposta per guardare Elisa intenta a parcheggiare l'enorme macchina di suo marito nello spazio di un'utilitaria.

Doveva aver fatto un bel po' di manovre, visto che io ebbi il tempo di completare il giro dell'isolato e di prendere il pane, ma alla fine ce l'aveva fatta, anzi, sembrava che la macchina fosse infilata con il calzascarpe.

Mi affrettai a salire, il marito di Elisa si preparava a caricare i bagagli.

– Tra pochi giorni partiremo anche noi. D'altra parte la missione è compiuta, – disse lei.

Mi venne un nodo alla gola, sentivo concludersi qualcosa.

– Quindi tra poco io e il tuo babbo saremo soli.

– Sarete soli ma non del tutto. Lui ha gli amici, i vecchi alunni, c'è mia zia, il dottore. Mi raccomando soprattutto il dottore, il numero di telefono l'ho attaccato sotto l'orologio.

Il Professore era in salotto con la radiolina, vicino alla finestra, e metteva una mano sul davanzale esterno per dispensare briciole. Seguii la scia che aveva lasciato in terra peggio di Pollicino.

– Le truppe battono in ritirata, – mi disse, – io mi sto già attrezzando a recuperare le vecchie abitudini. A proposito, dopo lei mi farà un caffè, non è vero?

– Senz'altro.

Elisa si mise improvvisamente a suonare ma il tutto durò appena una decina di minuti.

– Ho la viola scollata, – disse, piuttosto contrariata. Aveva addosso la tunica turchese regalata da suo padre, da giorni metteva solo quella.

– È un grosso guaio? – chiesi.

Sollevò le spalle. – Quando me ne andrò la farò sistemare dalle mie parti.

Il Professore, che aveva spento la radio per ascoltare quel suono triste, mise le mani avanti con insolita cautela e si precipitò nello studio. Ricomparve con dei soldi legati con un elastico.

Io tornai in cucina per venire a capo del caos che c'era, e per lasciarli soli. Li sentii confabulare per un po' e alla fine lui venne a cercarmi:

– Nulla da fare, pare che riparino gli strumenti musicali solo oltre i quattrocento chilometri da Livorno.

– Probabile, Professore, io a Livorno non ho mai sentito parlare di quegli artigiani lí.

– Sono i *liutai*, Maria Vittoria. Adesso Elisa deve partire un paio di giorni prima per fare la riparazione. Ragione in piú per avere un buon caffè.

– Babbo, basta con tutti questi caffè.

Elisa era comparsa alle nostre spalle, silenziosa.

– Ma non volevi suonare?

– No, non sono in vena.

– Le mie nipotine?

– Aiutano a caricare la macchina.

– Bene, allora aiuteranno anche te quando avrai bisogno. Credi che mi leggeranno qualcosa prima di partire?

– Ne dubito.

Continuai a lavare tazze e tazzine imperterrita mentre, con la coda dell'occhio, vedevo Elisa prendere dalla sua borsa i soldi che le aveva dato suo padre e metterli nel mio borsellino della spesa. Un po' troppi, secondo me, per la spesa.

– Babbo, vuoi venire al mare?

– Non saprei.

– Prendere o lasciare, se io poi parto non ci sarà nessuno che ti porta a nuotare.

Allora era un nuotatore per davvero.

– Mi metti in difficoltà.

– Ma perché?

Restò in silenzio per alcuni minuti meditando sul suo «Aventino», come aveva battezzato la sedia vicino alla soglia della cucina.

– Potrebbe essere l'ultimo bagno della stagione o anche della mia... – disse fra sé, senza finire la frase. Elisa parve non farci caso, io sentii un tonfo al cuore. Alla faccia di Epitteto.

– Potrebbe esserci il mare mosso domani, Professore, – dissi, piú che altro per me.

– Potrebbe piovere, – disse Elisa

– Potrebbe essere un bagno memorabile, – concluse lui a bassa voce, sorridendo, come se sapesse qualcosa che gli altri non sapevano. – Mi toccherà venire, ma porto la giacchetta, non si sa mai.

Io dovetti bere un bicchiere d'acqua, non mi riprendevo.

Prima di uscire volle telefonare a Costantino, sentii che prendevano accordi per una girata pomeridiana a Villa Fabbricotti.

Parlava precipitosamente, Elisa aveva fretta e non sapeva se rincorrere le figliole o aspettare suo padre.

Quando restai da sola cercai di mettere un po' d'ordine, nello studio le riviste «Time» erano rimaste dove le avevo messe io, ma si erano coperte di polvere. Lo stesso valeva per i ritagli di giornale e le lettere.

Invece nella camera di Elisa il caos era ai limiti dell'immaginabile. Accanto alla viola, messa cosí nuda e cruda sul letto, c'era la busta di uno studio medico con il suo nome, pareva quella di una radiografia. Sparsi qua e là, fogli di ricette scadute illeggibili. Elisa però sembrava in salute, forse aveva preso da sua zia la mania di controllarsi o forse era un modo per prendersi cura di sé, visto che nessuno ci pensava.

Mi squillò il cellulare.

– Siamo in attesa dell'udienza, – disse l'avvocato.

– Quindi?

– Intanto avrebbe bisogno di alcune cose che lei potrebbe consegnare a me.

– Perché proprio io? Sono al lavoro.

– Dice che preferirebbe.

Ci pensai un attimo:

– Le do il numero di cellulare di sua madre, di sicuro lei ha tempo.

Provavo un senso di liberazione.

Mentre mi davo da fare nello studio trovai per terra, sotto la libreria, una busta rossa ricoperta di laniccio. Chissà da quanto tempo nessuno puliva là sotto. Era una busta natalizia con tanto di brillantini e francobollo americano, un cimelio. La data del timbro era vecchia di dieci anni.

Era aperta e non resistetti alla tentazione di guardarci dentro, quel fantasma americano che aleggiava nello studio m'incuriosiva dal primo giorno ch'ero arrivata lí.

Il biglietto all'interno era un tale affollamento di renne e stelle che a stento si poteva leggere «Our love, Jenny and Ted». I brillantini ancora sfarinavano sulla carta come attaccati da poco, quanto a renne e cometa erano in rilievo. Jenny e Ted di certo sapevano che il Professore toccava gli oggetti con cura, prima di valutare la loro qualità. Per questo gli avevano spedito un biglietto che sembrava un plastico. Il Professore capiva parecchie cose dalla consistenza del materiale, persino l'affetto che accompagnava una cosa fatta per lui.

Quando chiusi la porta, mi parve di chiudere una cassaforte piena di ricordi. Ma almeno spolverata.

Quel giorno me ne andai ancora piú tardi del solito, e a Calafuria m'indirizzai verso il solito punto della scogliera. Ormai la cosa mi sapeva di una piccola abitudine.

Feci un bagno e mi stesi al sole. Dopo una mezz'oretta, come speravo, comparve un gommone che si avvicinava a remi, e sul gommone Angelo.

– Ciao! – urlò da là. – Vuoi farlo questa volta un giretto qua intorno?

– Perché no? Ma la barca di ieri dove è finita?

– Oggi niente barca, c'era poco vento.

Lasciai borsa e asciugamano lí, nell'angolo asciutto dello scoglio. Il mare era estremamente calmo.

Prima di buttarmi in acqua controllai di aver messo bene il costume, quel due pezzi era vecchio, sbiadito, da una che non ci tiene per niente.

Angelo si era avvicinato ancora un po', e trafficava con dei giubbotti per liberare dello spazio sul fondo in modo da farmi salire.

– Dài, fatti due bracciate fino a qui.

Arrivai sguazzando senza un grande stile e mi misi a girare intorno per capire da dove si saliva.

– Ma guarda che anche se fai lo squalo non è che cambi granché. A poppa c'è il motore, devi salire di lato.

– È una parola...

– Ti aiuto io, afferra la cima. Non è una portaerei!

Mi venne da ridere e, si sa, ridendo le forze diminuiscono. Provai a darmi la spinta ma solo a guardare la faccia di Angelo che stava lí, pronto ad agguantarmi, continuavo a sdrucciolare come uno sgombro.

– Ma neanche una pisana è cosí imbranata!

A quell'uscita mi catapultai per una buona metà sul gommone.

– Ci voleva la formula, – disse scuotendo la testa.

Io ero caduta come un sacco sul fondo e non riuscivo a riprendere uno straccio di contegno, non la finivo di ridere.

– Se ti fa quest'effetto la prossima volta è meglio il materassino, – corbellava lui. Nel frattempo cercava di togliere di torno eventuali moschettoni o sporgenze, visto che io non ce la facevo a rimettermi dritta.

Alla fine mi sedetti sul bordo del gommone, che non era poi cosí piccolo. Avevo ormai le lacrime, credevo che a quel punto mi avrebbe ributtato in mare come una zavorra.

Invece mi guardava preoccupato.

– Ma sei anche a stomaco vuoto? – evidentemente dubitava del mio buon senso.

– Piú o meno...

Mi diede da bere un tè che aveva nel thermos: – Bagnati la testa che il sole picchia.

– Non ci vado mai sul gommone.

– Ci ero arrivato da solo. Comunque si va qui vicino.

– Che programmi hai?

– Il giro lungo l'ho già fatto e ho trovato quello che dovevo trovare.

– Cioè?

– Ho preso dei piccoli campioni di alghe e di acqua da analizzare.

Vidi che c'erano delle scatoline chiuse ermeticamente, accanto alla muta.

– Sono biologo marino, ho una borsa di dottorato ma non è che mi paghino tanto. Comunque, finché vengo qui a me va bene, è davvero bello –. Poi, guardandomi decisamente storto, aggiunse: – Ti faccio presente che sono di babbo pisano e che in linea di massima sto a Pisa.

– Come la Vally?

– Cosa?

– Nulla, comunque ti facevo livornese.

– Sono cresciuto qua. Pisa è a venti chilometri, non vorrei dire.

Il motore non faceva chiasso perché lui stava attento a tenerlo basso di giri, in modo che potessimo parlare.

– Ci sarei voluto restare a Livorno, prima di andare

via ho fatto un po' di tutto. Non gira tanto bene qua con il lavoro.

Secondo me si era ricordato della prima volta che mi aveva visto, quando la Tania aveva urlato ai quattro venti i fatti miei.

– Per me no, non girava bene. Ora finalmente ho un lavoro che mi piace tantissimo ma non so quanto durerà –. Lui non mi fece domande, si limitò ad accelerare e ad allontanarsi dagli scogli.

– Ecco, guarda che acqua blu. La temperatura che sale fa cambiare le alghe e anche il tipo di pesci, c'è qualche verdesca lontana piú del solito, invece i delfini si avvicinano troppo, alcuni muoiono.

– L'ho sentito dire, però non so niente di biologia, e i pesci li distinguo solo sul banco del mercato. A dire il vero, non sono esperta di niente, – dissi con uno strano coraggio.

– A ciascuno le sue competenze, – commentò Angelo.

Le stesse parole che aveva usato il Professore. Dette da lui mi colpirono anche di piú, e mi misi a osservarlo meglio, finalmente con la luce giusta.

Doveva essere piú giovane di me, sí. Media altezza, gli occhi marroni e vivaci, capelli neri un po' arruffati ma corti, poca barba e un bel sorriso di denti bianchi. Non era uno che si faceva notare. Uno gradevole. Uno di cui mi potevo fidare, forse. D'altra parte mi stavo già fidando.

– Le mie competenze, ora come ora, sono quelle di badante.

Ecco, l'avevo detto.

– Be', bisogna vedere a chi fai la badante, – disse, – da imparare c'è sempre.

Aveva ragione da vendere.

– Un anziano professore. Uno che insegnava filosofia e storia.

– Ma per caso è un non vedente?

– Sí. Lo conosci?!

– Sta vicino a Villa Fabbricotti?

– È il suo secondo habitat, praticamente...
– Il Professor Farnesi! È stato mio insegnante al liceo. Mi era sembrato quel giorno, quando ci siamo visti la prima volta, che quella in due pezzi, come si chiama? La tua amica, insomma, lo avesse nominato.
– Non è mia amica. Però sí, lavoro dal Professore.
– Ma dài, impossibile dimenticarlo, un personaggio cosí.
– Guarda che coincidenza, – dissi piú piano.
– È da un po' che non mi faccio vivo con lui. Sono passato da casa sua qualche mese fa, non stava tanto bene.
– Non è che sia in gran forma neanche ora, però se la cava.
– Per caso ti fa leggere aforismi e massime?
– Proprio!
– Fissato con la filosofia morale...
– Sí, la usa un po' come un ricettario. Hai presente quando uno che deve fare la torta legge per filo e per segno come si fa? Lui fa lo stesso, volta per volta controlla la ricetta su come si parano i guai senza restarci sotto.
Angelo rideva.
– Oppure lo fa al contrario: capita qualcosa, e va a cercare perché quella cosa è capitata. E il bello è che lo trova.
Rallentò un po' per diminuire il rumore, piegando ancora verso sud. – Magari quest'inverno torno a trovarlo. Mi piacerebbe rivederlo, non sai quanto gli devo. Era cosí bravo che all'inizio volevo iscrivermi a filosofia. In classe volevamo diventare tutti filosofi, ma lui mi ha suggerito di fare qualcosa di scientifico. Una volta era fissato con Spinoza. Te l'ha fatto leggere?
– No, per ora. Però sfama gli uccellini di tutti i tipi –. Credevo c'entrasse, in qualche modo.
– E i *Pensieri* di Pascal, te li ha fatti leggere?
– No.
– Allora vedrai che se gli vai a genio te li regala pure.
– Io trovo che sia un po' misterioso, malgrado tutto.
– Se vedi le cose dall'interno e non dall'esterno, ci sta.

– Cioè?

– Se ti fai un'idea delle cose percependole nell'aria, capita di cogliere degli aspetti meno scontati.

Sorrise e scosse il capo come se rimuginasse qualche idea troppo difficile per condividerla con una come me.

– «Non v'è grand'uomo per il suo maggiordomo», – mi difesi.

Mi guardò a lungo, senza rispondere.

Mentre tornavamo a riva, lentamente, il gabbiano che ci seguiva planò sull'acqua e si mise a scuotere le ali per aggiustarle.

– Ora accosto, – disse Angelo, – spero di rivederti presto, avremo parecchie cose da dirci, la prossima volta.

A me pareva di averne già tante, di cose da dire.

Capitolo decimo

La scelta di vita

Come infilai la chiave nella porta sentii un rumore di cocci.

– Ecco, lo sapevo! – Elisa era in piedi su una sedia con un coperchio di barattolo in mano, barattolo e contenuto erano una poltiglia indistinta ai suoi piedi. Cosí, di primo acchito, pareva la Statua della Libertà.

Era burro di arachidi, qualcosa a metà fra la margarina e lo stucco per il legno. Il Professore nascondeva di tutto negli scaffali della cucina, sperando di non essere scoperto, ma poi finiva che qualcuno ci metteva le mani, ammesso che non fosse alto «come un soldo di cacio». Quella volta dette la colpa alle nipoti.

– Lo volevano assaggiare, – si giustificò.

– Sei te che lo volevi! – lo denunciarono.

– È un condensato di grasso, e chissà cosa ci mettono!

– Suvvia, ci penso io, andate di là, – dissi per placare Elisa, ma non serví.

Passò buona parte della mattinata a discutere con suo padre mentre io cercavo di pulire il pavimento, e alla fine sbottò:

– Grazie al cielo domani me ne torno a Lugano, mi fai diventare matta.

Andai nello studio che era l'unica stanza dove potessi lavorare. Il caos era quello di sempre, ma l'ambiente sembrava piú spoglio di ricordi, come se fosse passata una ventata nella notte. Il Professore restò a lungo in salotto, tutto infagottato, pensieroso, e forse anche un po' offeso per com'era stato trattato da sua figlia. Me lo ritrovai sulla soglia dello studio mentre venivo a capo delle briciole sotto la scrivania.

– «Non ridere, non lugere neque detestari; sed intelligere», – scandí a mezza voce. Sembrava parlare tra sé e sé.

– Come ha detto, Professore?

– Non irridere, non compiangere, non disprezzare, ma soltanto comprendere. A proposito delle passioni umane.

– Vuole che le legga qualcosa?

– Dietro alla scrivania, nel mezzo, c'è un libro voluminoso, s'intitola *Etica*, è di Spinoza, e accanto ce n'è un altro su di lui. Mi guardi un po' per piacere se in uno dei due c'è il segnalibro alla pagina della maledizione che gli lanciarono.

Oddio. Posai lo scopino e la paletta e mi voltai, ce l'avevo proprio dietro la testa come un avvoltoio. In quello piú nuovo spuntava un biglietto del treno.

– Forse ho trovato, c'è anche una croce: «Su decreto degli angeli e su ordine dei santi, noi scomunichiamo...», questa roba qui?

– Esattamente.

– «... noi scomunichiamo, espelliamo, malediciamo e danniamo Baruch de Espinoza, con il consenso di Dio, sia Egli lodato...»

– Salti qualche rigo.

– «Che egli sia maledetto di giorno e maledetto di notte, maledetto quando si sdraia e maledetto quando si alza, maledetto quando esce e maledetto quando rientra. Il Signore non lo risparmierà: al contrario, la collera del Signore e la sua gelosia si abbatteranno su quest'uomo...»

– E poco sotto come conclude?

– «Nessuno comunichi con lui, neppure per iscritto, né gli accordi alcun favore...» mamma mia... «né stia con lui sotto lo stesso tetto, né si avvicini a lui piú di quattro cubiti...»

– Basta, basta. Adesso mi ricordo.

– Ma cos'ha fatto?

– Ha detto quello che pensava. Ma la saggezza non paga.

Elisa uscí sbattendo la porta.

Mi sentivo un po' a disagio.

Il Professore se ne andò meditabondo sul terrazzo. Meglio cosí, non era aria di chiedere la differenza fra i filosofi e i santi.

Elisa tornò dopo un'ora, sbuffando.

Quel giorno andai a rilento per non intralciare nessuno, e feci tardi, cosí decisi di non andare a Calafuria e di godermi la vista del mare dalla terrazza Mascagni.

Il sole picchiava forte e già i colori avevano quell'oro che poi diventa fuoco verso sera, quando il calore resta nell'acqua e lascia la terra. Colori che mettono gioia, forse perché si sa che le giornate sono ancora lunghe. Misi l'asciugamano su uno dei sedili di pietra di fronte al mare e mi ci sedetti, tirai fuori la mia pesca noce bella matura, l'uva, un paio di fichi e la schiacciata coi grani di sale grosso, poi mi misi a mangiare un po' tutto insieme. Mi pareva di avere sulle ginocchia una tavolozza di gusti da fare invidia a un pittore.

Gli abbinamenti dei sapori semplici la dicevano lunga. Quello dolcissimo della frutta con quello salato della schiacciata sapeva di voglia di fare, di cambiare. Nulla a che vedere con quello delle verdure nell'acqua, a mollo nella bollitura dei doveri. I doveri e la noia sanno di zucchine lesse, un sapore amarognolo che difatti non piaceva nemmeno al Professore.

All'orizzonte intanto passavano dei mercantili giganteschi, invece dal porto spuntava il traghetto per la Corsica a fumaiolo spiegato, e intorno uno sciame di piccole imbarcazioni che ondeggiavano impaurite. Verso la Liguria, il cielo era di un turchese brillante come il vestito di Elisa. Mi ero dimenticata di dirle di lavarlo con l'acqua fredda per non farlo stingere, se mi telefona per salutarmi magari glielo dico, pensai. Feci un sospiro, Elisa se ne infischiava di quelle cose, se lo sarebbe rimesso addosso anche se pareva stato in bocca a un cane.

Quando mi affacciai alla balaustra per guardare il mare scuro di scogli affioranti, vidi un tizio con il costume alle ascelle, abbronzato e rugoso come una carruba, che armeggiava con un secchiello e un coltellino, mentre un altro piú o meno come lui lo corbellava:

– C'è l'oro?

– Vedo di fa' du' ricci.

– Auguri.

– Li trovo, li trovo, li so chiama' per nome.

Ancora piú a sud invece si intravedevano la costa che sporgeva, il Sonnino, le vele. Forse c'era anche Angelo a caccia di qualche altra alga o granchio. Chissà se l'avrei rivisto. Partita Elisa sarei rimasta dal Professore tutto il giorno.

L'aria sapeva di posidonia, l'unica erba di mare che conosco.

Tornando a casa passai dalla chiesa di Santa Maria che è sempre aperta. Mentre accendevo una candela alla Madonna mi domandai se per caso i filosofi fossero tipi da accendere candele, poi mi feci il segno della croce e proprio in quel momento mi squillò il telefono. Mi affrettai a uscire: Maurizio, un amico di mio marito che aveva avuto in gestione una piscina comunale nella provincia di Pisa. Prima di essere assunta fissa allo studio medico avevo lavorato lí un breve periodo, alla cassa, ma andare fuori città si era rivelato uno sbattimento ed era durata non piú di un anno.

– Allora, come stai? – Maurizio parlava talmente forte che faticavo a distinguere le parole. Uscivano dal telefono addirittura con l'alone.

– Bene –. Chissà se sapeva che il suo amico era in galera. Dal silenzio pensai che si fosse stupito.

– Mi ha detto Aldo che sei rimasta senza lavoro.

– Da quanto non lo senti?

– Saranno un paio di mesi, mi aveva raccontato che era

incasinatissimo e poi piú nulla. Comunque io avrei una proposta di lavoro per te, se ti va.

– Dipende.

Esitò.

– Coi lumi di luna che ci sono mi dici dipende?

– Scusami, sono sorpresa. Neanche pensavo che mi avessi ancora in rubrica.

Ero io però che mi ero quasi dimenticata della sua esistenza.

– Cercano qualcuno al centro benessere che hanno aperto a Castiglioncello. C'è da stare alla reception per il turno pomeriggio e sera. Contratto di sei mesi, pagano benino. Voglio fare il tu' nome, ci sei? Oh, guarda che se vai bene poi ti fanno un annuale.

Tacqui.

– Posso richiamarti fra un paio di giorni?

Rimase di stucco.

– Sí, ma sbrigati che c'è gente che farebbe salti di du' metri per un posto. Oltretutto non c'è da faticare, mica devi puli' l'ortiche sotto lo stellone.

Aveva ragione. Però avevo in mente qualcosa e non sapevo nemmeno io cosa.

– Guarda, non è cosí facile da decidere.

– Mi dispiace ma un ti 'apisco proprio, un lavoro è un lavoro, lo scopo è a fine mese. O hai trovato di meglio e un me lo voi di', o sei piú sonata di come sembri.

– Ti richiamo io.

Buttò giú senza salutarmi.

Maurizio non lo sapeva che, meno male, era arrivato tardi.

A casa scrissi subito un messaggio a mio marito, sempre che avesse ancora il telefono per leggerlo: CHIAMA MAURIZIO, HA UN LAVORO PER TE.

Aceto dormicchiava acciambellato sul divano quasi come un gatto. Gli misi il guinzaglio e lo portai a Monterotondo dove avevano appena inaugurato un'area «sgambatura cani». Non c'era manco un recinto, ma quelli col guinzaglio in mano come me erano al settimo cielo. Basta poco per fare felici i cittadini livornesi, almeno quelli che hanno un cane.

Mi sedetti a guardare Aceto che si rotolava beatamente nell'erba privo di preoccupazioni, e lo invidiai. A casa mia si avvicinava la tempesta, fosse successo solo qualche settimana prima sarebbe stata una tragedia. Ma ora no, mi sentivo stanca e basta, come convalescente.

Sospirai guardando lo specchio di mare che brillava tra un paio di lecci sul limitare della collina, poi chiamai il cane per nome perché tanto il fischio non mi veniva.

Non ne voleva sapere di tornare da me, aveva trovato qualcosa di molto piú interessante, m'ignorava proprio. Come avevo fatto io con la proposta di Maurizio, in un certo senso.

Però, appena feci per andarmene mi seguí. Non gli conveniva perdermi.

Elisa era partita presto per cui non la incontrai. In compenso trovai il caos di cui erano capaci lei e le sue figlie: persino un flacone di sciroppo per la tosse aperto su un comodino in camera.

Lí per lí ci rimasi male che non mi avesse salutato, ma in cucina, in mezzo alle tazze da lavare lasciate sul tavolo, vidi un pacchetto piccolo fatto in modo maldestro. C'era un foglietto con su scritto semplicemente «per Maria Vittoria, Elisa». Un kit di smalti per unghie, uno di quelli belli che non si trovano al supermercato.

Mi commossi.

Me lo misi in borsa con cura e andai a cercare l'abitante superstite della casa. Se ne stava sul terrazzo appoggiato alla balaustra, con il cappello in testa. A giudicare dai golf che aveva addosso era lí da un bel po'.

– Da circa un'ora, – mi disse, dopo aver consultato l'orologio parlante.

– Allora Elisa se n'è andata di buon mattino.
– Quasi fuggita, piú che altro.
– Addirittura?
– Si direbbe che oltre un certo limite qualcosa le risulti intollerabile, io credo che si senta schiacciata dalle responsabilità. Temo di far parte anche io di alcune di quelle, anche se non penso di essere la principale.
Tacque, poi aggiunse:
– Hanno fatto un trambusto, una nipotina tossiva parecchio.
Rimase ancora un po' sul terrazzo col volto verso le autostrade, poi mi chiamò perché gli confermassi l'esattezza della posizione dello snodo.
– Non mi sbagliavo, – disse, – ho salutato nella direzione giusta.
Provai a immaginarlo lassú con il cappello in testa che salutava una macchina piccola e piena come un uovo, agitando la mano con incertezza.
– Quindi, Maria Vittoria, adesso comincia la grande traversata, quella che arriva fino a Natale, poi a Pasqua e poi chissà. Lei mi accompagnerà?
– Certo.
– Pertanto mi farà il caffè che ieri mi ha promesso ma che poi non mi ha fatto.
– Però le ho fatto le patatine fritte prima di uscire, disubbidendo a sua figlia.
Andai immediatamente in cucina dove trovai la piantina di basilico visibilmente affranta per uno strano liquido che impregnava la terra. Provai a esaminare meglio, sembrava spremuta d'arancia.
Il Professore si affacciò sedendosi sul suo Aventino e disse:
– Elisa stamani è andata su tutte le furie perché mia nipote, quella che tossiva, non voleva assolutamente bere qualcosa che lei le aveva preparato. Sa che queste figliole la mattina non vogliono né bere né mangiare?
– Immagino –. Mi tornava l'afflizione del basilico.

– Io ho finito un ciambellone che era cattivissimo perché sapeva di anice e a me l'anice non piace affatto.

– Perché l'ha mangiato allora?

– Me l'aveva portato Elisa. Adesso, per rifarmi la bocca, un caffè ci starebbe proprio bene, visto che sono incontrollato almeno fino a mezzogiorno.

– Che succede a mezzogiorno? – domandai, cercando di rianimare la piantina.

– Piomba la Vally, dobbiamo organizzarci in modo da non essere colti in flagrante.

Non riuscivo a capire di che umore fosse, mi pareva comunque che la consistenza dell'aria fosse cambiata.

– Vede, Maria Vittoria, adesso riprendo possesso della mia casa, quindi non tutti i mali vengono per nuocere. Resta comunque uno strascico di... – si soffiò il naso.

– Di?

– Di frasi irrisolte.

– Si tratta di un discorso troppo difficile per me.

– Non è vero, non è cosí difficile. Magari anche lei ha qualcosa d'irrisolto che le rende la vita piú dura, ma nello stesso tempo la induce a cercare una soluzione.

Mi sa che ci aveva centrato in pieno.

Lui intanto si era messo sul bordo della sedia sempre tutto imbacuccato, a testa bassa. Sembrava in attesa di qualcosa, forse della mia domanda.

– Lei ha frasi irrisolte?

– Sí, ne ho molte. E non soltanto frasi, ma fatti irreparabili. Per colpa dei miei occhi non sono riuscito ad essere tempestivo nei momenti della vita in cui avrei dovuto stare piú attento, – fece una pausa, come cercando delle parole. – Credevo di poter leggere i miei libri finché avessi avuto un filo di luce che filtrava dalle pupille, e invece a volte bisogna guardare, oltre che leggere. Sa? Non avevo considerato che la luce potesse servire ad altro.

Avrei voluto aiutarlo, ma mi mancavano dei pezzi.

Mi feci coraggio.

– Guardare cosa?

Restò in silenzio per un tempo che mi parve interminabile, poi rispose:

– Guardare un volto, guardare ciò che dice uno sguardo, guardare Elisa che cresceva in solitudine, irrequieta. Quando ho capito di aver ignorato queste cose, ormai era tardi. Ero diventato del tutto cieco. Cosí mi sono sforzato di vedere in un altro modo, per rimediare, ma ormai...

– *Ormai* è una brutta parola, non la dica, Professore...

– *Ormai* è la parola piú adatta alla mia vita. Mia moglie aveva tante speranze sulle mie possibilità di guarigione, sa? E invece non è stato cosí.

Erano cose sue, di tanti anni prima, cose grosse, a occhio e croce, e io mi sentivo spaesata.

Lui prese il suo libricino di Epitteto, fece frullare le pagine e me lo porse timidamente: – Avrei bisogno che lei mi rinfrescasse la memoria del nono.

Chiusi il rubinetto e mi asciugai le mani: – «La malattia è un impedimento per il corpo, ma non per la scelta di vita, a meno che non sia proprio la scelta di vita stessa a volerlo. Essere zoppo è un impedimento per la gamba, ma non per la scelta di vita. Aggiungi questa idea in occasione di ciascuno degli avvenimenti che accadono: scoprirai che è un impedimento per qualcos'altro, ma non per te».

Stese la mano per riavere indietro il tesoro. – Questione di giustizia, la scelta di vita.

Si grattò la fronte, e concluse: – Sarebbe bastato anche Epicuro per non far soffrire nessuno, dice che chi è sereno non turba se medesimo né gli altri. Però la serenità è una bella conquista.

Intanto misi finalmente su il caffè, il telefono squillò e il Professore ne fu piacevolmente sorpreso. Interruppe di colpo la sua meditazione e fummo sbalzati in un'altra atmosfera. Col Professore succedeva cosí.

– Maria Vittoria, la informo che oggi sono impegnato e che quindi lei può andare via alla solita ora.

– Ma gli accordi non sono questi.

– Tanto quando arriverà la Vally prenderete degli accordi in deroga ai patti, e vedrà che ne trarremo vantaggio tutti.

Era chiaro che non mi voleva tra i piedi.

Mi spicciai a dargli il caffè. Mentre finivo di riordinare, lui si barricò ad ascoltare il registratore. Provai a tendere l'orecchio per sentire di chi era la voce, pareva quella cinguettante della sua amica Aurora.

Quando suonò il campanello mi trovai davanti la vicina del Kgb con in mano il vestito turchese di Elisa.

– Era caduto sui gerani, l'ho visto addosso alla figlia del Professore, è già partita? – Lo sapeva di sicuro meglio di me. – Te che fai, resti?

– Sí. Perché non dovrei restare?

– Perché, perché… chi viene da lui non riesce mai ad accontentarlo. Quando uno è particolare… e poi con la vita che ha avuto, mi capisci?

– No –. Non era vero, ma speravo che dicesse qualcosa di utile.

– Lui che non ci vede piú, la moglie che è morta di colpo, poi questi americani che ogni tanto comparivano, il gruppo degli amici, gli studenti…

– Che americani?

– Venivano ma poi non li ho piú visti.

– Ma sa l'inglese?

– Eccome se lo sa, sua sorella non parlava neanche piú l'italiano, poi con quel figlio che veniva spedito ovunque ci fosse l'esercito americano. Un giorno sí e uno no c'era una guerra, magari ce n'è una anche ora. Era cosí carina, sua sorella, gli portava i regali. Anche la figlia piú giovane, con i capelli rossi e le lentiggini, veniva. Gli leggeva quei giornali là delle sue parti. Mi sa che la sorella è morta anche lei alla fine, non si è visto piú nessuno con le valigie. Alle volte si bloccava l'ascensore da quanto pesavano.

Restai ferma come un ramarro, con il vestito di Elisa in mano, senza trovare il modo di rifiatare, cosí ci pensò lei:

– Quante ne ha passate, pover'omo. Te quindi non sai nulla, vabbè via, ora vado –. Si dileguò nella tromba delle scale, ed ebbi l'impressione, stavolta, che si fosse pentita di aver parlato troppo.

Come richiusi la porta il Professore uscí dallo studio incuriosito.

– Era la vicina, – dissi. – Ha trovato il vestito di Elisa sui fiori.

– Già, – commentò, – un'impicciona che credendo di fare la zelante samaritana mi sta a monitorare perché se monitora se stessa trova il vuoto spinto –. E ritornò nello studio.

Caspita se mordeva quando voleva.

– Io lo lavo e lo stiro…

– Credo che Elisa non lo abbia mai stirato –. E su questo ero d'accordo con lui. – Sono altre le grinze che dovrebbe stirare mia figlia, cara Maria Vittoria. Prenda un po' il libretto di Schopenhauer, che le faccio leggere una cosuccia che mi è venuta in mente ora.

Sembrava si fosse rianimato. Posai lo spray e lo straccio.

– *L'arte di trattare le donne*, ricorda? Quel libretto lí che ormai conosce.

Andai a rovistare nello studio.

– Cerchi la sezione sul matrimonio, la voglio omaggiare di una vera e propria perla.

– «Il matrimonio è una trappola che la natura ci tende». Questa, Professore?

Rise. – Piú avanti, piú avanti, legga cosa dice sul matrimonio d'amore…

– «Sposarsi solo "per amore" e non doversene pentire molto presto, anzi sposarsi in genere, significa mettere la mano in un sacco con gli occhi bendati e sperare di tirar fuori un'anguilla da un mucchio di serpi».

Stavolta risi io, di gusto: – Vede il mondo rosa, questo filosofo, eh?

– Per l'esattezza disse che questo è il peggiore dei mondi possibili.

– E lei è d'accordo?

– Sono piú d'accordo con quello che diceva che questo è il migliore dei mondi possibili.

– E questi due poi andavano a cena insieme, come i politici?

– Impossibile. Un paio di secoli di differenza.

Mi mandò di nuovo a cercare un libro in un angolo dello studio, le lettere di Leibniz, quello che vedeva il mondo migliore. Mi fece perdere quasi mezz'ora perché si era dimenticato che il libro era in tedesco.

– Va bene, non importa, – disse. – Mi accontento di quello che resta nel setaccio della memoria. Leibniz è cosí ottimista da dire che il male assoluto non esiste, altrimenti Dio non sarebbe sommamente sapiente per comprenderlo con la mente, oppure non sarebbe sommamente potente per eliminarlo.

Questa mi piacque davvero.

– E a proposito di male assoluto, tra poco… – Non finí la frase, la Vally suonò il campanello.

Capitolo undicesimo

Frieda senza il gatto

Lasciai la Vally alle prese con un quaderno pieno di conteggi. Il Professore sembrava rassegnato a sorbirsi delle prediche ulteriori, e io fui invitata a mangiare i pasticcini che lei aveva portato orgogliosamente da Pisa per festeggiare la fine della «maratona estiva». L'unica persona sollevata dal fatto che Elisa se n'era andata con il suo carico pareva lei, che infatti sfoggiava per l'occasione un paio di orecchini scintillanti. Fare il controllore estivo doveva esserle pesato.

Mangiai un pasticcino e filai dritta al mare.

Avevo puntato subito le pinne di Angelo e la scatola in cui metteva le alghe. Pensavo di dirgli che difficilmente sarei tornata, visto che dovevo lavorare. Sempre che gliene importasse qualcosa.

A me importava.

Mi ero appena messa con l'asciugamano nello stesso posto, quando lui era sbucato alle mie spalle, da terra, vestito di tutto punto e con gli occhiali. A momenti non lo riconoscevo. – Ah, eccoti! – disse. – Non ti ho piú visto, credevo fossi rimasta traumatizzata dal giro sul gommone. Non sei un lupo di mare, eh?

– Lo sono piú di quanto tu non creda.

– Vedi? Se non avessi dimenticato qui le pinne non avrei neanche potuto salutarti –. Aveva preso la scatola, intanto, e l'aveva messa in una tracolla.

– Te ne vai di già?

– Sí, me ne ritorno a Pisa. Ho tutti gli elementi per il mio lavoro sulla vita marina.

– E ci rientrano pure i bagnanti fra gli elementi raccolti?

– Quelli terrorizzati dalle meduse di sicuro, – disse strizzando l'occhio. – Senti, Pisa è vicina, mi piacerebbe rivedere il Professore. Non si è spostato da via degli Ebrei, no?

– Sempre al 39.

– Anche il telefono sarà il solito, – aggiunse, – sono sicuro che a stare con lui perfezionerai anche lo stile libero, cosí la prossima stagione faremo dei bei bagni insieme.

Avevo una strana sensazione di smarrimento, come mi succede quando sento di perdere qualcosa che ho appena faticosamente raggiunto.

Avvicinandosi per mettermi una mano sulla spalla, disse: – Ci rivedremo presto, fatti un tuffo insieme ai saraghi, ne ho visti tanti.

– Sono buonissimi al forno.

– Sono piú belli quando nuotano.

Gli avevo passato le pinne perché non si bagnasse, e mi era anche parso che mi avesse tirato un bacio per ringraziarmi.

Al largo c'era un cormorano che ondeggiava sulla superficie ormai settembrina. Il collo lungo contro il riflesso dell'acqua, aveva l'aria di chi se la gode nel *migliore dei mondi possibili*.

Intanto doveva essermi tornata la cistite, cosí quel pomeriggio, dopo il mare, mi fermai all'ipermercato sull'Aurelia.

Parcheggiai vicino all'entrata e mi buttai addosso un vecchio golf perché in quei posti lí si muore di freddo come se dovessero tenere nel surgelatore pure i clienti. Cercai subito il bagno. Uno specchio, le piastrelle grigie e il neon, cioè un insieme di squallori che non avrebbe giovato neanche alla faccia di Grace Kelly. Mi guardai con una certa attenzione e vidi una faccia leggermente abbronzata. La cosa che risaltava di piú erano gli occhi azzurri, piú azzurri di un mese prima, e molto piú azzurri di quelli che avevo in primavera. C'era qualche ruga, naturalmente, e sempre quelle due sopra il naso spuntate a furia di arricciarlo. Provai a stirare la fronte con le dita: era anche peggio, parevo di plastica. Le rughette avevano un che di personale, almeno.

Una discreta quarantenne. Unico segno di trasandatezza i capelli, riccioli ingovernabili e un po' troppo lunghi per asciugare alla svelta con il sale dentro. Mi facevano venire in mente Frieda, l'amica di Charlie Brown, mi mancava solo un gatto in braccio.

Come scesi dalla Panda vidi Aceto con la coda bassa, emetteva un sibilo un po' ruffiano.

– Cos'hai? – Lo seguii fino alla base della scala che andava al piano di sopra dove stava la sua padrona. Trovai la porta aperta e due vicine di casa col medico. Mia suocera era sulla poltrona con i piedi sul pouf, bianca come un cencio. In giro c'erano dei foglietti che non avevo mai visto in vita mia.

– Vieni, vieni… – una delle due, nel dirmelo, ammiccò con la bazza verso terra, – un si sa se portalla all'ospedale o se si ripiglia da sé.

– La pressione è sotto i piedi ma mori' un more, – diceva il dottore a mia suocera, – però si faccia da' qualcosa da bere, pigli le gocce che l'ho dato in omaggio ma subito, e un faccia nulla per un po'. Piú che altro deve di' ar su' figliolo di dassi una regolata.

Raccattai uno dei foglietti. Una «cambiale» firmata da mio marito, senza nessuna cifra.

– Via, allora noi si va, visto che sono arrivati i rinforzi, – disse l'altra, che stava di spalle, e quando si voltò vidi che aveva in braccio un cagnolino, un cucciolo di pinscher.

Ecco perché Aceto l'aveva messa giú dura.

– E questa? – Agitai la cambiale sotto il naso di mia suocera.

– Le ho trovate in casa mia, m'hanno fatto sveni'. Ma un lo so se è roba da paga' o cosa. Io le voglio butta' via.

– Ma l'avvocato lo sa?

Rispose con un lamento, la mano sulla fronte.

Presi la boccetta delle gocce e lessi cosa aveva scarabocchiato il dottore, il numero dopo l'uno non si capiva, ne misi dieci nell'acqua.

– Guarda un po' se i soldi della pensione l'ho messi nella zuccheriera o sono ancora in borsa.

In borsa non c'erano e nella zuccheriera erano pochi.

– Ma quando l'ha riscossa?

– Stamani.

– E quelli che mancano li ha presi lei?

– No davvero…

Non volevo farla svenire un'altra volta.

– Saranno da un'altra parte che non si ricorda.

– Oioi, il mi' povero Vinicio lo diceva sempre di chiude bene l'uscio.

– Ma qualcuno ha le chiavi?

– Il mi' figliolo ha le chiavi. Ma l'ha date a te?

– No, a me no.

Prese a sventolarsi con la cambiale. – E che devo fa', bisogna anche fidassi della gente.

Mi guardò male, e mi bastò.

Uscii sulla scala e chiamai suo figlio, mi rispose dopo uno squillo.

– Era ora, – mi disse, – non ho i soldi nel telefono, e te poi te ne freghi. Mi hanno messo fori. Ma cosa gli hai detto a Maurizio?

– Nulla. Vieni da tua madre.

– Ho provato stamani, ma un l'ho trovata.

– Lei no, ma i suoi soldi sí.

Silenzio. Poi aggiunse: – Gliel'ho detto io a Maurizio di riciclarti.

– E non puoi farlo te quel lavoro?

– Non è adatto a uno come me.

– E te a cosa saresti adatto?

Silenzio.

– Le cambiali? – chiesi ancora.

– Se uno lavora le può pagare.

– Te, per esempio.

– Ci vedo meglio te a fa' quei lavori lí. E poi sei gratis a casa mia.

– E a gestire la muffa e stirare le tue camicie.

– Io non sono bono a stira'.

– E non solo.

– Da quando in qua hai la parlantina?

– Da quando m'è cascato il prosciutto dagli occhi.

Buttò giú. Rientrai da mia suocera.

– Ha bisogno che le cucini qualcosa? – le chiesi. Aveva smesso di sventolarsi e pareva già in vena di riprendere le ostilità.

– Per carità, ci penso da me. Porta fori ir cane, che è assai.

Chiusi l'uscio, e andai da Aceto che scodinzolava.

– Sei un bel coniglio e un bel ruffiano, – ma non se la prese e si mise a saltare.

Capitolo dodicesimo

Niente caffè per Spinoza

Il giorno dopo passai dal mercato centrale sul presto.

Il mercato di Livorno è al coperto, grandissimo, tutto vetrate, ferro, marmi e rimbombo. Somiglia a un grande salotto, di quelli di una volta, ed è una fabbrica di allegria. C'è un immenso salone pieno di botteghe, per lo piú di fornai, lattai, pizzicagnoli, e due sale in cui vendono il pesce da una parte e gli ortaggi dall'altra. Dai finestroni passa l'alito del mare che s'infila nei Fossi Medicei in mezzo al chiasso delle strade, inumidisce la luce bianca della mattina e profuma di sale gli androni. Dai tre ingressi entra ed esce la gente carica di borse, e nella zona del pesce la pietra del pavimento è lucida per i passi dei livornesi e per l'acqua che cola dalle casse. Gli odori e i rumori si mischiano come in una cattedrale.

Nella zona degli ortaggi, che pare una sfilza di altari fioriti, avevo trovato le temibili zucchine, ma stavolta con una bella foglia, che le faceva sembrare dei gigli verdi. Invece delle cornacchie, si sentivano le comari che contrattavano, e fra quelle c'ero finita io a tirare sul prezzo per far risparmiare cinquanta centesimi al Professore. Era quasi piú grande il fiore della zucchina, chiara come dev'essere una di quelle croccanti e dolci. Ne avevo prese una marea perché valeva la pena davvero e mi avevano fatto lo sconto. Già immaginavo di sbizzarrirmi in tutte le varianti culinarie, e quando arrivai in via degli Ebrei scaricai le borse pesanti nell'ingresso annunciando le mie intenzioni.

– Cosa sarebbe questa? – Il Professore si rigirava tra le mani quello che gli risultava essere un prodotto di «ingegneria genetica».

– Una bellissima zucchina saporita e fresca. Appena arrivata qui dal campo.

– Orrore.

Continuava a ispezionare il grande fiore giallo, poi ritraeva le dita quando sentiva la lanugine un po' pizzicante della superficie.

– Ma non è la stagione dei pomodori e dei fagiolini? Magari al mercato vendono anche quelli.

– La prossima volta allora prendo i fagiolini.

Cominciavo a sentirmi un po' in colpa.

– Quindi, in onore della sua scelta, proverò a mangiarle, però ci sono sistemi alternativi alla lessatura? Si possono friggere?

Questo era un bel guaio, avevo il mandato tassativo di non friggere niente, quindi mi barcamenai: – Si può friggere anche uno dei suoi giornali, Professore, ma il fatto è che si perde tutto il sapore originale.

– L'aspetto migliore del fritto, – commentò con coerenza. – In ogni caso, prima di prodursi in un'arte culinaria a me del tutto estranea, preferirei che mi facesse un caffè.

Non ne dubitavo. Vidi che nel frigorifero erano avanzati dei pasticcini e anche parte del pranzo. Dovevano aver avuto poca voglia di festeggiare, quei due.

Trafficando per la casa trovai, appeso all'attaccapanni, un sacchetto pieno di medicine che prima non c'era, forse roba dimenticata dalla Vally o da buttare. Erano scatolette tanto leggere che sembravano vuote, così sbirciai dentro: tutti farmaci scaduti da almeno vent'anni, antidepressivi, riportavano i foglietti. Non sapevo se informare il Professore, ma qualcosa mi diceva che era meglio di no. Certamente non era roba che lo riguardava, altrimenti almeno la Vally me lo avrebbe detto. Non potevano essere di Elisa che era tutto fuorché depressa, ma di qualcuno che non li avrebbe piú cercati, magari era già guarito... oppure... Li lasciai lí.

Il telefono suonò piú o meno alla stessa ora di sempre: si trattava di Aurora con il solito programma del giretto.

Nell'attesa il Professore andò a rintanarsi nello studio dove prese a tastare poco convinto i cumuli di giornali.

– Cosa sta cercando? – chiesi, per aiutarlo.

– Tutto.

– Tutto cosa?

– Tutto. Ormai non trovo piú nulla.

La frase mi preoccupò, anche se in realtà non significava niente di preciso. Lo guardai meglio, prese da un'anta chiusa un quaderno che sembrava nuovo. Gli altri quaderni, stipati alla rinfusa, caddero. Erano gonfi da quanto ci era stato calcato sopra con la penna. Simili a quelli accatastati nella libreria del corridoio, una marea.

Si sedette alla scrivania badando a tenere sotto il quaderno un grande portacarte di pelle vecchio, e tutto segnato. Con una biro Parker si mise a scrivere su una pagina che gli pareva intatta, tastando i margini. Poi sfiorava la superficie per sentire se c'era qualche solco. Una volta sicuro che la pagina fosse liscia, si accaniva deciso sulla carta. Se la parola da scrivere era piú lunga del bordo del foglio, finiva per completarla sulla pelle del portacarte. Apparentemente se ne accorgeva, e deliberatamente se ne infischiava. Come se non contasse affatto la possibilità di rileggere cosa aveva scritto, ma fosse necessario solo scrivere.

– Maria Vittoria, sa nulla lei dei miei «Time»? – chiese improvvisamente, a voce bassa, come non fosse sicuro della mia presenza. Non risposi subito.

– Ho visto delle riviste in inglese, parla di quelle?

– Sí, sono sparite insieme a dei giornali.

– Non ho toccato nulla, Professore.

– Mi aiuti a trovarne qualcuna, per favore.

Ci provai ma non c'era niente da fare, portate via da chi poi si era dimenticato gli antidepressivi sull'attaccapanni.

– La Vally probabilmente me le ha buttate pensando che tanto è roba che nessuno leggerà mai. Ma che ne sa la Vally di cosa ho bisogno io? – Sembrava agitato e arrabbiato come se gli volessero togliere l'ossigeno. – Cosa mi resta?

Mi commosse, ma non trovai parole per consolarlo, cosí provai a difendere la cognata:

– La Vally è una persona pratica, lo dice anche Schopenhauer.

Riuscii a farlo sorridere: – Non indulge alla poesia, però. Irrompe nella mia vita forte della consuetudine e me la ribalta. In casa era nota per questa prerogativa.

Si passò l'indice sul labbro superiore, perplesso.

– Ognuno ha il proprio concetto di bene, – continuò, – lei, per esempio, a quest'ora avrebbe potuto farmi il caffè che le avevo chiesto, – fu perentorio, certamente non voleva essere osservato mentre scriveva. Si ributtò sulle pagine.

Glielo portai, il caffè, e brontolò perché voleva prenderlo in cucina per assistere alla «preparazione della condanna vegetale», e visto che c'era mi chiese se ero in grado di leggere qualche parola che aveva scritto sul quaderno. Me lo porse con cautela, ma appena lo aprii parve ripensarci:

– Non ho scritto niente di sensato, – disse, – sono pensieri scollegati. Però li *devo assolutamente* scrivere –. Aprí la mano perché glielo restituissi.

Riuscii a leggere solo: «Galilei», mentre lui aggiunse:

– Scrivere è un esercizio indispensabile per chiarirsi le idee.

– Ha ragione, infatti se non scrivo cosa manca in casa, mi dimentico cosa devo comprare. Ma se poi mi dimentico il foglietto dove ho scritto, mi ricordo benissimo cosa manca in casa.

Questa uscita lo divertí: – Non intendevo esattamente questo, ma lei dice una cosa calzante. Significa che *sa di non sapere*, per cui scrive.

– Questo me lo ricordo, Professore! Lo diceva Socrate.

– Straordinario, lei non cessa di stupirmi, si merita un regalo.

– Davvero?

– Le dono un libro di cui ricordo di avere tante copie, e fra quelle una piccola e maneggevole. È un libro di Pascal e s'intitola *Pensieri*.

Andò a colpo sicuro in un angolo dello studio:

– Dev'essere questo –. Si trattava di un libretto squinternato con una copertina di carta che quasi si stava sbriciolando.

– Guardi se sul frontespizio c'è ancora il prezzo di 13 lire.

C'era. Un vero e proprio cimelio.

– Pare vissuto, l'ha letto tante volte?

– Tanti anni fa, appena laureato in legge, avevo pochi soldi ma volevo imparare la filosofia, cosí mi compravo nelle bancarelle dei libri usati. Questo lo trovai in piazza dei Facchini, a Pisa. Fu grazie a lui che decisi di iscrivermi a filosofia, per studiare quella meravigliosa materia.

– Ma allora è un libro importante, non me lo regali, lo tenga per ricordo.

– No, ormai so bene quello che c'è scritto, e mi auguro che piaccia anche a lei. I ricordi sono un pozzo senza fondo, questa è solo una goccia. Ha un posto dove metterlo?

– Lo metto sul comodino.

– Intendevo un posto nel suo tempo, fra i suoi interessi.

– Sí, Professore, lo tengo con me e lo leggerò durante le prediche di don Baracchini.

Ci pensò un po' e poi concluse: – Ottimo, ci sono dei pensieri ampiamente sostitutivi di qualunque predica, e magari, se mi avanza un'altra copia, la dia direttamente a questo don Baracchini. Pascal di norma non fa male ai preti, ammesso che trovino il tempo di leggere tra un vespro e l'altro.

Presi il libretto e lo sfogliai.

– Le piacciono quelli di poche righe vero?

– Forse sono piú facili per me.

– Non è detto. Me ne legge uno?

– «Non è già dallo spazio ch'io devo trarre la mia dignità, bensí dal governo del mio pensiero. Io non avrò nulla di piú possedendo alcune terre. Con lo spazio l'universo mi comprende e mi inghiotte come un punto; col pensiero, io lo comprendo» –. Avevo letto a meraviglia, manco l'avessi scritto io.

– Bello, ne ha scelto uno che mi piace.

Mi pareva il momento giusto per fargli la domanda che mi ballava in testa:

– Ma che differenza c'è, Professore, tra un filosofo e un santo?

Ridacchiò e si sedette dietro la scrivania, come di certo faceva in aula:

– Il santo arriva in cima all'albero della cuccagna con una scala di corda, il filosofo medita da dove potrebbe salirci con le sue forze, e quando vede la mala parata usa qualche piolo pericolante.

Tacqui.

– Oppure diciamo che il santo usa la liana per andare da un punto all'altro della foresta, incurante delle insidie, invece il filosofo cammina come una lumaca e si distrae strada facendo. Ma vanno dalla stessa parte.

C'era da rompersi la testa.

– Professore, io sto pensando di andare a cucinare le zucchine trifolate.

– Ecco, abbiamo trovato un obiettivo comune.

Mi seguí «per sorvegliare la procedura» e chiese: – Se oggi pomeriggio nessuno mi accompagna a fare due passi, mi accompagna lei?

– Certo.

– Le illustro tutte le meraviglie di Villa Fabbricotti, se non hanno spostato nulla negli ultimi dieci anni, a mia insaputa.

Aurora suonò alla porta.

La muffa in casa di mia suocera pareva diminuita. Merito delle belle giornate, oppure del fatto che avevo comprato un antimuffa dal ferramenta.

Fatto sta che proprio mentre studiavo con soddisfazione la fisionomia del muro, mi accorsi di un biglietto sul bracciolo del divano. «Torno per cena».

Guardai anche il calendario e vidi che andava girata la pagina, l'albero della foto ormai aveva le foglie rossicce.

Settembre era agli sgoccioli. Le giornate si accorciavano, ma il Professore mi metteva fuori dall'uscio assai prima dell'ora di cena, anche lui doveva abituarsi ai cambiamenti.

L'idea che mi avesse trovato degna dei *Pensieri* mi dava allegria. Angelo aveva detto che lui faceva quel regalo a chi gli garbava, e anche se temevo che capire quel Pascal sarebbe stato molto piú difficile che scegliere verdure e triglie, ci volevo provare.

Mi sedetti sul divano e lessi un po' di informazioni su di lui. Era impegnato a dimostrare che la grandezza dell'uomo sta nella ricerca di Dio. Infatti c'era riportato: «Io biasimo egualmente e coloro che prendono il partito di lodar l'uomo, e coloro che prendon quello di biasimarlo, e coloro che prendon quello di divertirlo; e non posso approvare che quelli che cercano gemendo».

Sibillino quanto il Professore. Certo, usava un linguaggio che era un pezzo d'antiquariato come quel libretto, ma non potevo arrendermi.

«L'ultimo passo della ragione è di riconoscere che vi ha un'infinità di cose che la sorpassano [...] Se si sottomette tutto alla ragione, la nostra religione non avrà niente di misterioso e di soprannaturale. Se si urtano i principî della ragione, la nostra religione sarà assurda e ridicola...»

Questo mi piaceva, cosí a orecchio, mi sembrava un invito a farneticare di meno e ragionare di piú, ma lo rilessi per essere sicura.

Alla fine feci una rilegatura artigianale del libro e decisi che per quel giorno bastava e avanzava. Il mio senso pratico sgomitava, per cui il tributo alla meditazione poteva essere un bel bricolage di scotch sul cimelio. Nel farlo, aprii la seconda pagina e trovai scritto in un angolo a matita: «l'ho finito il 22-10-1967, approvo tutto, L. F.». La grafia era sicura e leggermente obliqua.

– Allora?

Trasecolai.

– Ma che fai? Leggi? Manco ti sei accorta che entravo? – Mio marito sbatté l'uscio e si prodigò in una mezza risata, poi buttò in terra uno zaino malconcio. Dietro di lui sbucò Aceto, scodinzolando.

– È ora di cena.

Rimasi con gli occhi sul libro.

– Guarda cosa c'è in frigo.

– Ma ti avevo avvisato.

– E allora?

– Allora cosa? Non hai preparato nulla?

– Mica sono la governante.

Fece una smorfia stupita, quasi di dolore.

– Ma sei scema?

– Se volevi la governante non dovevi sposarmi, ti bastava assumermi.

Lui non credeva alle sue orecchie. Andai a prendere la borsa nello stanzino, intanto l'avrei messa sotto il letto. Poi tornai in soggiorno da Aceto con il guinzaglio:

– Su, che ti porto a fare pipí!

– Come?

Chiusi la porta.

Il Professore stava sfamando delle cince. Avevano sostituito i piccioni oppure si erano aggiunte, non seppe spiegarmi il fenomeno.

Lo dovetti lasciare nella sua singolare impresa mentre scaricavo le buste del mercato, e quando mi raggiunse mi chiese notizie delle verdure. Ero preparatissima:

– Stamani ho preso i pomodori.
– Meno male.
In cucina c'era un disastro. Si era fatto da solo il caffè con una miscela solubile, poi aveva trovato dei biscotti che praticamente volavano da quante farfalline c'erano dentro.
– Ma Professore, dove stava questa roba?
– Era in un sacchetto che tenevo nello studio. Me l'avevano regalato tempo fa degli studenti venuti a chiedere spiegazioni sui dialoghi di Platone, mi sembra. Siccome non voglio essere pagato, ho accettato dei biscottini.
– Sono talmente vecchi che dentro ci sono dei tonchi, – precisai.
– Sí, ho subodorato dal rumore che sentivo nel sacchetto. Devono essere lí da qualche anno.
– Altroché, hanno piú anni del primo topo. Mi dica che non li ha mangiati.
– Mah, ho provato ma non ero convinto.
– Questa non la dobbiamo raccontare.
– Specialmente alla Vally, potrebbe farmi interdire.
– Lei però mi deve dire dove nasconde le cose potenzialmente velenose.
– Al massimo le mostro i tesori commestibili che io non so valutare.
– Ecco, altrimenti mi costringe a ficcare il naso.
Sparí.
Ricomparve con una scatola di imprecisate caramelle e una bottiglia di whisky apparentemente sigillata.
– Me li ha regalati mia sorella l'anno prima di morire, – spiegò, – si vede ancora mia sorella nella fotografia dello studio o è cancellata anche da lí?
Ecco chi era la donna sbiadita che gli stava accanto nella vecchia cornice di lapislazzuli, io avevo sempre creduto che fosse la moglie: – Si vede ancora –. Conclusi che in casa, di foto della moglie, non ce n'era nemmeno una.
– Vengono dall'America, queste cibarie, là dove si

trasferí. Le conservavo da una quindicina d'anni, però capisco che è arrivato il momento di rivedere le mie decisioni.

Ecco anche di chi erano le lettere legate con l'elastico. La sorella veniva a trovarlo via via dall'America come aveva detto quella del Kgb, oppure gli scriveva decine di lettere che però qualcuno, forse la Vally, aveva fatto sparire di recente. Gli portava dei regali affettuosi tipo quelli, e lui li teneva come l'oro. Forse Jenny e Ted, i due del biglietto d'auguri, erano i nipoti. La sorella non poteva chiamarsi Jenny, se era italiana.

Lui stava in piedi con i due cimeli in mano.

– Dia qua –. Me li porse delicatamente.

– Che ne farà? – chiese con tristezza.

– Trovo un bel sacchetto, lo sigillo bene e lo ripongo in cima alla libreria dove nessuno lo possa né vedere né toccare.

Si illuminò: – Ecco, bravissima, tanto mia figlia non va a ciacciare perché teme i ricordi, e la Vally non salirebbe su una sedia per timore di mettere a rischio la sua delicatissima struttura ossea.

Elisa temeva i ricordi? Pensai alla busta di psicofarmaci appesa all'attaccapanni.

– Capisco che da parte mia è un segno di debolezza tenere questi reperti in casa, una resistenza inutile al destino. Però ormai sono vecchio, m'illudo di trattenere il tempo in piccoli rimasugli di cui ancora posso sentire il sapore. Ma, come vede, neppure il sapore mi resta...

Non finí la frase. Si passò una mano sulla fronte e aggiunse:

– Chissà se prima dell'incidente mia moglie ripensò ad alcune parole che le rivolsi sull'inutilità di trattenere ciò che non ci appartiene.

Attesi immobile. Ci stavamo avvicinando a un argomento pericoloso, e ormai cominciavo a pensare che gli psicofarmaci fossero della moglie.

– Per favore, il terzo di Epitteto.

Rufolò nelle tasche per cavarci il suo libricino. Io smisi di tagliare i pomodori e cercai la pagina.

– «Per ogni cosa che ti attrae o che ti è utile o che ti piace, ricordati di aggiungere per te stesso che cos'è, a partire dalle cose piú piccole. Se ti piace una pentola, di' a te stesso: "Mi piace una pentola". Cosí, se essa si rompe, tu non ne sarai turbato. Se...»

– Basta, sul resto ci penserò –. Aprí la mano per riaverlo indietro e sparí.

Ma io avevo buttato l'occhio sul seguito: «Se abbracci tuo figlio o tua moglie, di' a te stesso: "Abbraccio un essere umano". Se muore, non ne sarai turbato».

Sospirai, poi mi misi a studiare la natura delle macchie sul tavolo e dedussi che il Professore aveva anche appoggiato sulla superficie qualche tegame incandescente.

– Professore.

Riapparve con il cappello in testa.

– Cos'ha bruciato, ieri sera?

– Mi sono fatto un riso in bianco.

– Ma è pericoloso armeggiare con l'acqua bollente...

– Ha trovato delle tracce?

– Piú o meno.

– Tanti anni fa, quando non stavo bene di stomaco mia moglie mi rifilava il riso in bianco a scopo preventivo, e lo faceva pure mia madre. È un piatto che mi fa compagnia, una compagnia di ombre. Anche Elisa va e viene come un'apparizione.

Non ebbi il coraggio d'insistere.

– Allora escogito qualche sistema per lasciarle del buon riso in bianco, e le porto un microonde, tanto a me non serve.

– Funziona?

– Funziona, Professore, è di certo piú maneggevole di un fornello, e poi non ci vogliono le pentole.

– Ottimo. E ora l'avviso che esco sul terrazzo, la porta del bagno mi dice che c'è alta pressione, anche se fa freschino –. Si mise addosso una giacca di lana e scantonò nel corridoio. Chissà perché mi avvisava, forse per essere rassicurato sulla mancanza di ostacoli.

Alla solita ora telefonò Costantino e andai a rispondere io perché il Professore era ancora sul terrazzo. Aveva un modo di parlare talmente lento, solenne e antiquato che rischiai di riattaccare pensando a uno scherzo. Alla fine se ne uscí con una frase quasi comprensibile:

– Credevo di avere sbagliato, – precisò, – poiché la voce giovanile di fanciulla ingenerava in me tale dubbio...

– Ora glielo passo.

Fu una faccenda piuttosto lunga, che si concluse con l'arrivo dei tre, Aurora, Costantino e un tale chiamato «il Prigioniero», all'ora prestabilita del giro mattutino.

Il Professore, illustrandomi i suoi amici, fu un po' piú dettagliato sull'ultimo:

– Si tratta del prigioniero della moglie, la quale, secondo misteriosi disegni, a volte decide di concedergli la libertà vigilata.

– Ma è una cosa vera o se l'è inventato lei?

– Una sacrosanta verità come quella delle tavole della legge.

– A cui però lei non crede.

– Non è detto. Però circa il mio caro amico Prigioniero ne sono certo, tanto quanto del fatto che la Terra giri intorno al Sole.

– Ma perché la moglie si comporta cosí?

– Perché mi ritiene un conservatore pericoloso.

Non capivo.

– Sí, insomma, io non condivido le sue idee. Non sto al passo coi tempi. Lei lo sa, no, che ancora mi piace distinguere vero e falso? Giusto e ingiusto? Oggi non si usa piú, coincidono sempre, ci faccia caso. Ad ogni modo, il mio amico ovviamente ha un nome, ma è un nome irrilevante perché quello giusto è Prigioniero.

Una gabbia di matti.

Aurora, Costantino e il Prigioniero entrarono in processione e si andarono a chiudere in salotto con il Professore. Salvo Aurora, che via via veniva spedita a prendere qualche giornale nello studio, pareva discutessero di «questioni morali». O comunque cosí avevano solennemente annunciato.

Io mi misi a lucidare le scarpe che erano piene di polvere e provai ad ascoltare qualcuno dei loro discorsi, approfittando del fatto che Aurora aveva lasciato la porta aperta.

Parlavano a bassa voce, borbottando. Ogni tanto sentivo scandire da Costantino qualche frase delle sue, pomposa e incomprensibile.

Il Prigioniero sembrava spaventarsi per qualche aggettivo che pronunciava il Professore, tipo «inaccettabile», «delittuoso», «devastante», e Aurora gorgheggiava tentativi di conciliazione che puntualmente fallivano.

C'era pessimismo nell'aria, domande che riguardavano la storia, la vita, la morte, le dittature, le guerre.

– Insomma Luciano, ma sei un giudice che non perdona!

– Lo è soprattutto con se stesso.

– Con me stesso è un atto dovuto.

Tacquero per alcuni istanti, tutti e quattro, come in attesa che si diradasse il fumo che si era formato con quella risposta.

– Maria Vittoria! – mi chiamarono tutti insieme.

Arrivai di corsa, preoccupata.

– Abbiamo bisogno dei dialoghi *Sull'ira* di Seneca, sono vicini all'*Etica* di Spinoza, lei conosce il posto.

Santo cielo, dovevo immaginarlo.

Li trovai.

C'è un orecchio alla pagina che ci interessa, legga l'inizio, per favore…

Mi pulii bene le mani sul grembiule: – «Se vogliamo essere giudici imparziali in ogni circostanza, cominciamo col persuaderci che nessuno di noi è senza colpa…»

– Ecco, ecco. Soddisfatti?

– E quindi… basta cosí.

Rimisi a posto il libro e recuperai lo straccio.

– Detto questo andiamo avanti con Spinoza. Maria Vittoria, per favore, ora prenda l'*Etica*, altrimenti non riusciamo a progredire.

Gli misi in mano il librone.

– No no, ci legga lei la proposizione 15 della parte prima.

Mi ci volle un po'. – «Tutto ciò che è, è in Dio, e senza Dio nessuna cosa può essere né essere concepita» –. Lo rilessi perché pareva uno scioglilingua.

– Quindi, questo è il presupposto, – il Prigioniero sembrava perplesso.

Aurora alzò gli occhi al cielo.

– Dio ovvero la natura, intendiamoci…

– La politica alla fine deriva dalle passioni umane –. Il Professore allargò le braccia.

Io cercai di andarmene alla chetichella.

– Maria Vittoria!

Oddio.

– Ci legga per favore la proposizione 23 della parte terza.

Non la trovai subito, e nel frattempo ripresero a battibeccare. Io mi chiedevo perché non si leggevano quella roba lí da soli, come facevano coi giornali.

– La prossima volta porto gli occhiali cosí leggo le cose scritte piccole, – cinguettò Aurora col suo donnesco senso pratico.

– No, dovete sapere che Maria Vittoria è una specialista in materia, e ha la lettura nel contratto che abbiamo firmato, – mi corbellò il Professore.

Iniziai a leggere che mi veniva da ridere:

– «Chi immagina affetto da Tristezza ciò che ha in odio, si allieterà; se invece lo immagina affetto da Letizia, si rattristerà; e ambedue questi affetti saranno maggiori a seconda che l'affetto contrario è maggiore o minore nella cosa che ha in odio». Ora però devo finire di cucinare i pomodori.

Il Professore annuí soddisfatto, e anche il Prigioniero.

– Che bella proposizione. E i pomodori come? – chiese Aurora.

– Al forno, – evitai di dire che c'erano anche i rimasugli delle zucchine dentro. E andai a rimettere a posto il librone.

– Anche i pomodori, Luciano, sono in Dio, secondo Spinoza, – il Prigioniero era rapito dal concetto.

– Eccome, ma anche il caffè.

– Maria Vittoria!

Me l'aspettavo, stavolta.

– Detto questo ci vorrebbe proprio, – mi disse il Professore.

– Rimasto un po' sullo stomaco, questo Spinoza, eh?

– Ah no, è un mio grandissimo amico.

– Ma non è quello che si è beccato la maledizione, lui e tutti quelli che gli tenevano bordone?

– Esattamente.

– Allora per Spinoza niente caffè!

Rise, e anche Costantino rise.

Aurora si tappò la bocca. – Pericolosissimo saper pensare! – gridò.

– Soprattutto per gli altri, – commentò il Professore fra sé e sé.

Capitolo tredicesimo

Cavolfiori e mariti

– Pronto, Marvi?

Detestavo rispondere al telefono mentre ero in macchina. Non avevo auricolari, né i ritrovati tecnologici per non staccare le mani dal volante. Mi toccava accostare nei peggio posti se lo squillo insisteva all'infinito.

– Sono Maurizio, possibile che non ti sia degnata di darmi una risposta?

– Ma Aldo non l'hai sentito?

– Ma no, io aspettavo te...

Figuriamoci.

– Quanto ti ha pagato per farti chiamare stamani alle sette e mezzo?

Non trovò le parole, era proprio amico suo.

– Volete sapere cosa faccio, vero?

– No no...

– Inventale meglio, Maurizio, e soprattutto guarda un po' se al centro benessere di Castiglioncello hanno bisogno di uno che sa fare i conti coi soldi degli altri.

Buttai giú, era tardi e avevo da fare. Io.

La vita di via degli Ebrei, già al mattino, era piú interessante della mia, aveva i connotati del caffè, e io ci stavo prendendo gusto.

La prima impressione era d'immobilità assoluta, ma a cascarci dentro si vedeva succedere un po' di tutto. Mi ricordava proprio la moka messa sul fuoco: un po' di miscela, un po' d'acqua, il gas acceso al minimo. Ma dopo qualche minuto si sente gorgogliare, la casa si riempie di profumo, poi un sapore deciso, un bel nero senza compromessi, e un pensiero che esce dalla tazzina. Dopo, la giornata ha un'altra dimensione.

Peccato che il tempo passasse cosí in fretta che a volte mi ritrovavo fuori dall'uscio del Professore con la sensazione di non aver nemmeno lavorato.

Mentre tornavo a casa, quel giorno, pensai che Elisa non chiamava da un bel po' o comunque non quando c'ero io, e mi dispiacque. Forse faceva una vita frenetica e non aveva tempo di scendere dal suo treno per scambiare due parole con qualcuno che attendeva sulla banchina da anni. Magari poi era piú la banchina a muoversi che il treno.

Mi venne un nodo alla gola.

Per fortuna lo sformato che avevo fatto era piaciuto, e il Professore non si era nemmeno accorto che ci avevo messo solo verdure, chissà perché disse che ci sentiva dentro il lardo di Colonnata «di una volta». Ecco, quelle cose lí mi riuscivano benissimo, e puntavo su quelle per distrarlo dalle sue nostalgie.

Passai dall'Ardenza, il mare era calmo come capita spesso prima dell'autunno. Sembra che si rilassi, che si dilati verso l'orizzonte. Concede gli ultimi bagni tiepidi, e il sole scalda appena gli scogli, solo per renderli piú ospitali quando si esce dall'acqua.

Restai un quarto d'ora appoggiata alla spalletta per assaporare quella pace prima di tornare a casa, mentre stavo per rientrare mi chiamò proprio Elisa.

– Maria Vittoria, ho da chiederti un favore, – disse senza preamboli

– Il tuo babbo sta bene, – la anticipai.

– Meno male, io invece mi sono slogata la caviglia e me l'hanno bloccata per due settimane. Mio marito ha distrutto la macchina, quindi non potrò venire a Livorno per i primi di novembre. So che mio padre ci contava.

– Ma non ne avete due, di macchine?
– Sí, ma quella ancora intera non ha il cambio automatico. E con la mia caviglia…
– Tuo padre non mi ha detto che saresti venuta. Qualcuno si è fatto male?
Elisa aspettò parecchio prima di rispondere:
– Intanto quei tre giorni di novembre non li avrai liberi, purtroppo, dovrai andare da mio padre, non credo che sia il caso d'informare mia zia. Potrai? Poi vedrò se spiegargli qualcosa io per telefono piú avanti.
– Certo che posso. Allora non gli dico nulla.
Elisa sospirò, consapevole del fatto che le sarebbe toccato un compito ingrato. Doveva essere difficile cucinare una delusione cosí al Professore, anche se faceva lo *stoico*.
– Maria Vittoria, casomai un giorno dei tre portalo a vedere Pisa.
– Pisa? – Strano che avesse usato proprio quel verbo, vedere.
– Sí, me lo chiedeva da tempo, e poi è la città di Galilei e lui è fissato.
– Perché? – lo rividi nell'atto di far frullare le pagine del *Sidereus Nuncius* prima di metterlo dietro la fotografia. Quasi ogni giorno ripeteva quel gesto col Galilei.
– Perché era uno scienziato libero, ma soprattutto diventò cieco come lui, dopo che si era consumato gli occhi guardando le stelle nei suoi cannocchiali. Pare fosse accudito da una figlia suora che gli fu vicino fino alla morte…
Sentii un fracasso, si stava soffiando il naso.
– Ma io credevo che gli piacesse Epitteto o Pascal.
– Gli piacciono, ma non erano pisani. Epitteto ne ha passate di tutti i colori come lui, e Pascal usava poco gli occhi perché aveva le visioni interiori. Questa storia del pensare è la sua passione. Ti sta catechizzando?
Cadde la linea e non richiamò, tantomeno ci riuscii io, col credito da miseria che avevo.
Mi venne da sorridere, al pensiero di essere catechizzata.

Misi in moto e poi svoltai con la Panda verso il quartiere di Ardenza Terra, cosí nel giro di un quarto d'ora arrivai a casa. Sentii freddo entrando. Forse la muffa aveva ripreso a lavorare, nonostante i miei sforzi, ma pazienza. Andai subito a cercare il libro dei *Pensieri*, senza nemmeno togliermi il giubbotto e le scarpe, volevo assicurarmi che nessuno l'avesse toccato.

Non c'era anima viva, nemmeno Aceto. Niente ciotola né guinzaglio. Strano.

Uscii per vedere se almeno c'era la cuccia ma non la vidi. Le finestre del piano di sopra erano chiuse. Il Suv non era parcheggiato nel cortile e nemmeno mi aspettava roba da lavare. Cosí mi rifugiai nel libro di Pascal e trovai una frase scritta a matita che era un capolavoro: «Ciò che può la virtú di un uomo non si misura dai suoi sforzi, ma da ciò che fa abitualmente», accanto alla gemella stampata: «ciò che può la virtú di un uomo non va misurato dai suoi sforzi, ma dalla sua normalità».

Mi distrasse il rumore di un motore nelle vicinanze. Pareva quello di un camion e sentivo una puzza di gasolio da levare il naso, anche a finestre chiuse. Un baraccone di macchina che non avevo mai visto.

Mi avvicinai alla finestra e scorsi mio marito al volante, con sua madre di fianco che piangeva. Appena si spense il motore lei si buttò fuori a pesce.

– Sei un mostro, mostro!

– E dài, un rompere, o quanta gente devo mantene' secondo te?

– E quella là un si mantiene da sola?

– Ma che ne so io di quella là!

– Ma è la tu' moglie o no? Perché un c'hai portato lei, via?

Urlavano come ossessi, io nel frattempo ero uscita ma mica mi avevano visto. Si affacciò pure quella di fronte per lamentarsi:

– Ora che un abbaia piú ir cane ti ci metti te?

I miei peggiori sospetti si erano avverati. Aceto.

– Ma sei impazzito?! – gli urlai – Dov'è ora?

– Al circolo della vela cosí fa il bagno... – non mi guardava, sapeva di aver superato il limite.

– Barolo era un santo! – gemette mia suocera.

Rientrai per non mettergli le mani addosso.

Aprii il frigo, presi un pezzo di formaggio e misi qualche patata vecchia a bollire, in quella casa le patate erano le uniche cose che non andavano a male.

Sentivo una specie di formicolio. Ma soprattutto, sentivo la mancanza di Aceto.

L'autunno alla fine «aveva preso il vizio di essere solo un transito umido e pieno di tentativi mal riusciti di ripescare qualche ricordo dell'estate», ripeteva ogni giorno il Professore. Cosí era tentato di accendere la caldaia, però poi aveva paura di consumare troppo gas, e allora mi faceva svuotare gli armadi alla ricerca di maglie e maglioni di cui doveva tastare la consistenza, prima d'infilarseli uno sopra l'altro «cosí da scaldarsi per intercapedini».

«Questo dev'essere scuro», diceva, «questo è rosso», e ci azzeccava sempre.

Impiegò parecchio tempo a cercare di mettere in ordine gli indumenti secondo il suo criterio, giorni e giorni, e anche quel pomeriggio volò finché si sentí suonare il citofono.

– Ma che ore sono? – chiese il Professore.

– Saranno le sei... – Sentire i racconti pittoreschi del Professore sulle *gesta* compiute con ognuna delle sue maglie mi aveva fatto divertire e non avevo voglia di andarmene.

– Le sei e mezzo? Allora è tardi, Maria Vittoria, – partí deciso verso il citofono. Non si raccapezzava, forse era mentalmente sprofondato su quel prato delle Dolomiti dove una mucca gli aveva mangiato il portafoglio mentre era sdraiato in mezzo ai fiori.

– Maria Vittoria, sta salendo un mio ex studente che si occupa di astrofisica, abbiamo qualcosa da offrire?

Aprí il portone senza aspettare la mia risposta. Io lasciai i maglioni sul letto e andai ad accendere le poche luci che c'erano.

Poco dopo arrivò un tipo dallo sguardo vivace come quello di Angelo con una valigetta probabilmente piena di scartoffie ma non di alghe, e non mostrò il minimo stupore nel trovarsi davanti il Professore imballato in un bozzolo di maglie, immerso nell'oscurità totale.

– Bene, Menicagli, accomodati sulla mia poltrona, visto che dobbiamo parlare del *Sidereus Nuncius*. Anzi, guarda, devo avere una copia proprio lí dove c'è una fotografia.

Il Menicagli trovò il libro subito. Si muoveva come a casa sua, anzi notai che si muoveva in modo uniforme, come si vede nell'animazione dei pianeti che girano intorno al sole.

– Ti presento Maria Vittoria. Se avremo bisogno di qualcosa chiederemo a lei.

Mi fece quasi sentire la padrona di casa.

– Menicagli è stato un mio studente molto attento che ha raccolto la sfida delle grandi domande della Filosofia, e adesso cerca delle risposte a cui io sono estremamente interessato. Specialmente adesso.

Mi chiesi perché specialmente adesso, ma forse piegando gli ultimi maglioni l'avrei capito da sola. Lasciarono la porta aperta, non avevano segreti.

– Fa un po' freddino stasera, eh Professore? – disse questo Menicagli.

– Mettiti il cappotto oppure ti do un maglione dei miei.

– Si sente l'odore di canfora dal pianerottolo.

In effetti l'armadio puzzava come una scatola di mentine avariate.

– Che vocione basso. Una volta non ce l'avevi.

– Ho il raffreddore.

– Anche le mie nipotine non si coprono mai abbastanza.

Quell'osservazione mi fece tenerezza. Le aspettava, evidentemente.

– Era freddo al planetario, un po' come qui, – il Menicagli non le mandava a dire.

– Maria Vittoria, ci vorrebbe un caffè.

– Per me no, va bene una camomilla.

Andai in cucina e per prima cosa accesi la caldaia, il Menicagli aveva proprio ragione.

– Quindi, spiegami di cosa si tratta, questo campo di Higgs. Ha a che fare con l'origine della materia, mi pare.

– Sí, magari questa scoperta può aiutarla a risolvere i suoi dilemmi sulla nascita dell'universo.

– Speriamo…

– Ma la via è in salita, la ricerca sarà lunga.

– Tu dici piú lunga della mia vita, ma ci vuole poco.

Tornai a controllare i caloriferi, andava tolta l'aria.

– E il tuo amico fisico è a Ginevra? – Si passò una mano sulla fronte, come se sudasse. Ma era impossibile, con quel freddo.

– Sí, lavorano con grande impegno e sono vicinissimi a una prima risposta.

Il Menicagli prese a soffiarsi il naso, e appena riemerse dal fazzoletto ribadí:

– Sa, ci sono dei riscontri a una prima ipotesi.

– A me basterebbe una prima ipotesi scientifica, preferirei non accontentarmi della scommessa di Pascal in questo caso, benché non faccia una piega.

Mi pareva di essere già esperta di Pascal, ma questa scommessa non l'avevo ancora trovata.

– Che dici, Menicagli, hai voglia di leggermi qualcosa?

Aveva parlato strascicando le parole come se facesse fatica, e andai ad alzare un po' il termostato. Forse di sera il Professore aveva qualche malessere di cui non ero a conoscenza, forse gli crollava addosso la stanchezza, o il peso delle sue malattie.

– Leggo dal *Sidereus Nuncius*?

– Una frase che va bene per tutti e due, quella che sta a commento del diario del *Sidereus*.

Dopo un lungo silenzio udii la voce raffreddata ma sicura di Menicagli:

– «Piú honorata e lodevole impresa era il procurar con le sue proprie vigilie, studii e sudori, di ritrovare qualche cosa admiranda e nuova tra le infinite che ancora nel profondissimo abbisso della filosofia restano ascose, che, menando vita oziosa et inerte, affaticarsi solo in procurar di oscurar le laboriose invenzioni del prossimo, per escusar la propria codardia et inettezza alle specolazioni, esclamando che al già trovato non si possa aggiugner piú altro di nuovo».

– Ecco, vedi, Galilei infaticabile e onesto. Ma anche un tantino caustico come si conviene al vero genio delle nostre parti. Aveva ragione da vendere.

Io restai sulla soglia dello studio con la camomilla e il caffè, chiedendomi se per caso il Professore avesse bisogno di ben altro che del caffè. Era impegnativo per lui tenersi al passo con le novità, e concentrarsi cosí. Si reggeva la testa tenendo gli occhi chiusi, ed era pallido. Mi domandai chi glielo facesse fare, ma lui doveva «risolvere».

– Sí, questo è un invito a continuare a cercare con passione.

– Già, fa parte del concetto di eredità.

Oddio, si stava preparando una serata bella carica, e temevo che alla fine non avrebbe retto. Magari invece erano proprio queste cose a tenerlo in vita.

Venne a chiudere la porta perché, disse, «si sta scaldando l'aria».

– Avete bisogno di altro? – chiesi, prima che chiudesse del tutto, ma non rispose. Era troppo concentrato.

Dalla porta filtrava una luce tenue e smerigliata, il vento fischiava piano tra gli infissi e lassú le stelle attraversavano i vetri sempre piú scintillanti. Solo dopo due ore riemersero stupendosi della «fuga del tempo».

– Allora io ti stringo la mano e sono contento che tu sia tornato a trovarmi.
– Ci voleva, questa bella chiacchierata. Magari una volta porto anche il Ferreri, se lo ricorda?
– Certo che me lo ricordo, vi ricordo tutti…
– Ora vive a Pisa.
– Bene, con mia figlia farò presto un bel giro là, cosí si controlla la famosa lampada di Galilei.
Mi si strinse il cuore.
– Ma lei li scrive ancora gli appunti?
– Illeggibili.
– Peccato.
– Ascolta bene, – concluse il Professore, – Socrate non scriveva nulla, ma Platone che andava a scuola da Socrate si prese la briga di farlo, quindi in un certo senso posso ritenermi onorato se li scrivi te, come facevi a scuola –. Sorrideva con sforzo, gli sfiorai una mano nel passare la sciarpa al Menicagli. Era gelida.
– Quindi Socrate lasciò un'eredità, – aggiunse, serio.

Quando l'ospite se ne andò, il Professore realizzò che era tardissimo per il mio consueto orario.
«Ore venti e quarantadue», disse la vocetta elettronica dell'orologio parlante.
– Quindi, Maria Vittoria, a quest'ora solo un po' di latte.
– Se vuole le faccio qualcosa di buono. Cosa le piacerebbe?
– Del riso, oppure un purè, poi le pago lo straordinario, – aveva recuperato un po' di energia a sentirsi accudito per la cena. – Ha fatto bene ad accendere il riscaldamento.
– Non ci voleva molto.
Sorrideva, sembrava appagato di qualcosa. Mangiò tutto il purè, perché voleva «fare onore alla serata».
Abbassai il termostato prima di uscire ma non spensi, temevo che il Menicagli gli avesse attaccato il raffreddore. Quanto a me, sarei rimasta lí volentieri, a casa non avrei trovato neanche Aceto ad aspettarmi.

Trovai invece il libretto di Pascal fuori posto, cosa che non mi piacque affatto. Andai a controllare in camera. La mia roba era stata messa a soqquadro come se qualcuno avesse cercato qualcosa furiosamente. Soltanto una persona avrebbe potuto fare una cosa del genere, per fortuna ero previdente, e il grosso dello stipendio lo lasciavo dal Professore in cucina, nella macchina arrugginita per fare le tagliatelle.

Vidi nella zuppiera una ricevuta del Monte dei Pegni, diceva «collana oro con ciondolo rubino peso 20,00», era quella che mi avevano regalato gli zii per i diciott'anni. Non la mettevo perché avevo paura di perdere la pietruzza. Ci tenevo a quella catenina, e ora me l'aveva *scippata*, con tutto il resto. Sentii cadere in terra qualcosa che andò in frantumi al piano di sopra: forse il salvadanaio dove mia suocera teneva uno scellino d'oro.

Il tempo stringe, mi dissi mentre mi cucinavo un uovo, e anche il tempo è d'oro, piú della catenina. Fu l'uovo fritto piú buono che mi fossi mai cucinata. Con l'occhio giallo e tondo proprio come uno scellino.

Non sempre il vento si trascina dietro il mare mosso, ma quella volta sí, dalla tramontana si era passati al libeccio e la temperatura si era alzata. Seppi che da riva era uno spettacolo guardare al largo solo perché al mercato non parlavano d'altro:

– De', dimmi un po' com'era stamani il mare?

– Devi vede'...

– Bello, c'era un cavallone cosí grosso fra la Sardegna e la 'orsica che un ci passava.

– Guarda un po' questi du' sgombri: sono arrivati da sé con l'ondata, bastava apri' la finestra...

Sí, non faceva freddo, il sale era dappertutto, anche sulle cassette di mele del Trentino che luccicavano come bacchette magiche.

La sala del pesce aveva i banconi di marmo quasi vuoti, l'acqua scorreva allegramente in rivoli sulle piastrelle e sul pavimento consumato, e il vento elettrizzava tutti come fa sempre. Specialmente a Livorno.

Non ho mai capito come faccia il libeccio a passare cosí in un baleno dall'orizzonte direttamente al midollo, modificando del tutto i pensieri e l'umore. Il vapore della spuma del mare si deposita nelle narici, gli occhi si riempiono di vento senza bruciare mai, le folate di iodio fanno volare via il cattivo umore come piume di gabbiano.

Stavolta mi sbilanciai nell'acquisto del cavolfiore, non senza grossi dubbi sulla reazione che avrei potuto suscitare.

– Vai, prendi quello tondo, con questo ci puoi gioca' a palla, – disse l'ortolana, sdraiandosi sul banco e depositando i respingenti sulla cassetta dei finocchi.

Presi anche delle carote per il minestrone e degli aranci, perché magari qualche spremuta al Professore gliel'avrei fatta.

Avevo comprato un bel po' di roba e stavo caricando le borse nella Panda, quando mi toccò affacciarmi sotto per capire cos'era tutto quel casino che veniva dal canale. E non ero l'unica, non ci sarebbe stato da stupirsi che si fossero inventati qualche altra bischerata tipo teste di Modigliani. C'erano vigili, sommozzatori, uno che sbraitava «piú in qua, vai là, aspetta che ci siamo», e in un gruppetto che stava sbarcando da un motoscafo mi parve di scorgere uno che somigliava in tutto e per tutto ad Angelo in versione imbacuccata. Magari mi sbagliavo, lo vedevo anche dove non c'era, fatto sta che sobbalzai. Il motoscafo aveva scritto sulla fiancata AGENZIA REGIONALE PER LA PROTEZIONE AMBIENTALE DELLA TOSCANA, per cui ci stava.

Aguzzai la vista. Se era lui non guardava verso di me.

– Cosa è successo? – domandai a una che aveva l'aria di essere lí da un po'.

– De', dice c'è uno squalo.

– Uno squalo?

– Se'ondo me un è vero, – aggiunse, – devono fa vede' che fanno varcosa perché un succede mai nulla.

– Chi?
– Ma come chi, ir comune, a meno che un volessero manda' uno squalo all'ufficio dell'entrate che è lí dietro.
Guardai meglio il gruppetto che si era spostato sulla piattaforma galleggiante. Se quello là in mezzo era Angelo, allora doveva stare attento piú che altro ai corbellatori.
– Hanno fatto veni' anche i cervelli da Pisa, – continuò quella, – li vedi velli lí a galleggia' su un piede solo? Ecco, sono velli lí.
Continuavo a fissarlo, qualcosa mi diceva che doveva essere lui, ero troppo attratta da quell'omino infagottato alle prese con una specie di rilevatore. Provai a immaginarmelo che nuotava sotto gli scogli di Calafuria, senza tutto quell'armamentario.
La tipa, mentre me ne stavo andando aggiunse: – Vuoi assaggia' la schiacciata? C'è un posto novo che la fa bona...
Tirò fuori un pezzo bello grosso e unto dal sacchetto e me lo dette, era buona davvero.
– E te me lo dai un arancio?
Ne scelsi uno con la foglia.

Risalii in macchina e andai di filato dal Professore, prima di restare invischiata nel libeccio di piazza Cavallotti.
Rimuginavo ancora se avevo fatto bene o no a non farmi notare da Angelo, quando aprii la porta e mi trovai davanti la dirimpettaia insolitamente scarmigliata e in pantofole. Era una bella donna sulla cinquantina piena di boccoli scuri, solitamente truccata e appariscente, ma in quel momento sbiadita assai e visibilmente in ansia, senza orecchini e senza rossetto.
– Oh, meno male è arrivata lei, – mi disse, – dobbiamo fare qualcosa, per carità.
Il Professore se ne stava in piedi, tenendosi la fronte in un atteggiamento di profonda meditazione. Mi sembrava una statua famosa che avevo visto da qualche parte e glielo dissi.

– Il Pensatore di Rodin, forse. Alle volte lo diceva anche mia moglie.

Strano che citasse la moglie, forse la situazione di ansia gliela ricordava.

– Ma va tutto bene? – chiesi.

– No no!! – esclamò la vicina con le mani nei capelli, – non va affatto bene, mi è scappato il gatto!

Il Professore tentò le sue accurate presentazioni ma non ci riuscí, capii solo che quella era la signora Favilla, gattara e disperata.

– Sto cercando Arturo, e lui dice che non può essere finito sul suo balcone…

– Non ho detto che sia impossibile, – puntualizzò il Professore, – ho solo detto che lo ritengo improbabile perché altrimenti avrei sentito miagolare, e invece sento cinguettare, è una prova concreta che non ci sia un gatto –. Il discorso filava.

Andai in salotto a controllare, cosí almeno la signora si sarebbe messa l'animo in pace. Ma un gatto per arrivare fin lí avrebbe dovuto volare, secondo me.

– Però c'è un guaio, – mi anticipò il Professore, – la tapparella si è incastrata.

Riuscii ad aprire un po' le stecche, cosí da poter guardare fuori.

– Arturo ama fare i salti alti, potrebbe essere passato dal mio balcone al tetto, poi dal tetto al suo balcone. Ultimamente quando sono al telefono lui scappa. Si sente trascurato, – la signora Favilla aveva gli occhi lucidi. Io invece pensavo che se la bestiola fosse caduta dal sesto piano si sarebbe già saputo, quella del Kgb andava in giro presto.

Il vento ululava. Cercai di calmare la vicina e l'accompagnai alla porta.

Quando restammo soli, portai il cavolfiore al Professore per sottoporlo al suo giudizio.

– Anche questo dev'essere un prodotto di ingegneria

genetica, – sentenziò, rigirandolo cauto. La formula che usava sempre per le verdure che non gradiva. Delle patate infatti non lo diceva mai.

– Ha un odore terribile, – aggiunse.

Presi il cavolfiore dalle mani del Professore, che lo reggeva come fosse una bomba con la miccia accesa, e lo ficcai in una pentola.

– Quando comincerà a bollire?

– Non ho neanche acceso il fuoco, se vuole poi l'avviso.

– Sarebbe meglio –. Ma lí per lí non mi spiegò perché.

Si allontanò, dicendo che sarebbe andato ad «auscultare» la presenza del gatto.

– Come fa il dottore con i polmoni? – gli gridai.

– Esattamente.

Sentii trafficare in salotto e andai a vedere: si era acquattato sulle ginocchia vicino all'avvolgibile abbassato.
– Questione di poco e si palesa, come tutti.

– Come fa ad esserne cosí sicuro?

– Mi dica lei cosa fanno gli esseri viventi quando subodorano qualcosa di strano o d'insolito.

– Be', ci girano intorno, s'incuriosiscono.

– Appunto.

Si rialzò, poi andò a cercare la sua radiolina nello studio.

Tornai in cucina, ripensando a quello che aveva detto. Accidenti, aveva ragione. I mici hanno il sesto senso, quindi era sicuro che Arturo prima o poi sarebbe venuto in esplorazione.

– Tra poco il cavolfiore comincerà a bollire, – lo avvisai.

– Ahimè. Il cavolfiore è una calamità *in potenza*.

Sparí.

Tornò con un libro, io abbassai il gas al minimo.

– Ci sono cose soggette a dei cambiamenti a seconda delle condizioni –. E fece frullare le pagine. – Io devo tenere ben presente questo particolare. Pensi che Elisa, quando mise a bollire un cavolfiore, chiuse la porta perché puzzava, poi non mi avvisò, e a momenti mandò a fuoco la casa perché si dimenticò di averlo lasciato sul fornello. Come col marito.

– Col marito?

– Be', il cavolo si mette a bollire e infesta la casa, un marito può infestare la casa anche senza bollire –. Si mise nella posizione della statua con il libro sulle ginocchia, poi aggiunse: – Bisogna che io legga nelle cose piccole verità universali. Ma mi occorre la sua collaborazione.

Mi porse il libro, ovvio. Lessi il titolo: *Metafisica*.

– Cerchi nel libro nono.

Fu un'impresa, ma ne venni a capo: – «L'atto è l'esistere della cosa, non però nel senso in cui diciamo che è in potenza».

Santo cielo.

– Dopo…

– «Diciamo invece in atto l'altro modo di essere della cosa».

– Mi legga lí, per favore.

– «Non bisogna cercare definizione di tutto, ma bisogna accontentarsi di comprendere intuitivamente certe cose mediante l'analogia. E l'atto sta alla potenza come ad esempio chi costruisce sta a chi può costruire, chi è desto a chi dorme, chi vede a chi ha gli occhi chiusi ma ha la vista, e ciò che è ricavato dalla materia alla materia…»

– Appunto, infatti la calamità è l'atto di un pessimo marito in potenza. Salti qualche rigo –. Pensavo scherzasse, invece era serissimo.

– «Non tutte le cose si dicono in atto allo stesso modo, ma solo per analogia».

– Ecco fatto, – concluse il Professore. – Il cavolfiore è perfetto per l'analogia, – bofonchiò. – Quindi prima che vada *in atto* per la bollitura, si ricordi di avvisarmi e possibilmente di chiudere la porta di cucina e aprire la finestra, ma *cum grano salis*, usando l'orologio. Mi dia qua Aristotele.

Si dileguò, io chiusi la pentola. Ad averlo saputo avrei comprato gli spinaci.

Lo trovai nello studio che si asciugava la fronte con un fazzoletto.

– Le ho portato il caffè.

– Straordinario! – s'illuminò.

– Le medicine che le avevo messo sul tavolo le ha prese?

– Certamente, io non sono un incosciente, Pascal mi dice: «la ragione ci comanda ben piú imperiosamente di un padrone, perché disobbedendo a quello si è infelici, disobbedendo all'altra si è sciocchi».

Quindi accostò la tazzina alle labbra con cautela, per non scottarsi, e aggiunse pacifico:

– Maria Vittoria, come immaginavo sento miagolare, di là in salotto.

Capitolo quattordicesimo

Le follie del cielo

Da casa del Professore si vedevano bene le follie del cielo, piú che da casa mia. Il libeccio era calato di colpo e da sud-est saliva un nuvolone nero. All'ora del tramonto si poteva distinguere con chiarezza il bordo grigio che confinava con un azzurro pallido leggermente dorato. Tutte queste finezze di colore le avevo imparate dal Professore, il quale faceva le sue ipotesi e descrizioni aprendo il vetro e stendendo una mano oltre il davanzale, come se toccasse la consistenza della luce insieme all'umidità dell'aria.

All'inizio mi stupivo, ma ormai non piú. D'altra parte anche gli uccellini che arrivavano erano sempre nuovi, la porta del bagno faceva previsioni meteo sempre piú dettagliate, le cibarie nascoste sbucavano come funghi. Avevo anche scoperto nello studio un vero e proprio arsenale di copie di Pascal.

Un pomeriggio, mentre lavavo a mano una maglietta impataccata forse di caffè, il vecchio telefono squillò a lungo, ma il Professore non andò a rispondere.

Tirai su la cornetta con i guanti di gomma umidi:

– Lushiano, yes? – chiese una voce flebile di donna mentre asciugavo il ricevitore con il grembiule.

Per fortuna vidi il Professore, riemerso dai suoi laboriosi preparativi munito di cappotto, sciarpa e cappello.

– Sento parlare inglese, mi pare…

Afferrò la cornetta con due mani come fosse un merluzzo vivo che sta per sgusciarsene via, e si produsse in una serie di parole intermittenti e incomprensibili intercalate via via da un italianissimo «pensa un po'» che chissà come veniva tradotto all'altro capo del filo. Mi parve estremamente emozionato, e concentratissimo, come se non volesse perdersi un solo respiro di quell'insolita telefonata. A un certo punto si sedette sull'Aventino e quasi smise di respirare. Già, l'avevo sentito anche io, quella voce pareva venire dal profondo dell'oceano e richiedeva un silenzio assoluto.

Chiusi il rubinetto dell'acqua e rimasi immobile. Non fu una telefonata lunga, durò meno di una decina di minuti, il Professore parlò pochissimo e alla fine, dopo una sfilza di «thank you, yes, hugs, mah, baci, sí, kisses», rimase con la cornetta in mano. Adesso la reggeva come un tovagliolino di carta sporco: un oggetto ormai inutile di cui disfarsi una volta per tutte.

Forse aveva ricevuto una brutta notizia, perché sembrava stanco, neanche gli fossero caduti addosso decenni di vita in una manciata di minuti. Ebbi la certezza di sapere ancora troppo poco di lui per immaginarmi quali altri pericoli lo assediassero, oltre al buio e alla malattia.

Si alzò lentamente, cercò con la sinistra il vano del ricevitore per appoggiare con la destra la cornetta, poi tornò sull'Aventino e si cavò di tasca l'orologio parlante.

– Devo stigmatizzare l'ora, – disse piano.

– Come va, Professore? – provai a introdurmi nei suoi pensieri, la mia voce però suonò sgradevole anche alle mie orecchie.

– Bene, è tutto nell'ordine delle cose. Lei poi stasera, se non è tardi, mi accompagnerà in una chiesa.

– Una qualunque?

– Sí, devo mettere una candela e poi magari lei conoscerà una preghiera adatta.

Adatta a che cosa non me lo spiegò, ma quella richiesta era veramente strana. Se uno che non va mai in chiesa si decide a mettere una candela, significa che ha un grande motivo.

Rimase assorto, forse risentiva dello sforzo che aveva fatto per catapultarsi altrove, dove si parla un'altra lingua, dove non tira il libeccio, non ci sono i suoi giornali, i suoi libri, i *Pensieri* di Pascal, la lampada di Galilei, Epitteto e quegli altri.

– Professore...

– Sí, – disse. – Mi legge qualcosa? – L'aria si era fatta pesante.

– Volentieri. Cosa?

– Ho una copia ulteriore dei *Pensieri* di Pascal sul secondo ripiano da sinistra, un libretto azzurro di un'edizione piú recente, lí entro le prime cento pagine è riportata la scommessa, forse lei la conosce...

– No, non ancora, – trovai il libretto subito, e mi accorsi che qualcuno l'aveva lasciato in orizzontale sopra gli altri, come un segnale, e con un orecchio.

– C'è una frase che inizia con la parola «Pesiamo»...

In effetti era alla seconda pagina di un pensiero molto lungo, e anche sottolineata a matita.

– «Pesiamo il guadagno e la perdita, se scommettete che Dio esiste, – lessi. – Valutiamo questi due casi: se vincete, vincete tutto; se perdete, non perdete nulla. Scommettete dunque che esiste, senza esitare» –. Tacqui e lo guardai.

– Sí, lo so, non importa il resto...

Poi si cavò di tasca il libricino di Epitteto e mi chiese di leggergli il rimedio 31. Disse proprio cosí, rimedio.

– «Per quanto concerne la devozione verso gli dèi, sappi che la cosa piú importante è questa: avere giudizi retti al loro riguardo, cioè che essi esistono e che governano l'universo in un modo buono e giusto, ed essere disposti a obbedire loro, a sottomettersi a loro e a seguirli di buon grado in tutto ciò che capita, perché questo è il prodotto della piú eccellente delle volontà. Cosí tu non biasimerai gli dèi e non muoverai loro il rimprovero di trascurarti».

Volle che gli restituissi subito il libretto, e fece il suo

solito gesto per assicurarsi che ci fossero tutte le pagine, prima di rimetterlo in tasca.

A me parve che la luce fosse leggermente aumentata, come se ne fosse uscita un po' dalla carta. Ad ogni modo, trovavo assurdo complicare cosí una cosa semplice come credere o non credere.

– Vuole andare in chiesa perché è una cosa che deve fare, o se lo sente lei?

– Il cuore ha le sue ragioni che la ragione non conosce affatto.

– Quindi è una cosa che sente...

– Quando Ted partiva per i fronti di guerra mia sorella metteva sempre una candela per lui, cosí... Penso che gli farà piacere –. Mi parlò come se io sapessi chi fosse Ted. Intanto suonò il citofono e la voce squillante di Aurora ci fece sapere che aspettava giú fra le siepi di pitosforo. Il Professore, nel prendere l'ombrello, aggiunse:

– Maria Vittoria, allora mi accompagnerà piú tardi a mettere una candela? Neanche certi filosofi avrebbero da ridire.

Tornai a lavare la maglietta, ostinandomi sulle macchie.

Ted probabilmente era suo nipote, quello che andava in guerra, secondo le informazioni del Kgb. Doveva essergli successo qualcosa di grave.

Provai a sistemare un po' meglio il salotto e tentai di risolvere il problema della tapparella. Per far entrare il gatto ero riuscita a sollevarne un pezzettino, però poi si incastrava. Salii sulla scala per cercare di smontare il cassone quando sentii di nuovo il campanello: era il medico.

– Il Professore non c'è, – dissi.

– Sono venuto a riportare un libro che mi ha prestato.

Era in ciabatte. Mi chiesi se fosse davvero lui, il medico, o piuttosto uno che ne aveva bisogno. Vista la mia faccia aggiunse:

– Abito un paio di piani sotto, lo tenga presente nel caso...

– Credo che stiano finendo le medicine...

– Allora lascio le ricette nella buca delle lettere, però guardi che anche se ne salta qualcuna non importa –. Aveva fretta, come tutti i medici, però lo salvava la simpatia.

– Ma come?

– Mah, lui non mostra un grande entusiasmo, dice che servono solo per chi ci crede. In ogni caso alcune le prende.

– Io gliele do tutte.

– Bene, è fortunato, e non solo perché ha già ricevuto un anno di vita in omaggio dalla ditta, ma perché ha risorse sue.

Il Professore aveva catechizzato anche lui.

– Allora me lo saluti, stasera in parrocchia c'è il concerto corale e ora vado alla prova, sono un baritono.

M'informai in quale chiesa fosse, mi pareva un'idea simpatica da proporre al Professore, poi domandai:

– Finite le visite?

– Con questa sí, gli dica che torno presto, mi deve spiegare una cosa che ho trovato sul libro –. Scese veloce per le scale, prima che potessi rifiatare.

In salotto c'era Arturo che si faceva le unghie sul divano, doveva essere passato dallo spiraglio. Appena mi vide scappò sul balcone: un piccolo puma nero elastico e selvaggio, con una macchia bianca sul petto e due occhi tondi e gialli come monete. Era chiaro che saltava.

Rientrò solo appena si mise a piovigginare, e lo agguantai un attimo prima che si attaccasse all'arazzo.

La sua padrona era già sul pianerottolo, non si stupí di vedermi con quel fagotto peloso in braccio.

– Credo gli piaccia l'odore del caffè. È un bel gatto. Perché si chiama Arturo?

– È il nome di mio marito, ex marito. Ormai andiamo d'accordissimo, prendiamo anche il tè insieme, ma una volta graffiava.

L'ascensore si fermò al piano e scesero il Professore e

una tipa rossa e altissima munita di una scatola di biscotti da tè.

Al Professore il coro tutto sommato piacque.

– Un po' inopportuna la musica, – commentò, – secondo me c'è di meglio.

Chissà, magari si aspettava qualcosa di classico, e invece lí si erano scatenati con chitarre e tamburi. L'organo era rigorosamente chiuso, nonostante le pareti della chiesa brulicassero di canne.

– Lo trovo intollerabile... – disse, a testa bassa, – comunque lei mi ha detto che dovrebbe esserci il mio medico.

– Infatti lo vedo. Dice che è un baritono, chissà perché lo fa.

– È un modo come un altro per trovare l'armonia con i pazienti. Su certe malattie sarà meglio cantarci sopra visto che non si può fare altro.

Si mise nella posizione della statua, poi volle che accendessi la candela «nel posto piú centrale possibile, cosí al Padreterno non sfugge», quindi recitò la sua preghiera:

– «La nostra immaginazione ci ingrandisce talmente il tempo presente, a forza di rifletterci su, e impicciolisce talmente l'eternità, col non rifletterci mai, che noi facciamo dell'eternità un nulla, e del nulla un'eternità».

Di certo doveva trattarsi di una massima. Intanto io accesi la seconda candela, quella per lui, anche se non lo sapeva. Se ne accorse, e volle toccarla prima che la mettessi nella molla, per capire se era fatta «come quelle di una volta».

Poi mi chiese un'Ave Maria, che ricordava vagamente, e ascoltò con molta attenzione che finissi di «recitarla», approvando «l'interpretazione».

Non si fece il segno della croce ma salutò verso l'altare con la mano, poi ci sedemmo sulla panca in fondo ad aspettare la fine della prova. Ogni volta che smettevano di cantare si sentiva la perpetua urlare in sagrestia.

– Questa dovrebbero arruolarla fra i soprani… farebbe la sua figura.

Mi parve il momento giusto per fargli la mia domanda:

– Per chi era la candela, Professore?

Aspettò qualche secondo prima di rispondere, poi disse, asciutto:

– Per Ted, mio nipote. Precipitato con l'aereo.

Lo osservai, sembrava imperturbabile, se mi fossi dovuta immaginare Epitteto me lo sarei immaginato cosí. Aspettai che finisse le sue valutazioni, e difatti, in risposta al mio silenzio, mi porse il *Manuale*:

– Il quinto. Lo legga lei, io me lo ricordo…

«Ciò che turba gli uomini non sono le cose, ma i giudizi che essi formulano sulle cose. Per esempio, la morte non ha nulla di temibile, altrimenti sarebbe sembrata tale anche a Socrate. Ma è il giudizio che noi formuliamo sulla morte, cioè che essa è temibile, ad essere temibile nella morte. Pertanto…»

Aprí la mano per riavere indietro il libricino.

Mi sentivo impacciata, qualunque parola sarebbe stata di troppo. Lo sapeva anche il Professore, che per togliermi dall'imbarazzo concluse: – Anche quella di Ted è stata una scelta di vita. Il guaio è quando non si sceglie o quando non si hanno vie d'uscita –. Lasciò cadere un palmo sull'altro come per chiudere un libro invisibile che teneva aperto fra le mani.

Restammo lí una ventina di minuti finché disse di aver freddo e di non volermi trattenere di piú perché il tempo sarebbe peggiorato, forse tornando avrei preso la pioggia. Che era una vera calamità, secondo i suoi canoni.

Me ne andai a casa immalinconita, stanca, dispiaciuta del fatto che la telefonata americana fosse stata un'occasione di tristezza.

Appena entrai in macchina alcune pesanti gocce di pioggia caddero sul vetro, con un rumore sordo, allargandosi come macchie.

Chissà Aceto. Lui aveva paura dei temporali.

Mio marito era stravaccato sul divano a ingozzarsi di popcorn, manco fosse al cinema.

– Mi passi una birra? – chiese.

– Per caso sei imbullonato, che non ti puoi alzare?

– Dài, sei già lí...

– Di birre non ce ne sono, mi sono dimenticata di comprarle.

Andai a cambiarmi, presi qualche indumento da ficcare nella borsa sotto il letto e poi tornai in cucina. Mi facevo quella borsa un po' al giorno, senza fretta, e quasi senza sapere perché.

Lui aveva finito i popcorn e non mi toglieva gli occhi di dosso.

– Senti, dobbiamo parlare, – disse.

– Ma dài...

– Non fare la difficile, un è proprio il caso.

– Sentiamo.

– Sto andando contro la mia natura, capisci la fatica che faccio a dire di sí a certi lavori che un fanno per me. Però li faccio lo stesso.

– Ma pensa.

– Ho accettato il lavoro che t'aveva proposto Maurizio. Sei stata proprio una stronza a rifiutare.

– Stronza?

– Comincio da giovedí e domani ho bisogno della camicia stirata per anda' a firma' il contratto.

– Ma pensa.

– Un sai dire altro?

A me sembrava di saper dire parecchie cose, finalmente.

– E allora, risolti i problemi, può tornare tutto come prima.

– Puoi ripetere per favore?

– Ho detto che torna tutto come prima, – sembrava quasi intimorito, e faceva bene. Però gli venne subito quell'espressione arrogante: – Quindi datti una calmata.

– *Tutto come prima*... come prima quando? – iniziai a ridere, dapprima piano, poi sempre piú forte.

Lui mi guardò esterrefatto: – Ma sei bria'a? Ti droghi?

Io non riuscivo a smettere, mi facevano male gli addominali.

Lui si alzò e mi lanciò addosso il libretto di Pascal.

– Non ti azzardare, – gli urlai, andando a raccattarlo.

– Cos'è sta roba? – mi venne vicino, col grugno.

– Non t'azzardare mai piú a toccarlo.

Me lo strappò di mano, le pagine presero a volare perché le avevo incerottate male.

– Ma si vende bene?

– Ma levati!

– Dove l'hai trovata, 'sta reliquia, da quelli che fanno i cartoni?

– Il regalo piú bello che mi hanno fatto, sei te che sei una capra!

– Hai il ganzo?

Non abbassai gli occhi.

– Non ancora.

– E chi t'ha regalato una schifezza del genere?

– Un anziano professore.

Sgranò gli occhi: – Ma che gente frequenti ora, i rincoglioniti?

– Mi sa che li ho frequentati prima, i rincoglioniti.

Si offese: – Ma chi ti credi di essere, una scienziata? – e cominciò a strappare i fogli che erano caduti, un rumore che mi squarciava qualcosa dentro. Mi precipitai a raccattare il resto del fascicolo, ma nella foga inciampai in una gamba del tavolo e caddi sul polso.

– A momenti s'ammazza per un rudere di carta, 'sta scema, – si ributtò sul divano. Mi alzai reggendomi la mano.

Presi quello che restava di Pascal e me lo misi sotto il braccio.

– Te l'ho detto, datti una calmata o sarà peggio per te!

Ma non ci credeva nemmeno lui.

Passai davanti al posacenere d'alabastro che avevo comprato a Volterra quand'eravamo fidanzati. Dal prezzo l'avevo giudicato una cosa di valore, con cui abbellire una convivenza di valore. Però, ora come ora, lo vedevo meglio da un'altra parte, magari a fermare la porta dello studio del Professore. Lo imboscai e andai a finire la borsa alla svelta, buttando poche cose dentro. Quindi passai dal bagno. Il polso gonfiava, mi ero fatta un danno. Lo misi sotto l'acqua fredda.

– Un *anziano professore*... sarà il caso che impari a battere sull'Aurelia, almeno rende... – rideva, disperato.

Bussò sua madre.

– Ma avete finito d'urlare, che un sento la telenovela?

– Ce l'ha lei la *telenovela*... – disse mio marito.

Mia suocera mi guardò stupita.

– Mi dispiace per voi, – le dissi, – ma io mi licenzio.

– Si licenzia...

– Oh, la Panda resta qua, eh? E a quest'ora dove cazzo vai?

Non risposi.

Uscii tenendo la borsa con la mano buona, e appena svoltai l'angolo chiamai un taxi. Davvero non mi conoscevano.

– Via degli Ebrei 39, – dissi al tassista che era di ottimo umore.

– Cascata dal motorino, eh?

– Cascata e basta.

Capí che non era aria.

Al semaforo di via della Libertà, sotto un lampione, mi ritrovai la pagina 214 dei *Pensieri* in tasca, cosí la inclinai verso la luce:

«Ciò che può la virtú di un uomo non si misura dai suoi sforzi, ma da ciò che fa abitualmente».

– È già mattina? – chiese il Professore. Se ne stava tutto imbacuccato sul divano con la caldaia spenta, aveva la televisione accesa su un documentario. Intorno era completamente buio.

– No, Professore…

– Parlavano delle tartarughe marine e dicevano che le immagini erano bellissime, cosí ascoltavo, ma sa… – si accostò all'orecchio l'orologio parlante e parve tranquillizzarsi: – Devo essermi appisolato, meno male, se fossero passate dodici ore sarebbe stato brutto segno. Invece il fatto che lei sia qua potrebbe essere un buon segno per lei.

Mi pareva impossibile che avesse *visto* già tutto.

– Solo per qualche giorno, il tempo di riorganizzarmi –. Nonostante cercassi di essere naturale mi tremava un po' la voce.

– Elisa non verrà, c'è la sua stanza vuota.

Pronunciò la parola «vuota» piú lentamente, come per ampliare l'idea di una cavità desolata. O cosí parve a me che non ero certo di buonumore. Mi rincuorava, però, che Elisa lo avesse avvisato.

Spense la televisione e rimise all'orecchio la radiolina mentre io sistemavo le mie poche cose nella camera «vuota» e anche fredda. Probabilmente non erano passate le undici, si sentiva chiacchierare allegramente la signora Favilla.

– Io mi ritiro nella mia stanza, – disse il Professore, – passerò rapidamente dal bagno per controllare l'opinione della porta sulla perturbazione, e poi sparisco –. Aveva addosso diversi strati incluso il maglione da montagna, quello ispido.

– Ma le bastano le coperte, Professore? – gliene avevo messe cinque.

– Ho un bellissimo pigiama che mi ha portato Elisa il Natale scorso dalla Svizzera, morbido, caldo… be', Maria Vittoria, io dunque sparisco. In ogni caso qui è al sicuro.

Prima di «sparire» però aggiunse: – Se sente freddo accenda pure la caldaia, tanto io ho freddo comunque, finché non risolvo il mio problema principale.

Sorrise e sparí.

Andai in cucina ad accendere la caldaia col polso che era diventato un pallone. Sul tavolo c'erano chicchi di riso sparsi ovunque, e raccoglierli con una mano sola era un lavoro certosino. Non aveva mangiato quasi nulla.

Sentivo addosso l'indolenzimento della botta, sarei dovuta andare al Pronto soccorso per una lastra. Però senza soldi c'era poco da fare. Guardai nel mio portafoglio: il taxi mi aveva praticamente prosciugato, e sui mezzi pubblici a quell'ora non potevo fare affidamento. Dovevo rimandare all'alba. Controllai cosa era rimasto del mio stipendio nella macchina per le tagliatelle, non molto, il mese stava finendo.

Bussai piano alla camera, dove si sentiva la radiolina.

– Professore, se domani mattina mi sente uscire presto, non si preoccupi, torno in tempo per la colazione.

– C'è qualche soldo nel cassetto della spesa, se lei ha bisogno li prenda che glieli anticipo...

Lo ringraziai, non gli sfuggiva nulla.

Gli rubai alcuni dei suoi fatidici fazzolettini di carta. Ne teneva una cava nell'armadietto del bagno come se costituissero l'unica risorsa a tutte le emergenze: ne prendeva uno, lo spiegazzava, si asciugava il naso come se avesse pianto, ma non lo vedevo mai piangere.

Invece a me le lacrime, d'un tratto, uscirono fluide e inarrestabili. Non facevano male, avevano lo stesso calore delle guance, e cadevano pesanti sui miei vecchi jeans. Era come se fossero una condensa di tante delusioni che finalmente mi lasciavano, le toccavo con un senso di gratitudine. Infine abbassai le persiane e buttai una coperta sul letto.

Stando sdraiata il dolore peggiorava. Sentivo un sibilo nelle orecchie, non sapevo dove mettere la spalla, il collo era rigido come un ciocco sulla spiaggia. Temetti di non chiudere occhio.

Però poi qualcosa di ritmico e di rassicurante un po' alla volta m'ipnotizzò, facendomi allentare l'intrigo ferroso delle giunture. Era quasi una ninna nanna, un fascio di luce calda, rapido e regolare che scorreva sulle ante dell'armadio in fondo alla camera. Pensai a un raggio che spazza le nuvole un po' alla volta, a una cometa che passa indicando una via, alle stelle cadenti in agosto, ma alla fin fine non ero molto lontana dalla verità: nient'altro che il faro del porto, un occhio aperto che taglia il buio e rassicura chi cerca il molo nella notte... Il traghetto per la Sardegna lasciò cadere un breve segnale profondo, mentre usciva lentamente come un'ombra, circondata da spie luminose.

Capitolo quindicesimo

Pisa

Chissà perché sul tavolo duro dei raggi si sente sempre cosí tanto male: il freddo di quelle piastre su cui si mette la parte dolorante, come fosse un cotechino da affettare, è qualcosa d'insopportabile.

– Voi donne ne fate troppe di cose, dovete mettere a lavora' mariti e fidanzati, – il radiologo aveva in mano il bicchierino di carta del caffè. – Allora che hai fatto?

– Sono caduta...

– Stai ferma 'osí, ora si rigira il braccio di là, ancora un po'ino.

Era uno massiccio che mi ricordava il macellaio di viale Mameli.

– Ora ti metti di là, e aspetti.

– Ancora? – Era già un'ora buona che me ne stavo su una sedia di fòrmica a contare le piastrelle e a guardare l'infermiera che correva per il corridoio.

– De', un avrai mica furia, eh? E te la dovrò stampare 'sta lastra per falla vede' all'ortopedico o andiamo a lume di naso?

Mi rassegnai a stare sulla sedia di fòrmica. Intanto arrivò uno saltellando sul piede accompagnato da un altro che diceva:

– De', ma se te mi tagli la strada un è mi'a colpa mia...

A ruota una mamma col bimbo che vomitava e una partoriente a cui si erano rotte le acque.

– Oioi tutti ora, – disse l'infermiera. – Te mettiti sulla

sedia a rotelle e stendi la gamba... te porta 'r bimbo dal pediatra, e te vieni ví colla lettiga.

– Baroncini! – sentii gracchiare. Trasecolai: pareva quasi la voce della Tania.

Invece era una che lavorava in sala gessi, tutta bianca compreso il naso.

– Baroncini Maria Vittoria? Ora l'ingesso...

– Nooo! – si sentí urlare dalla stanza di fianco. – Da me!

L'ortopedico aveva il cappotto sul camice e in testa un cappellino di lana.

– Non va il riscaldamento da tre giorni, – mi disse, mentre entravo in una stanzetta che pareva una ghiacciaia. – A parte il polso il resto va bene?

Mi vennero gli occhi lucidi.

– No, non era per farmi i fatti suoi, ad ogni modo mi stia a sentire, e si metta a sedere per benino.

Aveva le lastre del mio polso appese al neon. Pareva di vedere una zampa di gallina in tutte le posizioni.

– Lo vede qui? – fece un piccolo cerchio sull'immagine con il tappino della biro.

Non vedevo nulla se non una nebbia ossea. Comunque dissi di sí per dargli soddisfazione.

– Va bene se un lo vede non importa, comunque non è proprio una frattura ma va ingessato.

– Davvero? Io preferirei di no.

Prese carta e penna: – Ora le scrivo tutto, poi fra tre settimane se ne riparla. Intanto mi faccia dare un'occhiata anche alla spalla, che la vedo un po' troppo rigida.

Mi controllò e disse di evitare gli sforzi.

– Ora vada in sala gessi, cosí prima di Natale incomincia a farcire il tacchino che è una meraviglia, e il pesce lo pulisce già tra tre settimane.

– Vannucci Mario! – chiamò poi.

– Vengo a zoppino?

– Per carità no, sulla sedia a rotelle.

Fuori c'era il sole, e già un po' di traffico.

Non pensavo che tre settimane potessero passare cosí in fretta. Mi ero praticamente installata a casa del Professore, anche se con un certo disagio. Non volevo abusare della sua tolleranza, ma lui non faceva domande e non commentava. Si limitò a dirmi:

– Visto che abbiamo modificato i termini della questione, in cambio lei mi legge anche i giornali?

Cosí quando la giornata sembrava particolarmente vuota, gli leggevo gli articoli di fondo, suscitando spesso vivaci reazioni agli errori di accento su parole per me incomprensibili quali «gerosolimitano» o «icastico». Se incappavamo nella politica mi spediva a cercare l'*Etica Nicomachea* perché doveva memorizzare la frase di Aristotele: «il bene è degno di essere amato anche per un solo individuo; ma è piú bello e piú divino quando riguarda popoli e città». Quindi attaccava una filippica contro il governo facendomi perdere un sacco di tempo.

Me la cavavo meglio con qualche brano del *Sidereus Nuncius*, che al Professore piaceva perché gli faceva vedere il cielo stellato. Secondo me aveva parecchia immaginazione, e Galilei era piuttosto prodigo di particolari; quando mi toccava raccontare i disegni, lui tracciava i cerchi nell'aria con commovente precisione.

Una volta esaurito il repertorio, tornava sul tema gesso, che non lo convinceva affatto, non si fidava della medicina del ventunesimo secolo tanto quanto invece si fidava dell'astronomia del diciassettesimo.

– E cosí l'hanno ingessata per davvero? – mi chiedeva ogni volta per scherzarci su, poi voleva tastare la consistenza del gesso. – Sa, se fosse capitato alla Vally, ipocondriaca com'è, si sarebbe fatta ingessare per tre mesi. E a Pisa, dove sono piú ferrati sulle ossa, a sentire lei. Che ne dice se si va là per un consulto?

Era chiaro che cercava una scusa. In fondo Elisa me l'aveva detto.

– Ora chiamo la Vally, – concluse, – e le chiedo di venirci a prendere appena le leveranno il gesso –. Su questo fu irremovibile.

Quando la Vally comparve sulla porta, poche settimane dopo, sembrava letteralmente farcita di naftalina. Aveva in testa un cappello a turbante, la sciarpa sopra il naso e una pelliccia che le arrivava alle piccole caviglie. L'odore della naftalina si sentiva da due metri di distanza, l'avrebbe sentito perfino la signora Favilla. Arturo, che stava per sgusciare sotto la serranda per farsi le unghie sul divano, scomparve. Per diversi giorni non vidi piú neanche la sagoma.

– Sono stata malata... – disse con la sua vocina la Vally, e in effetti rispetto all'estate si era vista pochissimo, come se il suo bioritmo combaciasse con quello dei castori.

– O cos'avevi? – chiese il Professore.

– Una brutta influenza, te l'avevo detto al telefono...

– Ah già.

Lei rincarò la dose:

– Ma non hai sentito che tosse cavernosa?

– Allora andiamo a Pisa per consultare i medici?

– Certo, ogni promessa è debito, ma guarda che non resto fuori in giro perché fa freddo.

Il problema era che il Professore aveva di nuovo perso l'orologio parlante, e quanto alle scarpe fortuna che le avevo già fatte tutte nere, perché continuava a volersele mettere spaiate. Siccome poi era consapevole delle possibili critiche, per vestirsi come gli pareva approfittò del momento in cui la Vally si distrasse con la mia cartella medica. Io avevo una fasciatura provvisoria e l'ordine di fare gli esercizi riabilitativi.

– Quindi andiamo a Pisa dove? – chiese la Vally.

– Ora Pisa non sarà mica Chicago... – disse il Professore sedendosi sull'orologio che partí: «Ore dieci e undici minuti». Sorrise, sollevato: – Scarichi me con Maria Vittoria dove ti pare, e noi si va da uno dei tuoi molti ortopedici.

– Non sono molti, e ce ne vuole uno adatto a Maria Vittoria.

– Le sue saranno mica ossa cave come quelle dei gabbiani?

Le cose si mettevano male, cosí m'intromisi:

– Sono guarita, mi hanno detto.

M'infilai nella Cinquecento rossa appena lavata, e fu solo lí che lei si accorse delle scarpe. L'ultima mi era sfuggita. Con una mano sola non ero riuscita a mettere bene il lucido. Il che secondo lei rivelava la gravità della mia situazione.

Continuarono a battibeccare per mezz'ora, e alla fine il Professore, soddisfatto di essere stato portato a Pisa, chiese di scendere con me in zona Ponte della Fortezza. Tanto lo sapevamo benissimo, sia io che lui, che non avremmo visto un dottore.

La Vally, dopo aver tossito a lungo, zampettò sul largo marciapiede di pietre e prima di lasciarci appoggiati alla spalletta del lungarno Mediceo annunciò che se ne sarebbe tornata a casa, visto che era vicina. Noi c'incamminammo in direzione della foce. Doveva avere in mente un itinerario ben preciso che iniziava da una piazza un po' distante, in cui difatti restammo impalati per qualche minuto: piazza Carrara. Lí il Professore tirò un profondo sospiro.

– Lei conosce Pisa, Maria Vittoria?

– Poco, in confronto a Livorno.

– Io la conosco come le mie tasche.

Quindi per niente, pensai, ma mi sbagliavo di grosso. Mi prese il gomito del braccio buono e mi fece da navigatore.

– Dobbiamo raggiungere la piazza dei Miracoli passando però davanti alla Normale, non da via Santa Maria.

– Va bene, ma qual è la direzione?

– Teniamoci l'Arno dietro, salutiamo Ferdinando de' Medici che è sul piedistallo, lo vede? E andiamo a destra.

– A Livorno è facile, da una parte c'è il mare e dall'altra la collina.

– Anche qua Maria Vittoria, l'Arno va verso il mare e la città ha due lobi come un cervello, da una parte c'è la Normale, la scienza, dall'altra Palazzo Blu, l'arte. Galilei era pisano: la genialità ci farà da bussola.

Proseguimmo un po' oscillando. Il Professore ogni tanto rallentava come per assaporare l'aria. A volte arrivava l'odore di legna bruciata, a volte quello del pane, a volte quello dei mandarini di qualche banchetto, e a volte quello dei tombini, per colpa dell'Arno. Un nugolo di studenti in bicicletta sfrecciò vicino a noi infilandosi nei vicoli come coriandoli sparati dai portoni.

– Da queste parti ci dev'essere la chiesa di San Frediano, – mi disse lui.

Poco dopo vidi una piccola piazza con una chiesa di pietra.

– Una chiesa romanica non tanto grande e interessante, ma raccolta, dove fu portato mio padre da morto. Era stato un ateo convinto, ma al rito non volli oppormi. Pascal mi insegna che «l'uomo è naturalmente credulo, incredulo, timido, temerario». Quindi anche io non faccio eccezione e probabilmente neanche mio padre –. Non capivo se parlava a se stesso o con me.

Procedemmo lentamente per la via, il mio compito non era facile visto che non c'era marciapiede. Ogni volta che passava qualche mezzo il Professore trasecolava dicendo: «Ai miei tempi non passavano questi bolidi puzzolenti».

– Ora vedrà che emozione la piazza dei Cavalieri. È come entrare su un palcoscenico da una quinta.

Un posto unico davvero: lo spazio sembrava ritagliato dagli angeli che s'incrociano in cielo come le rondini d'estate.

– Qui c'è un barlume di eternità, – commentò, – quella della sapienza.

Ci relegammo in un angolo di fronte alla facciata spettacolare della Normale, e si mise a indicare con precisione le varie quinte: la chiesa di Santo Stefano, il Palazzo dell'Orologio, la Torre della Fame, e infine il «protagonista della scena», ossia la statua di Cosimo de' Medici.

– Maria Vittoria, vede che Cosimo ha un piede sulla testa del delfino?

– Sí.

– Guarda verso il mare, forse verso il tramonto. Ha nobiltà, non trova?

Respirava a fatica, forse avevo camminato troppo in fretta. Teneva la testa sollevata in direzione della statua, come a voler incrociare lo sguardo di pietra di Cosimo I.

A me sarebbe piaciuto potergli descrivere tutto per ravvivargli la memoria, però non trovavo le parole, e temevo che qualcosa potesse non corrispondere ai suoi ricordi. Stava cercando di far combaciare il presente col passato, non volevo deluderlo.

Un piccione si posò con arroganza sulla testa della statua.

Restammo in silenzio per qualche minuto, come fossimo davanti a una tomba, poi c'incamminammo per la strada piú larga che si apriva alle nostre spalle.

– Lasciamo a sinistra la chiesa dei Cavalieri ed entriamo in via della Faggiola.

La trovai subito: non aveva nulla di scenografico, apparentemente, ma sembrava staccata dal mondo.

– Sa, Maria Vittoria, questa via ha per me un senso particolare, di intimità che non si trova altrove, poi ci sono giardini oltre i muri, e un glicine che accarezza un cancello prima di arrivare là, di fianco all'Arcivescovado.

Camminai piú lentamente, spostandomi verso il centro della carreggiata, anche perché era una via quasi deserta.

– Questo luogo ha una sua laboriosa interiorità. Somiglia alla mia vita... – Forse pensava a qualcosa di preciso che non voleva condividere con me, ma solo con le sue ombre. Lo guardai, sorrideva. Lí doveva essere accaduto qualcosa di poetico, o di dolce. Un posto intimo, il luogo ideale per darsi un bacio, là sotto il glicine, che quando fiorisce butta la sua nuvola lilla oltre il muro.

Il Professore aveva chiuso gli occhi e continuava a sorridere beato. Improvvisamente mi disse:

– Qui incontrai Laura la prima volta.

Trattenni il respiro, e attesi.

– Ci sposammo dopo un paio d'anni, dopo la laurea. Venivamo sempre qui a passeggiare. All'epoca ci vedevo, vedevo la sua sagoma magra, i suoi capelli neri, l'espressione serena e soprattutto il sorriso che poi perse. È ancora bella questa strada secondo lei?

– Bellissima.

– Lei sapeva che si chiamava Laura?

– No, – ma l'avevo letto su quel vecchio articolo.

Rimanemmo in silenzio.

Le nuvole presero a sciogliersi e via via appariva l'azzurro chiaro del cielo che intiepidiva l'atmosfera. Il Professore se ne accorse, forse dalla brezza.

– Ero sicuro che il tempo ci avrebbe riservato delle sorprese: quelle di consolarci nella ricerca di ciò che non riusciamo piú a vedere... – Sospirò, ma sereno.

Non volle arrivare in piazza dei Miracoli perché «l'essere qui, oggi, ha già esaurito tutto il mio senso del miracoloso».

Sospirai anch'io.

Restammo cosí, all'altezza dell'Arcivescovado, nella piazza ampia e leggermente scoscesa da cui si poteva scorgere il Duomo col suo concentrato allarmante di turisti, esplosi da qualche pullman, e raccolti in colonie, come formiche all'attacco di briciole troppo grosse.

– Là in fondo si vede il battistero, vero?

– Sí, sembra un panettone. Poi si vede il Duomo, la torre che spunta sulla destra, ed è tutto bianchissimo... – restai incerta sul seguito della descrizione, forse era meglio evitare.

– Già... poi ci sono le mura e intorno il prato, come un velluto su cui sono appoggiati dei gioielli di madreperla. Emanano lo splendore della fede... Non saranno mica funestati dalle orde dei turisti anche di questa stagione?

Aspettava la mia risposta a occhi bassi, come faceva quando temeva un imprevisto sgradevole.

– C'è poca gente.

Rialzò la testa e assaporò la dolcezza dell'aria. – Anche ai miei tempi era cosí.

Capitolo sedicesimo

Gli 007 del bilocale

Non mi sarei mai aspettata che la mia liberazione sarebbe avvenuta per mano del Prigioniero. Eppure il Professore l'aveva detto: «Se sfugge al controllo della moglie, potrebbe rivelarsi una risorsa insospettabile».

Negli ultimi tre o quattro giorni c'era stato qualche vertice. Arrivavano al completo, sempre alla stessa ora: Costantino, Aurora e il Prigioniero, mi squadravano con insolita curiosità e prelevavano il Professore con la scusa del tempo bello dicendo di andare a leggere il giornale a Villa Fabbricotti. Il fatto è che ci andavano anche quando pioveva. Non proprio degli 007, direi.

Cosí, mentre io accatastavo giornaletti di annunci di affitto senza cavarci un ragno dal buco, il Professore meditava. Ma soprattutto agiva, perché «ciò che può la virtú di un uomo non si misura dai suoi sforzi, ma da ciò che fa abitualmente».

Io avevo capito che non gli davo granché fastidio, però sarei dovuta andare via prima di Natale, in vista del probabile arrivo di Elisa.

Dove, non lo sapevo. Ripensavo alla muffa da cui ero fuggita e mi veniva freddo. A volte rimpiangevo la vecchia Panda che mi sarebbe tornata utile, ma ormai era troppo tardi, l'avevo lasciata ai suoi padroni. Tanto, se avessi potuto tornare indietro avrei mandato di nuovo tutti al diavolo, quindi andava bene cosí. A piedi sí, ma in un certo senso a cavallo. Non mi restava che cambiare numero di telefono, per non avere grane. Avevo ricevuto tre chiamate da Maurizio e una da mio marito ma non avevo risposto, quindi mi affrettai a fare questa operazione della sim nuova e presi una decisione: appena il polso fosse tornato a posto mi sarei presa un motorino usato, per andare al mercato centrale a fare la spesa, e girare per la città a caccia di un buco dove sistemarmi. Avrei solo dovuto controllare i miei conti, e soprattutto sperare che il Professore fosse eterno.

Stavo finendo di far bollire le lenticchie per una bella minestra quando tornò il quartetto di Villa Fabbricotti abbastanza zuppo di pioggia.

– Permesso... l'aroma denuncia l'ora tarda del ritorno al quale oramai s'addice il rifocillare l'esausto corpo, – si espresse Costantino.

– Questa è fame! – sentenziò il Prigioniero.

– Tu te ne intendi di fame, eh? – corbellava il Professore.

– Dobbiamo festeggiare! – disse Aurora.

– Aspetta, aspetta, non si fanno i conti senza l'oste.

Entrarono in cucina.

– Questo è profumino di lenticchie.

– Allora chi parla, Costantino?

– No, se aspettiamo lui si scuoce la minestra. Ci ha messo anche il riso, Maria Vittoria? – chiese Aurora.

– Sí. La vuole assaggiare? Forse scotta...

Il Prigioniero si fece avanti.

– Buona, ma non lo diciamo...

– No, alla moglie non lo diciamo! – risposero in coro.

– Di' Luciano, nella Bibbia si dice che Esaú vendette la primogenitura per un piatto di lenticchie, vero? – continuò melodiosamente Aurora.

– Non valeva la pena, qui invece sí.

Io misi la minestra in una scodella e feci accomodare il Prigioniero a un lato del tavolo. Lui parve rianimarsi solo con il fumo caldo che gli appannava gli occhiali. Costantino cercava le parole. Grazie al cielo non le trovò.

– Parlo io, – disse il Prigioniero. Alzò momentaneamente la testa cercando di guardarmi attraverso il vapore e corrugando la fronte sul suo naso poroso. Mi ricordava Mr Magoo. – Ho un piccolo appartamento, saranno quaranta metri a detta degli esperti. È in corso Mazzini, al quarto piano senza ascensore, vecchiotto, da ristrutturare e con mobili degli anni Cinquanta, forse però il letto è con le doghe… – assaggiò la minestra sulla punta del cucchiaio. – Squisita. Luciano, oggi mangi bene.

Io tirai fuori altre scodelle ma sentii che il cuore accelerava.

Loro s'illuminarono:

– Ce n'è per tutti, Maria Vittoria?

– Sí sí, poca ma per tutti.

Si sedettero, «giusto per avere una sorta di aperitivo».

– Mi dice Luciano che lei necessita di un luogo dove sistemarsi, – continuò il Prigioniero, – e quei pochi metri quadri sono miei.

– Mi raccomando, controllate sulle carte, perché non sia mai… – disse il Professore.

– Era la casa di un mio zio, un luogo segreto dove cospiravano in tempo di guerra.

– Cospiravano male visto che te ti sei ritrovato i nemici in casa.

– Ooooh diamo fuoco alle polveri?

– Io non posso pagare un affitto alto, – dissi, emozionata.

– Ora come ora ci pago semplicemente le tasse. Eh, Luciano, dici di mia moglie ma il governo è peggio…

– Peggio sí, vessatorio. Prendiamo di là Hobbes…

– Dopo, dopo…

– Se le tasse in pratica me le paga lei e riattacca luce e gas siamo pari, – finí d'un fiato il Prigioniero per rimettere il naso nella scodella.

Gioia pura, da lucciconi.

– Giusta di sale, questa ragazza è una vera cuoca! – Aurora considerava il sale un rivelatore di capacità.

– Be', – dissi fiocamente, – è solo una minestra di lenticchie e basta un po' di tempo…

– Ma è una minestra biblica!
– Per me andare in corso Mazzini è una favola, – avrei abbracciato il Prigioniero.
– Allora le va bene?
– Benissimo…
– Dal momento che quanto convenuto al termine di conciliaboli oculatamente segreti è andato a buon fine, personalmente ritengo di aver soddisfatto la dimensione etica del mio affiancamento.
– Veniamo anche noi, Costantino.

Uscirono. Restammo solo noi due, il Professore e io. In casa aleggiava l'odore delle lenticchie, un odore che mi sarei sempre ricordata come quello della libertà.
«Ore dodici e quarantotto», disse la vocetta elettronica dell'orologio parlante.
– Tra poco allora assaggerò anche io questa meraviglia culinaria.
– Ha fame, Professore?
– Non tanta. Sa, la sensazione di poter fare qualcosa di positivo anche da una posizione di svantaggio è di per sé nutriente. Qualcuno nel Vangelo disse: «Non di solo pane vive l'uomo».
– Lo disse Gesú.
– Lei è sicura che la soluzione del Prigioniero può andarle bene? – mi chiese, meditabondo.
– Ne sono certissima, – poi vuotai il sacco di colpo, come quando si rovescia il catino pesante con l'acqua sporca: – Ho abitato per tanti anni tollerata come una pattumiera in camera, e manco me ne accorgevo. Ci si sente piú soli quando si costruisce una vita apposta per non esserlo.
Mi era parso impossibile aver creato un pensiero cosí perfetto.
Restò ammutolito.
– Già… ma la vita ha altri scopi –. Se ne andò nello

studio da cui tornò con un libretto. – Zenone di Cizio, il titolo dovrebbe essere *La vita secondo natura*.

Posai la scodella.

– C'è una pagina piegata, e un segno.

– Eccola. «Tutti gli elementi della felicità si trovano nella vita virtuosa. Non esiste alcun bene all'infuori di ciò che è, in modo assoluto e unico, il bene in sé, che è l'onesto. Il bene ha una sua peculiare attrattiva per cui si fa desiderare. All'infuori della virtú, non c'è cosa alcuna che importi per il conseguimento del bene...»

– Bene, – disse. Si sedette sull'Aventino, e come gli ridetti il libro lo mise vicino al telefono. Era stanco.

Apparecchiai la tavola con cura, stendendo una tovaglia allegra a piccoli girasoli per dare calore alla cucina, come se lui avesse potuto apprezzare quella premura. Poi lo invitai a sedersi.

Con la mano prese a cercare il cucchiaio di fianco alla scodella. Glielo avvicinai piano sotto le dita, in modo che lo trovasse da solo, senza dover chiedere.

Con la vicina del Kgb l'avevo sfangata. Manco si era accorta che stavo a casa del Professore da piú di un mese. Il merito era del suo medico curante: le aveva prescritto di togliere i calcoli alla cistifellea e di stare a dieta per un bel po'.

L'avevo saputo per caso dalla signora Favilla, in coda dal fornaio, come pure avevo imparato che quella del Kgb di cognome faceva Lenzi.

Fatto sta che era sparita: niente appostamenti, niente viaggi con il carrello della spesa, niente pettegolezzi. Non aveva neanche visto il gesso.

E meno male, perché stavo organizzando una specie di trasloco, avevo già il mio da fare.

– Se le serve nella sua nuova casa prenda pure lo specchio... – mi aveva detto il Professore.

– Ma Elisa?

– Elisa se si specchia vede solo quello che non ha, quindi non lo reclamerà. Gli specchi hanno sempre dei risvolti esistenziali –. Oddio, sperai che di aforismi filosofici sugli specchi non ce ne fossero troppi, e invece:

– Le monadi di Leibniz sono come specchi... uniche indivisibili e riflettenti, – ma per fortuna non continuò.

Se ne andò in salotto frugandosi in una tasca, forse cercava delle briciole.

Quando riapparve, commentò soddisfatto:

– Secondo me hanno rifatto un nido.

– Io ho chiuso la portafinestra, cosí Arturo non può entrare a disturbare nessuno.

In realtà Arturo era entrato quando lui se ne stava tutto intabarrato sul balcone sottovalutando l'eventualità che potesse piovergli un gatto sulla testa. Avevo visto che in effetti piombava dal tetto, e poi schizzava a farsi le unghie sull'arazzo: doveva piacergli un mondo, a giudicare dalla quantità di fili tirati.

Quel pomeriggio chiesi di andare a vedere la piccola casa del Prigioniero finché ci fosse stata un po' di luce.

– Vengo anch'io, – disse il Professore, – d'altra parte sono l'artefice dell'idea, e bisogna tastare il terreno per essere certi che la moglie del Prigioniero sia all'oscuro –. Quindi si mise al telefono.

Lui e il Prigioniero inventarono una balla per la moglie e alla fine presero appuntamento nei pressi di un'edicola. Un po' come succedeva a me a tredici anni con le amiche.

– A che ora va giú il sole, secondo lei? – mi chiese il Professore.

– Verso le cinque, piú o meno.

– Allora abbiamo bisogno di una torcia.

Il Prigioniero ce l'aveva, la teneva in una tasca profonda del cappotto.

– Bravo, in prigione ti serve...

In mancanza di Aurora nessuno faceva da moderatore, io poi ero molto impegnata a guidare il Professore sul marciapiede stretto e sconnesso. Il problema era sempre quello degli ostacoli piú o meno mobili, degli scalini da prevenire, degli spazi da calcolare. E stavolta, purtroppo, il Professore aveva lasciato a casa l'ombrello con cui si aiutava almeno in parte.

– Oggi non pioverà, – mi aveva detto. Io non avevo insistito, e ora si procedeva con il Prigioniero che faceva da navigatore.

C'era vento.

– Tramontana, questa viene direttamente dall'Istria, – sentenziò il Professore, a corollario delle sue teorie, – s'incanala tra i monti e scende come facevano le truppe che invasero l'Italia al tempo dei romani.

Il Prigioniero borbottava e annuiva sotto un colbacco che teneva insieme le stanghette incerottate degli occhiali. Se ne andava curvo nel cappotto di cammello, come uno che ha passato la vita piegato sui libri.

Arrivati in corso Mazzini da Borgo Cappuccini intravidi verso il mare la luce dorata del tramonto. Dalla casa del Professore si sarebbe potuto vedere il sole sbattere contro i muri dello studio, cosí da intiepidire le pagine aperte dei giornali e dei libri. Chissà invece lí... mi sentivo emozionata, non ero riuscita a mangiare neanche un pugno di fusilli. Il Professore se n'era mangiato un intero piatto, i fusilli gli erano simpatici perché restavano incastrati nella forchetta.

– Bene, c'è ancora il sole, quindi al quarto piano si dovrebbe vedere qualcosa, – disse il Prigioniero. Poi si avviò verso un vecchio portone scuro, di quelli con lo scalino davanti, e si cavò di tasca un mazzo di chiavi che pareva proprio quello di un carcere. All'interno mi colpí l'odore dell'umidità salata e dei muri rugosi. Da un lato, accatastate sotto le cassette della posta, c'erano delle biciclette arrugginite, e dietro le cassette s'intravedeva una porta di ferro che forse conduceva alle cantine. Davanti a noi c'era una scala di pietra serena un po' irregolare e abbastanza ripida. Il pavimento pareva una grande scacchiera che si replicava al termine della prima rampa, sulle scale si aprivano dei finestroni con la montatura di ferro, alcuni con il vetro rotto. Un tempo doveva essere stato un bel palazzo, ora era molto trascurato.

Salimmo lentamente. Le porte su ogni pianerottolo erano tre, si sentiva qualche voce sporadica, o una radio accesa.

– Ma è tanto che non ci vieni? – chiese il Professore.

– Saranno un paio d'anni.

– Dici nulla… – aveva il fiatone dopo un piano. Ci fermammo. Da una porta uscí un ragazzo con una tavola da surf e si precipitò giú dalle scale come fosse rincorso da un nugolo di vespe. Forse c'era il mare mosso.

Al terzo piano facevano il cavolo nero, al quarto tutto taceva.

– Eccoci, – disse il Prigioniero ansimando, – ora ci sediamo un po'…

Ero curiosa e impaziente, guardavo tutto quel tentativo maldestro di ricerca della chiave giusta davanti a una piccola porta di legno scuro. Era incredibilmente blindata, il Prigioniero disse che era stata un'idea del figlio, rifugiatosi lí all'epoca dell'università.

Il vano era stretto: entrò prima il Prigioniero, con una certa cautela. Poi io condussi il Professore, controllando bene che non ci fossero intralci. C'era oscurità ma non buio del tutto. Il Professore avanzò da solo e trovò una sedia, era l'unico a muoversi con scioltezza in quelle condizioni. Io andai alla finestra per aprire gli scuri. Gli infissi erano vecchi e un po' scrostati, e tutti i cardini cigolavano, ma le finestre erano rivolte verso sud. Ed erano ben tre. Il bagno aveva un abbaino irraggiungibile e i rubinetti erano incrostati.

Una reggia.

– Ecco, – disse il Prigioniero, – fa freddo perché il gas è scollegato, però c'è la caldaia che avrà qualche anno. Va controllata, ma funzionava… io non sono pratico. Lei invece di sicuro se ne intende, come tutte le donne. Secondo te come mai, Luciano, le donne se ne intendono sempre?

Ogni scusa era buona per intavolare una conversazione su temi astratti.

– Secondo me perché sono detentrici del mistero della formazione della materia.

– Tu dici?

– Sí, credo che ci sia una ragione metafisica.

– Questo è un argomento che interesserebbe mia moglie.

– Secondo me è meglio che tu non lo affronti con tua moglie, – ridacchiò, – se si monta la testa sono guai.

– Questa casa è meravigliosa! – li interruppi.

– Lei dice?

– Gliela sistemo bene, vedrà!

Il sole dalla finestrella della cucina tingeva di rosa il muro. Se si apriva il vetro entrava l'odore del sale, ma non la tramontana perché la casa volgeva le spalle al nord-est.

Guardai negli angoli: non c'era muffa, finalmente.

Il Professore e il Prigioniero continuarono a conversare su quegli argomenti inafferrabili e vaporosi come l'aria che si respira. Stavano uno di fronte all'altro, su due sedie di legno impolverate, come due personaggi di un quadro. Quei personaggi che rendono significativo il quadro dove tutto il resto è in ombra mentre loro riflettono la luce o la producono.

La «grande traversata» che portava al Natale stava andando a gonfie vele.

Io me ne accorsi solo quando tornai al mercato centrale. Dalle porte entrava una corrente ormai gelida che aveva poco di autunnale, la gente era allegra anche se con pochi soldi in tasca, e i venditori rimasti ai banchetti si rimboccavano le maniche dei maglioni e avevano in testa il berretto di lana. A metà del salone grande, dalla parte dei fossi, era già tutto pronto per gli addobbi rossi con tanto di rafia e palline argentate. Dovevo spicciarmi. Chissà che faccia aveva l'albero sul calendario che avevo lasciato sul muro della ex casa, magari aveva perfino la neve sopra.

Era un pensiero leggero e gradevole quello di poter mettere «ex» davanti alle parole, tanto leggero quanto era stata pesante la situazione prima di quella fatidica estate. La vita mi si era buttata addosso prima che mi potessi organizzare, come un riflettore di quelli grossi, da stadio, che subito ti abbaglia, poi illumina bene gli angoli.

Stavolta al mercato mi risolsi per una bella offerta di carciofi: quelli pieni di spine, e solo quando li vidi nel sacchetto realizzai che avrei dovuto pulirli. Poi, già che c'ero, mi presi dei biglietti da visita di un imbianchino che li aveva sparsi un po' su tutti i banchetti, e che esibiva nel curriculum un invitante «anche piccoli interventi».

Mi ero trovata uno Scarabeo, un «cinquantino». Non proprio un'idea geniale, andarselo a prendere d'inverno, ma il prezzo era buono, in un anno avrei finito di pagarlo. Era blu, proprio blu da notte di Natale, e maneggevole.

Mi avviai dal Professore con i miei due sacchi di carciofi e clementine, e presi la schiacciata appena fatta in un posto vicino ai Fossi, giusto per buttare lo sguardo di nuovo nel canale.

Gliel'avrei portata ancora tiepida, se con quel freddo ci fossi riuscita, un freddo che però in motorino non è mai cosí tagliente come quello che si sente andando a piedi, chissà perché.

– Buona... ecco, ci voleva proprio, – commentò lui masticandola a fatica ma con soddisfazione. – Ce ne sarebbe un altro pezzetto? – gli piacque cosí tanto che si dimenticò di chiedermi il caffè.

Apprezzò anche i carciofi, anzi, sostenne che avevano «una certa dignità vegetale di tipo regale», tanto che inspiegabilmente mi consegnò un intero inserto di medicina in cui mettere gli scarti.

– Da quello che capisco la Vally rimarrà rintanata in casa fino a Natale, e a Natale si sarà dimenticata che voleva l'inserto sulle novità relative ai suoi malanni.

– E quali sono i suoi malanni?

– Tutti, secondo lei, quindi anche quelli dell'inserto.

Subito dopo il telefono squillò come tutte le mattine. Ormai conoscevo il rituale a menadito, appuntamento e Villa Fabbricotti. Ma quella volta fu il Prigioniero a chiamare. Avrebbe prelevato il Professore con Aurora «a fare da palo», e poi gli avrebbe lasciato sia il giornale di un mese prima sia «la roba».

Quando se ne andarono mi misi a pulire lo studio, ogni volta raggiungere tutte le superfici era un'impresa. I giornali cadevano da soli, forse anche di notte, dagli scaffali dove si erano accumulati in modo precario. Quanto ai libri, sembrava che si stessero spostando, si protendevano, restando in bilico, pronti a buttarsi per terra. Mi misi a osservare un po' meglio. C'erano molti piú volumi del solito in orizzontale sopra le file, e queste, non piú compatte per i vuoti che si erano creati, scivolavano obliquamente e avanzavano come se cercassero inutilmente dei puntelli. Avvicinandomi mi resi conto che dietro ogni fila ce n'era una seconda. Erano tutti trattati sull'universo, oppure copie dei *Pensieri* di Pascal o dei *Dialoghi* di Platone. Qualcosa d'indefinibile legava quei volumi, erano come segnali che il Professore aveva bisogno, periodicamente, di controllare. Li prendeva fra le mani e faceva frullare tutte le pagine, con quel gesto consueto. Sempre piú spesso. Chissà perché lo faceva, forse era un sistema suo per richiamare alla memoria il contenuto. In ogni caso era chiaro che ogni giorno qualche libro si spostava o finiva sugli altri, sdraiato come un soldato colpito in battaglia.

Mi ripromisi di vegliare sul fenomeno. Una cosa era sicura: man mano che passavano i giorni, i volumi fuori posto si moltiplicavano. Eppure non c'era nessuno in casa a ficcare il naso fra le sue cose tranne io, e solo quando mi veniva chiesto.

Aveva anche smesso di scrivere sui suoi quaderni. Gli ultimi che avevo trovato in giro erano quasi nuovi, con poche pagine graffiate in profondità, e alcune saltate, come se tra un pensiero e l'altro avesse regnato il vuoto.

– Ecco qua! – disse rientrando con il fiatone. – Ho fatto un piano a piedi per fare compagnia alla Lenzi con il carrello.

Si cavò di tasca qualcosa:

– Ce l'abbiamo fatta, Maria Vittoria –. Mi mise in mano un cartoccio di giornale.

– Controlli bene con la descrizione che mi è stata fatta: una piccola, una lunghissima con denti irregolari e una di tipo medievale. Attaccate allo stemma di Livorno. È cosí?

– È cosí, – risposi guardando le chiavi.

– Inizierà la sua nuova vita, a ciascuno il suo momento...

Avrei voluto abbracciarlo.

Capitolo diciassettesimo

Incluse le patatine fritte

Mi chiesi se non fosse il caso di aggiornare mia madre.

Era un po' che ci pensavo, ma non sapevo da che parte prenderla.

Era difficile per me intavolare un dialogo con lei, l'affetto sapeva dimostrarlo solo ai fornelli. Mio fratello l'aveva decorata di un paio di nipotini come ciliegine sulla torta. Da quando erano nati pretendeva di essere chiamata nonna da tutti, anche da noi figli.

Ma visto che s'avvicinava Natale dovevo mettere a tacere la mia coscienza.

Avvisai il Professore che sarei uscita durante il suo giretto mattutino, e lui mi chiese di «indennizzarlo» con le patatine fritte all'una e mezzo.

– E basta?

– E basta.

Mentre mi toglievo il grembiule e mi mettevo le scarpe, sentenziò:

– Credo che non esista sulla terra niente di piú perfetto delle patatine fritte. Fatta eccezione per il David di Michelangelo, o la cupola del Brunelleschi.

Ridacchiava soddisfatto, e gironzolava intorno al telefono.

– Sta finendo l'olio... – sperai di scoraggiarlo.

– Benissimo, lo compro io con *i miei soldi.*

Come se i soldi che avevo in tasca per la spesa non fossero suoi.

Lo lasciai sull'Aventino e presi lo scooter.

Mia madre abitava nei pressi della stazione, un edificio che mi ricordava quello del mercato centrale, per la maestà e le grandi vetrate. La casa dov'ero cresciuta era forse piú vecchia di quella del Professore, ma un po' piú piccola, e al primo piano. Alla morte di mio padre eravamo rimasti in tre a navigare per quelle stanze.

Arrivai che era quasi mezzogiorno. Non mi tolsi il casco e restai a guardare la scena: mio fratello, che aveva parcheggiato proprio lí davanti, aprí la portiera, fece uscire il bimbo piú piccolo e lo spedí ai citofoni. Lui manco scese, telefonò perché nostra madre scendesse. Aspettò però che lei facesse scattare l'apriporta.

Non mi vide nemmeno.

Andai su, usando le mie chiavi, e la trovai che soffriggeva la cipolla, come faceva ogni mattina da quarant'anni. Il bimbo già sgraffignava arachidi da un sacchetto incustodito.

– O te che ci fai qui? Hai leticato col tu' marito?

– Ero venuta per salutarti e...

– È assai che ti rivedo! Dammi una mano con Paolino –. Non si staccò dalla pentola.

Paolino mi fece le linguacce mostrandomi la nocciolina spiaccicata sui denti.

– Volevo...

– Smettila di mangia' quella roba che poi ti viene il mal di pancia! Levagli il sacchetto te che sei lí, e guarda se gli ho messo il bicchierino con Batman sennò non prende la vitamina.

Spostai le arachidi in alto come facevo di solito dal Professore, il bicchiere aveva l'Uomo Ragno ma non mi pareva grave. Neanche mio nipote mi pareva grave.

– Lo sai che Paolino canta la sigla dei cartoni? Fai sentire alla zia!

Si mise a canticchiare frasi sconnesse.

– Ma lo sai cosa canti? – gli chiesi.

– È uguale.

– No che non è uguale, vieni che ti insegno.

– Un me ne importa.

– Ma sono parole a caso.

Alzò le spalle, era fiero di fregarsene.

– A scuola come va? – chiesi, tanto per.

– Oggi ho fatto un disegno –. Mi portò un foglio con vari personaggi messi in fila davanti a una casa. – Quello grande è il babbo, poi ci sono io, poi la nonna, la mamma, il mi' fratello, il nonno, la Simona.

– E chi sarebbe Simona?

– La maestra.

– E io?

– Sei dietro –. Girò il foglio e vidi uno scarabocchio.

– Mi ha messo al terzo posto prima della su' mamma! – gongolava mia madre.

– Sono soddisfazioni, eh?

– Altro che, Paolino vai di là a vedere la sorpresa.

Quello fuggí.

– Senti, volevo dirti una cosa.

– Passami il colapasta. Sí, dimmi cosa regali ai tu' nipotini a Natale.

– Dei libri adatti, o gli ingressi all'acquario.

– E giochini nulla?

– No.

– Si vede che di figlioli non te ne intendi...

– Di figlioli magari no, ma di vecchi sí.

– E chi sarebbe la vecchia, io? Sei venuta a farmi le bucce, per caso?

– No, sono venuta per dirti che... – ultimo tentativo.

– Visto che sono vecchia perché non vieni ad aiutarmi per il pranzo di Natale? Siamo già in otto, fai un po' te, e devo fa' tutto da sola.

Il bimbo arrivò con un caterpillar in mano che faceva chiasso come se avesse decine di ranocchie dentro. Si mise a urlare e saltare di gioia.

– Sei 'l tesoro della mi' vita! – Si staccò dalla pentola per baciarlo in fronte.

– Giochi con me?

– Amore mio sto facendo la pasta, quella che ti piace.

Stava per metterci un peperone, di sicuro il mal di pancia non ce l'aveva.

Venne da me.

– Giochi?

Mi rassegnai.

– Allora ti sdrai sul tappeto, e io scavo una buca con questo, e ti ci metto dopo che ti ho sparato.

Chissà cosa dicevano di me in casa.

– Magari si fanno gli scavi per cercare le rovine antiche, che ne dici?

– Ma uffa, sei noiosa!

– Te l'ho detto che coi figlioli un ci sai fa'.

– Be', ma mica andranno accontentati e basta, lo dicevi sempre tu...

– La nonna è mamma du' volte... quello che un si capisce alla prima si 'apisce alla seconda... passami le presine.

Mi alzai molto volentieri dalla mia «buca».

– Te come stai, hai finito di letica' col tu' marito?

– Sí, ho finito –. Mi era passata la voglia.

– Era l'ora... vieni topino, che ti verso le goccine...

– Ma quello è l'Uomo Ragno!! – si risentí il topino.

– Oddio, ma la zia un è bona di distingue batman dall'omo ragno?

Lasciai lí le chiavi di quella casa, andandomene.

Il Professore non era ancora tornato, mi misi a tagliare le patate per friggerle.

Volevo fare un capolavoro e mi ci applicai come se fosse stata questione di vita o di morte.

Entrò trafelato e soddisfatto.

– Sono andato alla terrazza Mascagni con Aurora, in macchina.

– E si stava bene?

– Un paradiso, un vero luogo della mente.

Andò a togliersi la bardatura e a posare i giornali.

– Sarebbe? – gli chiesi quando riapparve.

– È un luogo dove ogni pensiero trova lo spazio per decollare, e le grinze dell'anima lentamente spariscono, anche se per poco –. Restò con la testa bassa, aspettando che gli tornassero le energie. – Lí poi c'è tanto mare che dà consistenza e sapore ai ricordi.

Era sul poetico.

– Ha ragione, in un certo senso me lo fa anche a me. Credevo che fosse una specie di malattia dei livornesi quella di andare a passeggiare sulla terrazza.

– Non è una malattia, è una guarigione.

Mi parve che non si sentisse bene.

– Ha camminato sulla scacchiera di marmo, Professore?

– Ho camminato, certo, ma sulla scacchiera dei ricordi, perché non posso allontanarmi.

Rimase in silenzio, come per cercare qualche altra parola o recuperare un pensiero sprofondato nel tempo.

Forse pensava a Pisa, a quella via della Faggiola in cui passeggiava da giovane con la sua fidanzata.

– Professore… e Villa Fabbricotti allora?

– Quella è un luogo diverso, come un'estensione della mia vita domestica. Non ha il respiro della terrazza Mascagni, è piú familiare, popolata di statue, invita a dei percorsi misteriosi che portano al loro interno le tracce della quotidianità. Dovrò tornarci spesso, prima che sopraggiunga la stanchezza…

– Dorme bene la notte? – chiesi.

– Certo, – mentí, perché spesso sentivo la radio accesa dalle quattro di mattina.

– Ma allora di che stanchezza parla? Non mi faccia preoccupare.

– La stanchezza, Maria Vittoria, quella che a un certo punto sopraggiunge necessariamente.

Spensi il gas, lui mi portò il suo Epitteto:

– Per favore, devo rinfrescarmi il settimo.

Si sedette sull'Aventino.

– «Come nel corso di una traversata, quando la nave ha gettato l'ancora in un porto, se sbarchi per andare a procurarti dell'acqua, lungo il cammino puoi raccogliere qualcosa di accessorio, una conchiglia, una piccola radice, ma devi comunque avere l'attenzione rivolta verso la nave e voltarti continuamente, casomai il timoniere ti richiamasse e, se ti chiama, devi lasciar perdere tutte queste cose per non rischiare di essere imbarcato sulla nave legato come una pecora, cosí nella vita se, al posto di una piccola radice o di una conchiglia, ti trovi una moglie o un figlio, nulla lo impedisce. Ma se il timoniere fa risuonare la sua chiamata, corri verso la nave senza voltarti indietro e lascia tutte queste cose. E se sei vecchio, non allontanarti di molto dalla nave nemmeno per un momento, per evitare di mancare all'appello».

Gli ridetti il libricino e andai a friggere le patate. Quindi gliele portai cosí, prima di pranzo, mentre se ne stava sul divano del salotto con la radiolina. Il sole inondava la stanza con violenza, ma lui continuava a starsene tutto imbacuccato come se non lo sentisse.

– Questa è la perfezione, – commentò, prendendo in mano il cartoccio, – la quintessenza dell'*esprit de finesse*. Peccato che faccia cosí freddo.

Avrei voluto dargli un termometro, ma ero praticamente certa che l'avrebbe rifiutato: teneva stretto il cartoccio delle patatine come fosse un tesoro di cui apprezzare la forma e il calore, piú che il sapore, e mi sembrò strano. Mi sforzavo di capire se avesse la febbre o cosa, ma sapevo, in fondo, che non aveva importanza, era come se avesse superato una sorta di tappa che lo avvicinava alla meta, e stava cominciando a considerare le solite cose in un altro modo, incluse le patatine fritte.

– Maria Vittoria... vicino a Spinoza c'è un libro: *L'evoluzione creatrice*, lo prenda per favore...

– Facciamo dopo pranzo?

– Va bene, dopo pranzo, ma intanto se me lo mette qui di fianco mi ipoteco un pensiero.

Stranamente quel pomeriggio si addormentò sulla poltrona, una cosa che non era mai successa. Non mi fece nemmeno cercare la pagina che voleva sentire. Per rassicurarmi detti la colpa alla passeggiata sulla terrazza, forse troppo ventilata, e al fritto, di sicuro un po' pesante, anche se di patatine ne aveva mangiate poche.

Uscii piano, per non disturbarlo, e feci una capatina in corso Mazzini per provare le chiavi e sperimentare l'effetto che faceva entrare in un posto solo mio.

Arrivai al quarto piano sospinta dall'entusiasmo. Mi stancava meno fare quattro piani a piedi che salire i due scalini della mia vecchia casa. Cercai di essere obiettiva, sapendo che l'euforia fa brutti scherzi. La porta andava bene, blindata come avevo già visto, invece quelle interne erano dell'epoca delle cospirazioni: di legno, dalla vernice bianca crepata, e con i vetri smerigliati. Le serrature inutilizzabili anche nel bagno, le maniglie di peltro e bloccate. Ma non era un problema, le porte che andavano chiuse le avevo già sbattute. C'era perfino un lampadario degli anni Settanta a forma di globo, e uno specchio in camera, un ovale lungo e opaco, messo dietro la porta. Il soffitto aveva le travi a vista e il pavimento era di una vecchia graniglia a piccole mattonelle malmesse e sbertucciate qua e là. Tutta la parete opposta alla finestra era occupata da un vecchio armadio, di quelli di una volta un po' panciuti e con le gambe storte, a sole due ante. Sotto la finestra c'era un comodino di ferro battuto con il vetro e di fianco il letto con le doghe. Un letto singolo e minimale che mi ricordava un po' una branda, se non fosse stato per la testata di finta pelle imbottita, forse per potersi mettere seduti a leggere. Effettivamente quella specie di scrittoio fra l'armadio e il letto faceva pensare alla casa di un lettore, ce n'era uno anche nel piccolo soggiorno. Quanto al tavolo, era in fòrmica, messo in un angolo nel cucinino, come se il mangiare fosse l'attività piú vergognosa dell'inquilino. Non mancavano due scaffali, dove di sicuro avevano alloggiato dei libri. Gli unici rimasti erano raccolte di fotografie della Toscana, tre in tutto.

Mi sedetti sulle sedie, per provarne la comodità, immaginarmi lí mi dava il brivido dell'indipendenza, della libertà e dell'intimità. Mi piaceva perfino tutta la polvere che si era accumulata, a testimonianza della pace che aveva regnato a lungo fra quelle pareti. Poi andai a mettermi sul letto appoggiandomi alla testata: dalla finestra entrava un fascio di luce disegnata a meraviglia dal pulviscolo, e guardandola mi misi a fantasticare. Qui mi sarei ritagliata dei momenti di ozio senza sentirmi in colpa. Sarei rimasta sotto le coperte, la mattina, ad ascoltare i nuovi rumori che ci sono sempre in una casa sconosciuta. Avrei aggiunto qualcosa di mio come il posacenere a cui tenevo tanto, una bella lampada da tavolo, una camicetta nuova nell'armadio, l'astuccio degli smalti regalati da Elisa, lo spazzolino da denti, la teglia per le torte.

Quella casa brulicava di suggerimenti, era proprio la mia. Però il tempo passava. Chiusi in fretta la porta e mi precipitai per le scale come se già le conoscessi a menadito, pure quelle sbertucciate.

Come arrivai dal Professore andai a cercarlo in salotto, ma era ancora sulla poltrona. Teneva la radiolina all'orecchio e pareva non essersi accorto di nulla.

– Mi leggerebbe ora la frase di Bergson? – spense.

Presi il libro che gli avevo lasciato vicino, era un autore che non mi aveva mai chiesto.

– C'è al paragrafo 4 qualche considerazione sull'invecchiamento che vorrei tenere presente. Dev'essere in corsivo.

– «Dovunque vive qualche essere, è aperto in qualche posto un registro in cui si iscrive il tempo». Bella questa frase.

– Già... legga un po' piú avanti.

– «Vedremo sempre meglio, mano a mano che procederemo nel nostro studio, questo, che non è facile, quando si pensa al tempo, sfuggire all'immagine della clessidra. La causa dell'invecchiamento dev'essere piú profonda...»

– Qualche rigo sotto, per favore.

– «La spinta per la quale l'essere vivente cresce, si sviluppa e invecchia, è quella stessa che gli ha fatto attraversare le fasi della vita embrionale».

– Dia qua, grazie.

Il dottore era passato da noi prima di andare in ambulatorio, e solo perché mi ero presa la briga di chiamarlo, all'insaputa del Professore e all'insaputa di chicchessia, preoccupata da quella «stanchezza» e dall'insolita inappetenza.

– Non si preoccupi, conosco i miei polli, – aveva detto, – gli dico che sono venuto a cercare un libro che di certo non avrà.

– Non lo sottovaluti.

– Quel libro non ce l'ha, glielo do per certo come una diagnosi di faringite, – ribadí sicuro.

Il Professore armeggiava intorno alla scrivania per cercare l'orologio parlante, che aveva perso, tanto per cambiare. Io non lo soccorrevo piú, avevo capito che il suo cercare faceva parte dei rituali quotidiani.

– Sto benissimo, perché è qua? – si difese, appena lo sentí.

– Ho bisogno di un libro di fumetti: Arcibaldo e Petronilla –. Mi strizzò l'occhio.

– Uhm... il titolo non mi è nuovo.

Il dottore ridacchiava: – Già che ci sono le misuro la pressione.

Il Professore, concentrato nella ricerca mentale di Arcibaldo e Petronilla, se la lasciò misurare senza fiatare. Poi il dottore gli tastò la pancia dove aveva una lunga cicatrice fatta a L, e gli fece fare i respiri per auscultare i polmoni. Il tutto nello studio, sulla poltrona da cui non aveva voluto schiodarsi, visto che l'orologio parlante doveva essere lí. Se lo sentiva.

– Non c'è nulla di nuovo, – commentò il dottore, – vado a vedere se di là sulla credenza ha abbastanza scorte fino a gennaio.

Lo riaccompagnai alla porta, dove ci raggiunse il Professore con un grosso libro in mano:

– Guardate un po' che titolo potrebbe esserci su questo.

– Arcibaldo e Petronilla! – dicemmo insieme io e il dottore.

– Ah, ecco, ricordavo bene…

Aveva la copertina arancione rigida e il dottore dovette portarselo a casa, volente o nolente.

Dopo mezz'ora suonò pure la signora Favilla con un pacchettino colorato in mano. Mi disse che era «un pensierino augurale per la nuova casa», poi si dileguò per una cioccolata.

– Sí, giustappunto, – il Professore aveva sentito, – anche io ho un regalo per lei, – e si mise a rovistare in un'anta dell'armadio a muro nel corridoio. Dal rumore capii che dopo avrei dovuto rimettere a posto, però l'iniziativa era commovente. Tirò fuori una grossa lampada, proprio come quella che avrei sperato di trovare per me, ma pensai che si fosse sbagliato. Invece no, cercava proprio quella. Era una lampada da scrivania vintage, con un paralume grande e rotondo, verde chiaro, e una larga piantana lucida con sopra l'interruttore. Sembrava nuova, avvolta in un cellophane. Anche il cavo era integro, un po' rigido e raccolto con un ferretto.

– Io non uso piú le lampade, ma ci sono molto affezionato come a oggetti di un tempo che fu, lei lo sa. Questa è utile. Me l'ero comprata pensando che fosse speciale e che facesse piú luce di tutte le altre –. Tacque per qualche istante. – Per me però non sarebbe mai bastata, invece per lei sí, le farà comodo.

Quella lampada mi avrebbe ricordato il libro di Galilei, le stelle, il fuoco dell'origine dell'universo.

Mi commossi, e glielo dissi. Sembrava contento, volle assicurarsi che si accendesse.

– Bene, visto che funziona, Maria Vittoria, facciamo l'esperimento d'inaugurarla leggendo qualcosa d'interessante...

Prima di tutto desiderava conoscere gli ingredienti del burro di arachidi, e inorridí, poi cominciò a portarmi delle agendine.

Avevo attaccato la lampada in salotto perché nello studio era impossibile trovare venti centimetri liberi, cosí me ne stavo vicina al tavolo in attesa dei «materiali».

– Ecco qua, in queste agende ci sono scritti dei numeri di telefono e degli indirizzi che hanno annotato le persone che sono venute da me. Per ovvi motivi hanno scritto loro, guardi per favore sotto la «F».

Alcune agendine erano quasi vuote, ma una aveva dei nomi scritti in ordine.

– Falaschi.

– Ah, quello che voleva ripetizioni... vada avanti.

– Ferreri.

– Ah sí, cercavo proprio questo: Ferreri. Era un mio allievo che veniva a leggere, un tipo simpatico con una voce un po' metallica che non sbagliava mai un accento. Poi ha studiato biologia, ogni tanto viene ancora. Uno di poche parole ma solido, affidabile, che mi piaceva perché capiva le cose al volo. Sta a Pisa... – si grattò la fronte. – Vorrei fargli gli auguri di Natale. C'è il numero di telefono?

– Sí –. Inghiottii. Parlava di Angelo.

– Allora poi mi faccia il numero, per favore. Intanto vada alla «M».

Mi sudavano già le mani, e mi sentivo impaziente.

– Marescalchi.

– Questa era una studentessa talmente digiuna di logica che sta facendo carriera politica, per ovvie ragioni.

– Menicagli.

– Il Menicagli assolutamente si merita gli auguri. Venne con quel robusto raffreddore a spiegarmi le novità della ricerca, si ricorda? Quel ragazzone alto...

– Sí, ha bevuto la camomilla.

– Già, aveva la febbre, probabilmente... – si passò una mano sulla fronte.

– Si sente male anche lei, Professore?

– Sto benissimo. Allora dopo facciamo queste due telefonate di auguri al Ferreri e al Menicagli. In ogni caso abbiamo collaudato la luce.

Fuori era già buio, si sentiva il vento lamentarsi leggermente dai cassoni degli avvolgibili verso ovest, e appena spensi la luce vidi entrare il fascio luminoso del faro.

– Ma lei si ricorda i nomi propri, di questi due ragazzi?

Si mise su una sedia del salotto, a pensare nella posizione della statua:

– No. Sa, a scuola sui registri dovevo memorizzare i cognomi.

– Allora cosa faccio, Professore, telefono?

– Sí sí, – mi seguí all'apparecchio e accese una luce debole dentro l'applique sul muro.

Il numero del Menicagli aveva il prefisso di Livorno e non rispose, l'altro il prefisso di Pisa, e come si mise a squillare passai la cornetta al Professore per non rischiare di tradirmi.

– Ohi Ferreri! – disse senza preamboli, – ti ricordi di me? – Evidentemente sí, perché continuò: – Ma come pensavi di chiamarmi? Ah, vedi vedi che ho fatto bene...

Il Professore ridacchiava e si sedette sull'Aventino. Confabulò di un possibile incontro per una decina di minuti, mentre m'imponevo la calma vorticando per la cucina. A fine telefonata rimase con la cornetta in mano.

– Maria Vittoria! Almeno del Ferreri il nome proprio ora lo so.

Il mio cuore era un po' impazzito.

Capitolo diciottesimo

Pascal, naturalmente

Intanto che il Professore, incerto se prendere l'ombrello, discuteva sul meteo davanti al portone con Aurora e Costantino, li dribblai tutti e presi il motorino. Pioggia o no, dovevo andare in corso Mazzini a controllare se l'imbianchino arrivava. Ebbi però il tempo di passare dalla terrazza Mascagni per rivedere quel «luogo della mente». Mi fermai all'altezza del gazebo, tondo come una gabbia per canarini, e scesi dal motorino per pochi minuti. Le brevi raffiche di vento portavano talmente poca acqua che sembrava quasi non piovesse, c'era qualcuno che faceva jogging, e il cielo era ovattato ma luminoso, perché il sole se ne stava sprofondato fra i nuvoloni schiumosi come albume montato a neve.

Mi rividi seduta sul sedile di pietra con la frutta sulle ginocchia, quando sentivo dopo tanto tempo il sapore della pesca noce come una novità. Era stato poco dopo aver conosciuto Angelo, il mio refrigerio estivo. Mi chiesi cosa stesse facendo.

Che il Professore, di tutti i nomi segnati sull'agendina, avesse scelto proprio il suo e quello del Menicagli per gli auguri di Natale, mi pareva una strana coincidenza.

Restai un po' a guardare i dipendenti del Comune che mettevano le illuminazioni intorno ai tronchi delle palme, poi recuperai il motorino.

L'imbianchino era puntuale: un ometto sulla sessantina, piccolo e smilzo come un chiodo, sopracciglia folte e grigie, naso a uncino e quattro denti in tutto. Fumava già. Il bidone che si era portato dietro era giallo, sia fuori che dentro.

– Gialla? – chiesi.

– E come la vòi fa'? Un la vorrai bianca che poi t'annoia…

– Ma gialla cosí no, non è neanche casa mia.

– Meglio, cosí ci lasci l'impronta personale.

Grazie al cielo ci accordammo per una via di mezzo. Quello si arrampicò sulla scala che si era trascinato appresso e, una volta trovata la postazione, si mise a pitturare partendo dal cucinino.

– Mi raccomando.

– Senti, col prezzo che t'ho fatto un pretenderai che ti faccia i dipinti di Michelangiolo… Però fidati.

Lo lasciai lí, in compagnia di una birra e di un panino. Sarei tornata piú tardi, quando il Professore si fosse rimesso sul divano con la radiolina, nel primo pomeriggio. Aveva smesso di piovere ma il cielo era forse piú minaccioso, anzi si vedeva proprio una cappa sopra Montenero, là in fondo a via Marradi.

Tuonò.

Al mio rientro notai delle novità: un pacco grande e dei pacchi piú piccoli rintanati in un angolo dello studio, dove c'era un piccolo vano davanti al termosifone.

– Ho comprato i regali, – disse soddisfatto, – ossia li ho fatti comprare da Aurora che aveva delle buone idee, ha preso delle specie di giacche per Elisa e le bimbe. Anche lei sostiene che vestono *casual*, quindi di sicuro patiranno il freddo.

– È lei che ha le pantofole anche ad agosto.

– Già, ma il mio è un freddo profondo, credo non rimediabile.

Ebbi il timore che potesse aggiungere qualcosa d'inquietante.

– Voglio risparmiare per qualche altro regalo, – continuò tranquillamente.

Contai i soldi nel borsellino e vidi che erano lievitati.

– Avrei anche un piccolo albero di Natale nell'armadio a muro…

Mi fece tenerezza, aspettava le nipotine, era chiaro.

– Ma ci sono poi le luci e le palle da attaccare?

– Credo. Ma semmai le va a ricomprare, vero? Ce ne vogliono tante, che facciano un bell'effetto da festa…

Mi portò una banconota: – Ecco, mi raccomando, vorrei che fosse davvero un bell'albero, anche se finto, – disse. – Ha presente? Una di quelle cose che si ricordano volentieri fra un anno…

Sorrideva con la banconota in mano. Non so perché, ma mi scese una lacrima, non riuscii a dire nulla. Guardai le sue scarpe lí davanti allo sgabuzzino. Non erano impolverate, come se avesse imparato a volare.

Quando finii l'albero eravamo davvero alle «porte coi sassi», come aveva detto il Professore, ossia dieci giorni prima della Vigilia.

Ci avevo messo quasi una settimana ma ne era valsa la pena: era un capolavoro.

Anche la mia reggia era pronta, ma senza addobbi e un po' fredda, quindi lasciai il riscaldamento acceso per un paio di notti. A suggellare l'imminenza degli eventi arrivò pure la Vally, affogata in una pelliccia di volpe.

Lí per lí la scambiai per un orsetto lavatore: nella penombra del pianerottolo s'intravedevano gli occhiali che luccicavano, i denti incorniciati dal rossetto e gli stivaletti imbottiti. Zampettò in casa alla svelta per depositare nell'ingresso una grossa borsa di plastica rigida e colorata, stampata a comete dorate. Controllò il mio polso praticamente guarito e pure il colore delle scarpe, e dopo aver concluso che probabilmente ero stata curata da un luminare, annunciò di non avere piú la tosse.

– O quanto ti sarebbe durata codesta tosse? – chiese il Professore.

– Due mesi, – disse con la sua vocina colpevole. Poi si sfilò i guanti di pelle che definí «indispensabili per guidare bene», manco fosse stata un pilota di alianti. – Ho portato i rifornimenti, – concluse soddisfatta. Dal sacchetto emersero due bottiglie di spumante e dei ricciarelli che io dovetti riporre esattamente dove m'indicò, guai a metterli venti centimetri piú in là.

Il Professore si era attrezzato ad andare in posta con i bollettini a dispensare aiuti a chi glieli chiedeva, cosí imbastí una bella lezione sul «concetto di eredità inteso come assenza di debiti morali». La Vally per tutta risposta si mise a ciacciare nello studio scuotendo la testa in segno di grave disapprovazione dei «capricci filosofici», ma solo perché non conosceva la massima delle massime. Ma io sí, io lo sapevo bene, e sapevo che il Professore *abitualmente* non lesinava aiuti neanche a piccioni, cince e tortore.

Seppelliti tra i giornali emersero i bollettini, ne contarono una decina (e io lo vidi cacciarsi in tasca qualcosa alla chetichella, forse un biglietto da spedire), poi uscirono.

Lui prese l'ombrello e continuò a battibeccare con la Vally che insisteva perché si facesse visitare finché, prima di entrare nell'ascensore, lei pronunciò una frase apocalittica:

– Dimenticavo, nel sacchetto che ho portato c'è un cartoccio che non abbiamo aperto con delle ottime zucchine da fare subito.

Fu allora che telefonò Angelo. A sorpresa, mentre mettevo le mani sulla «condanna vegetale».

– Lo sapevo... – esordí. – La mattina arrivano i suoi amici, quelli che sostituiscono i pensieri. Ero sicuro che mi avresti risposto te. Ho scelto l'ora giusta.

Io inghiottii, ero emozionata e mi dovetti sedere sull'Aventino. Cercai di dire qualcosa d'intelligente senza riuscirci:

– È uscito con sua cognata per delle commissioni natalizie, è abbastanza un evento.

– Pensavo di venire a trovarvi con Massimo, – disse.

Aveva detto «trovarvi», e il cuore praticamente ora ballava la samba.

– Chi è Massimo?

– Menicagli, il Professore lo conosce bene, – mi venne subito in mente il suo vocione raffreddato. – Veniamo in settimana, magari verso l'ora del tè, che dici? Ci sei?

Mi passarono davanti tutti i miei programmi settimanali: le prime cose da portare alla reggia, l'elettricista, la ricerca delle coperte, l'idraulico che sarebbe venuto per i rubinetti nuovi, l'imbianchino per sistemare anche le porte.

– Certo che ci sono... quando vuoi –. Avrei spostato tutto.

Poi mi ricordai che il Prigioniero voleva fare il certificato energetico, e mi avrebbe spedito qualcuno giovedí.

– Giovedí?

– Perfetto, a presto.

E ti pareva.

Chiusi la telefonata con una certezza: giovedí pomeriggio, all'ora del tè, il certificato energetico avrebbe dovuto già essere in tasca del Prigioniero, poi avrei avuto la credenza piena di tisane, e di biscotti...

E quindi, come già mi era capitato prima di cominciare a leggere, fui assalita dai dubbi: qual era l'ora piú adatta per il tè? Avrei tenuto d'occhio la signora Favilla, ferratissima sull'argomento.

Tornai dalle zucchine, erano fresche ma ammaccate, e con un aspetto cosí desolante da incarnare alla perfezione i terrori del Professore. Le ficcai nel frullatore e ne feci una bella poltiglia con cui sfoggiare la capacità creativa appena attivata.

Adesso c'era da scegliere il tè, e magari anche un abbigliamento meno trascurato. Era dal giorno dell'assunzione che non facevo mente locale sul mio guardaroba, forse era il caso di darsi una mossa. Mi sarei messa i leggings blu e una maglia di cotone lunga colorata, perché dovevo comunque stare comoda ed essere gradevole senza strafare. Niente scolli, niente fronzoli. Meglio se color pesca la maglia. Sí, pensai, sembro meno smorta e anche se a casa del Professore c'è la penombra Angelo ci vede benissimo. Avrei messo degli orecchini ma piccoli, che danno un po' di luce. Cominciava ad essere una fissazione, la luce. Forse mi sarei leggermente truccata, poco poco però, cosí da non far credere che ci tenevo troppo. Per non dare un'immagine sbagliata, ma forse piú per me, per non caricarmi di troppe aspettative... Insomma, non riuscivo a smettere di pensarci.

Quando tornarono dall'ufficio postale, il Professore e la Vally mi trovarono di ottimo umore. Loro invece dovevano aver bisticciato, perché la Vally disse che andava bene tutto quello che le avessi messo nel piatto. Disse pure che le zucchine se le sarebbe riportate a Pisa, cosa che mi fece intuire di chi fosse stata la vittoria nella discussione.

– Troppo tardi, se le ritroverà nella scodella.

Fortuna che il Professore non aveva sentito, si era fiondato in salotto.

– Ha pure spedito un biglietto in America, – aggiunse a bassa voce impermalita, – chi glielo fa fare di andare a fare gli auguri a *quelli là*, non lo so –. Capii che avrebbe voluto sfogarsi e attesi, lei scuoteva la testa: – Non ha capito che servono solo a dargli preoccupazioni. Questo pover'uomo ha bisogno di ben altro... I suoi nipoti mica vengono a leggergli il giornale o a portarlo dal dottore. Le medicine poi, chi gliele compra? Tanto fumo e niente arrosto, – concluse.

Io pensai che di auguri ne avrebbe dovuti mandare a tonnellate il Professore, per quello che era successo a Ted, ma non le dissi nulla. Evidentemente non sapeva. Forse aveva dettato qualche parola a qualcuno da scrivere in inglese. O forse aveva spedito un biglietto muto, cosí come avevano fatto dall'America tanti anni prima, con il cartoncino tempestato di brillantini e renne.

– Di là ci sono i merli senz'altro, – asserí lui entrando

in cucina. La Vally sospirò sconfortata e io continuai a tacere, come si addice a una governante che si fa i fatti suoi (o dovrebbe).

Misi la poltiglia nelle scodelle, avevo trovato la maniera di camuffare il sapore delle zucchine con un po' di patate e di menta.

La Vally mi guardò di sottecchi, all'inizio senza fare commenti, ma io fui prontissima a parare il colpo:

– Allora, Maria Vittoria, avrebbe usato le...

– Sí, le sue patate –. Se avesse saputo cosa c'era nella scodella, il Professore avrebbe abbandonato seduta stante la mia creazione.

– Strano, – commentò lui che non poteva accorgersi del colore verdognolo della minestra, – questa strana sostanza mi ricorda molto vagamente delle zucchine lesse...

– Oggi i sapori non sono piú quelli d'una volta... – concluse la Vally.

Arrivarono esattamente alle cinque e un quarto, entrambi freddi di aria invernale, come se insieme a loro fosse arrivata una ventata, o fossero loro stessi una ventata: il Menicagli sembrava piú alto della volta precedente, però anche Angelo mi parve un gigante. All'improvviso gli spazi della casa si erano ristretti, come se la vitalità e le novità che quei due si portavano dietro avessero invaso tutti gli angoli. Presi i loro piumini per appenderli all'ingresso. Erano grandi, freschi e gonfi di vento.

Il Professore ebbe un'impressione simile alla mia:

– Siete diventati dei corazzieri nel frattempo?

– Cosí si vede meglio il cielo, – rispose il Menicagli.

– E si prevedono meglio le maree, – aggiunse Angelo.

– Menicagli, ti è passato il raffreddore finalmente.

Stavolta le presentazioni restarono a metà, perché io dissi subito al Professore che Angelo l'avevo conosciuto d'estate. Restò apparentemente di stucco:

– Anche lei, Maria Vittoria, misura la febbre ai granchi?

– Sí, – disse Angelo, – lei me li teneva fermi, quando vedono il termometro scappano... – Mi sorrise. Era contento, notai, contento come me.

– E io che speravo di avere l'esclusiva delle presentazioni, – borbottò il Professore.

Si sistemarono sulle sedie che racimolai dalla cucina, il Professore sprofondò sulla poltrona stancamente, strappando uno sguardo preoccupato a me e ad Angelo. Prima di lasciarli soli buttai l'occhio verso la libreria: volevo fotografarla mentalmente, ero sicura che qualcosa le sarebbe accaduto, come fosse stata viva.

Me ne andai in cucina, relegata nell'angolo delle mie competenze. Ero riuscita a fare una crostata inaugurando un'eventuale stagione di torte che avrebbero potuto riempire il vuoto di qualche pomeriggio invernale.

Forse mi sbagliavo, forse il vuoto non esisteva, o esisteva solo per chi ce l'aveva dentro. Per il Professore no, e da un po' di tempo neanche per me.

Aprii la porta a bella posta e il profumo della crostata si sparse per la casa. Poco dopo vidi comparire Angelo con le ordinazioni:

– Menicagli vuole una bella camomilla...

– Ma sta sempre male il Menicagli?

– Perché?

– L'ha voluta anche l'altra volta.

– Si vede che gli ricorda le praterie e gli spazi infiniti... d'altra parte già parlano di cosmo.

– Dici?

– Magari invece vede le stelle solo se dorme...

Ridemmo alla faccia del Menicagli. Io intanto misi a bollire l'acqua. La lampadina in cucina era bella forte perché l'avevo cambiata, ed ero contenta di potermi mostrare con gli orecchini piccoli ma scintillanti e la maglia color pesca che mi illuminava il viso senza bisogno di trucco.

– E le tue alghe finiranno nella conversazione o no?

– Verrà il momento anche di quelle, ma prima dovremo passare dalla formazione dei mari, ora sono ancora allo spazio infinito... Ammesso che riescano a spostarsi di lí.

Ridemmo di nuovo.

– Senti, io il tè lo bevo volentieri, ma il Professore vuole il caffè.

– Ci avrei giurato.

– Sul gommone non ci sai salire ma la crostata ti riesce –. Si appoggiò allo stipite guardandomi con simpatia sincera, uno sguardo limpido. – La prossima estate metto una scaletta su una chiatta, magari ce la fai!

Mi era mancato.

– Quest'anno, quando è arrivata l'Arpat nei Fossi Medicei per lo squalo, c'eri anche te?

– Lo squalo? – Rise di gusto: – Dicevano cosí? E ti pareva, – si lasciò cadere sull'Aventino.

– E cos'era?! Io stavo lí a curiosare... mi sembrava di averti visto.

– Macché squalo! Era un microrganismo che colorava l'acqua, una robetta da microscopio, neanche cosí tossica come credevano... lo squalo... – scuoteva la testa con indulgenza, ridacchiando. Gli consegnai un bel piatto con le fette di crostata.

– Allora eri te affacciata alla spalletta che mangiavi.

– E te stavi sulla piattaforma.

– Potevamo sbracciarci, però è lo stesso, gli eventi poi nascono da soli, come i quadrifogli nei prati.

Pareva che ci fossimo visti fino al giorno prima, speciali come i quadrifogli davvero.

Mi lasciò una bella conchiglia sul tavolo, era il suo regalo di Natale. L'aveva presa per me un po' al largo, già quest'estate, mentre fluttuava vuota perché l'animaletto aveva cambiato vita.

– Mi ricordava te, – aggiunse, e uscí dalla cucina portando religiosamente il piatto.

Restai a guardare la conchiglia. Bellissima, arrotolata come una coda, bianca, con dei disegni geometrici che ricordavano un mosaico. Non ne avevo mai viste di cosí dalle nostre parti.

Intanto, nello studio, la crostata aveva prodotto l'ennesima dissertazione sul perché, pur essendo fatta di semplici ingredienti, fosse fra i dolci piú amati da chiunque. Un dolce considerato dal Professore «privo di trabocchetti» e di «facile cattura», visto che non conteneva ingredienti che sgusciavano o straripavano. Fui quindi chiamata a specificare i dettagli dell'esecuzione, prima di lasciare tutti e tre di nuovo nel fitto delle loro questioni che presero le mosse dal forno a 180° e approdarono al concetto di «calore». Il Menicagli aveva pure acceso la luce.

Sentivo parlare sempre piú sommessamente, a volte mi arrivava un silenzio prolungato, qualche spostamento, il rumore di una sedia trascinata, poi la voce di Angelo che leggeva, il Professore che faceva domande. Dai rumori intuivo che qualcuno si alzava e cercava qualcosa forse sulla scrivania, sotto le direttive del Professore. Quel crepitare di voci e pensieri mi faceva pensare a un fuoco acceso sulla spiaggia, che si spegne a poco a poco all'umido della sera. Angelo comparve in salotto all'improvviso, sorprendendomi mentre trafficavo con l'asse da stiro. Aveva in mano il piatto vuoto pieno di briciole e un foglietto stropicciato, forse voleva dirmi qualcosa ma non ci riuscí, le parole che cercava furono interrotte sul nascere dal Menicagli che dall'altra stanza gridò:

– Ho trovato la pagina sulle mangrovie! Vieni che ci devi spiegare una cosa.

Posò a malincuore il piatto sulla grande credenza, si cacciò in tasca il foglietto e sbuffò, prima di tornare nello studio.

Il faro intanto aveva preso a buttare il fascio luminoso contro la parete della camera di Elisa. Sarebbe stata forse la cosa che piú mi sarebbe mancata nel mio nuovo rifugio, ma l'idea d'inaugurare il letto con le doghe, accendere la lampada che mi aveva regalato il Professore e provare a leggere, mi rendeva comunque felice.

Mentre finivo di stirare in salotto, Angelo ricomparve sulla soglia, affaticato ma sorridente:

– Noi abbiamo costruito l'universo, e te?

Si affacciò anche il Professore. Mi parve molto piú stanco e piú vecchio di poche ore prima. Sorrise con sforzo:

– Maria Vittoria, è tardi...

Il Menicagli andò a prendere i piumini e lanciò ad Angelo il suo.

– Che fai, vieni con me o resti qui? – gli chiese. In effetti lui sembrava poco convinto, come cercasse qualche scusa per restare ancora un po'. Ma non la trovò, quella scusa.

– Vi ringrazio della visita, abbiamo fatto molta strada stasera, – disse il Professore.

Staccai il ferro e mi avviai con loro verso la porta, Angelo e il Menicagli come nuvole davanti a noi.

– Auguri, – proseguí il Professore, – ci risentiremo?

– Direi di sí, – disse Angelo, – troviamo uno spazio di collegamento in questa nuova realtà.

Il Professore fece un gesto vago con la mano come se volesse tracciare un cerchio che si chiude perfettamente.

– Il resto tocca a me. Maria Vittoria, che è una specialista di crostate e di filosofia, ogni tanto mi leggerà qualche pensiero che male non fa. Ferreri, ora che c'è lei non ti rimpiango piú di tanto. Tieni presente.

Angelo mi dette un bacio sulla guancia. Aveva ancora il viso fresco come fosse stato all'aria aperta e non chiuso nello studio per tre ore. Non gli chiesi se e come ci saremmo visti o sentiti. Tanto prima o poi sarebbe accaduto.

Scesero a piedi giú per le scale con i loro zaini saltando due scalini per volta. Il Professore se ne stava in ascolto di quei passi mentre le voci allegre sfumavano, infilato nelle pantofole imbottite, e infagottato nella sua palandrana da casa buttata sopra un visibilio di maglie. Immobile e pensoso.

– Professore, fa freddo qui fuori, entri.

Lo condussi in cucina e si mise a sedere sull'Aventino:

– Adesso lei deve andare alla sua nuova casa.
– No, le preparo qualcosa per cena, poi vedrò. È stanco?
– Sí, non voglio nulla, grazie. Andrò in camera.

Entrai nello studio a prendere le sedie e a controllare se c'erano delle briciole da spazzare. Non avevo bisogno di accendere la luce, la luna trapassava il vetro con un chiarore pallido come quello delle perle. Mi voltai verso la libreria: uno dei due scaffali pareva quasi vuoto, i libri rimasti erano messi in orizzontale, molti di quelli scivolati erano in terra, altri sembravano dileguati. Anche a luce spenta si vedeva bene ogni particolare, addirittura leggevo dei titoli, avrei potuto persino raccogliere qualche briciola dal pavimento di graniglia senza confondermi. Pensai che la luce della luna fosse entrata tutta nello studio come versata dal cielo, e avesse riempito gli spazi vuoti della libreria. Forse, a furia di parlare di cosmo, l'avevano chiamato.

Il Professore, muovendosi in camera, fece cadere qualcosa, e fui costretta a tornare coi piedi in terra: si trattava di una statuina portalampada, l'unica funzionante, un ricordo della famiglia della moglie, mi spiegò.

– Ho combinato un bel guaio, ormai non sono neanche piú capace di misurare le distanze... lei vede il danno?
Forse c'era una lampadina e doveva trattarsi di un puttino alato o qualcosa del genere.
– Sí, Professore, vedo delle ali...
– Già. «La natura ha delle perfezioni per mostrare che essa è l'immagine di Dio, e dei difetti per mostrare che essa non è che l'immagine».

Raccolsi le ali, poi una piccola testa rotonda, che al tatto sembrava una conchiglia. Il Professore la volle mettere in tasca per ricordo, proprio come avevo fatto io con il regalo di Angelo.
– Pascal, naturalmente, – disse.

Capitolo diciannovesimo

L'acqua e il fuoco

Avrei voluto una casa perfetta per Natale, ma il tempo volò, oppure io mi gingillai troppo, fatto sta che mi dovetti accontentare.

Il Prigioniero venne con Aurora a controllare che tutto andasse bene, e convennero sulla riuscita dell'impresa.

– Forse ha goduto di una benedizione natalizia, – disse Aurora.

– Sarà… – aveva commentato il Prigioniero dopo aver disquisito sull'ateismo, ma non sul colore delle pareti di casa sua.

Il Professore ci teneva a darmi le «legittime ferie», e ripeté piú volte che non voleva diventare lui stesso una scusa per «ridurre gli spazi di manovra della vita». Ma siccome non capivo bene, mi dette una spiegazione:

– È naturale che io stia un po' nel mio brodo, soprattutto dopo che Elisa con la tribú avrà terminato il suo blitz da me. Lei invece dovrà reimpossessarsi della sua esistenza, altrimenti io monopolizzo il suo tempo.

Al contrario di me, non aveva il minimo dubbio sull'arrivo di Elisa. La sera del 22 dovetti spiegargli dove avevo messo i regali, cosí che potesse dare le direttive alle nipoti per andare a colpo sicuro. Lo lasciai a malincuore vicino al telefono, abbastanza tardi, imbacuccato e con un decaffeinato in mano perché la caldaia era insufficiente a scaldargli lo stomaco, a suo dire.

– Aspetto la telefonata di mia figlia, – disse, ma io non

ci credetti perché mi sembrava piú in ansia del solito, e taciturno.

Non volli indagare, attesi invano che aggiungesse qualcosa ai suoi saluti e ai suoi auguri, fatti con una scatola di gianduiotti e la tredicesima.

La mattina dopo andai da mia madre con lo scooter, anche se pioviscolava.

Dovevo portare i miei regali ai nipoti, l'avevo promesso.

– Ma la chiave un ce l'hai? – mi chiese al citofono.

– Te l'ho ridata, non te lo ricordi?

Di sopra c'era la nebbia, da quanto stava facendo bollire la gallina.

– Hai deciso cosa fare domani? – chiese.

– Sí, non vengo.

– Vai dalla tu' sòcera, me l'aspettavo –. Non sembrava dispiaciuta.

– No.

Invece di guardarmi per capire, assaggiò il brodo. Si sentirono degli urli.

– Voi restate di là che la nonna ha daffare! – mi strizzò l'occhio prendendo i pacchetti, – dammi dammi, che li nascondo, – aggiunse a bassa voce, – la roba di Babbo Natale un si deve vede'. Che hai preso?

– Vedrai.

– Sono curiosa, giochini?

– Uno sí, con cui staranno impegnati mentre cucini.

– Meno male, un istanno fermi neanche…

– Ci staranno –. Mi riallacciai la giacca.

– Vai via di già? E non vai di là a salutarli?

– Tanto giocano.

– Salutate la zia!

Scesi le scale in fretta, avrei voluto vedere le facce quando avrebbero scartato il cubo di Rubik. Soprattutto quella di mia madre.

La notte di Natale mi ritrovai sul cellulare un GRAZIE DI ESSERCI da parte di Elisa. Non c'era la firma, ma due cose erano chiare: era arrivata, e aveva bisogno di me. Lessi il messaggio sulla porta della chiesa di Santa Maria prima di entrare per la funzione. Soffiava il libeccio e il sale riempiva il porticato, non vedevo l'ora di rifugiarmi lí dentro. I pochi nigeriani cantavano in un coretto locale assai sbandato ma munito di bonghi e chitarre, le comari di sagrestia scorrazzavano con nastri dorati e piantine di ciclamino intirizzite, la gente arrivava alla spicciolata bardata fino agli occhi. Insomma, il caos tipico di quella chiesa, piú il Natale. S'inventarono una veglia a base di poesie africane, diapositive di sterpaglie e immagini di naufragi, e solo quando lo sconforto generale parve al culmine don Baracchini si ricordò pure di Gesú bambino. Andò a tirarlo fuori da una specie di giara in cui fermentavano imprecisate buone intenzioni scritte dai fedeli. Tuttavia non ce n'erano molte, di buone intenzioni.

A quel punto, con mio grande stupore comparve sull'ambone la Bianchetti. Si mise a leggere con solennità una lettera lunghissima valida per qualunque richiesta, inforcando sul naso degli occhiali grandi come una maschera da sub e tempestati di brillantini, che comunque non la salvavano dagli strafalcioni.

Saltava a piè pari mezzo rigo qua e mezzo rigo là, ma nessuno sembrava notarlo. O il torpore regnava indisturbato nel cervello di tutti o ero diventata troppo sensibile alle parole. Di quel passo Gesú Bambino avrebbe fatto l'alba.

Intanto l'ambiente si scaldava, i bambini accoccolati sulle ginocchia si addormentavano, e don Baracchini si produsse in una predica incomprensibile ma perfettamente adatta al clima generale, anche perché a Natale c'è ben poco da spiegare, c'è solo da festeggiare. Cosa che accadde verso l'una e mezzo, a spumante e pandoro.

Non so perché con tutte le chiese che potevo scegliere andai proprio lí, forse perché era lí che la Madonna quell'estate aveva dato prova del suo spirito pratico. Mi ricordavo bene di quando don Baracchini aveva sollevato lo sguardo smarrito sull'immagine alle mie spalle per poi suggerirmi di andare alle Acli.

Anche ora se ne stava dietro le fiammelle tremanti, studiando una consolazione a quel disordine natalizio, e la trovò. All'una e quaranta, quando nessuno si ricordava piú di Gesú Bambino lasciato in mezzo alle correnti d'aria, un clochard tenace, rimasto sulla soglia fino a quell'ora in attesa del vin brûlé, si avvicinò alla statuina di legno coraggiosamente nuda e a braccia aperte sulla paglia e rimase col bicchiere di plastica alzato per brindare alla salute di quel bimbetto, prima di andarsi a infilare in un sacco a pelo sotto la balaustra della sagrestia.

La Bianchetti, impastata di zucchero, mi venne ad abbracciare:

– Baroncini! – gracidò come davanti al portone delle Acli nonostante fossi a mezzo metro. – Abbiamo trovato il posto tuo, eh? Come ti trovi?

– Benissimo, sto imparando un sacco di cose...

– Ah, allora passa a votare il sondaggio sul nostro servizio che abbiamo bisogno del feedback –. Lo disse con soddisfazione, come per farsi un regalo di Natale. Capii che non ci saremmo mai capite.

Dopo averla salutata, andai a sedermi in un angolo della chiesa e, vista la confusione, ne approfittai per tirare fuori il cellulare che mi aveva vibrato in tasca mezz'ora prima.

Adesso stavo proprio di faccia alla Madonna. Aveva la stessa espressione da sfinge del Professore quando non vuol far trapelare i suoi pensieri. Cosí provai a «interpretare» una preghiera proprio per lui, quindi sbirciai sul telefono: UN ABBRACCIO, AUGURI, da un numero sconosciuto.

Prima di uscire le lanciai un ultimo sguardo.

Per capire che il Professore mi aveva fatto il regalo di Natale mi ci volle una settimana, e lo scoprii solo con un'imbeccata. D'altra parte, quanto a fantasia, era una bella spanna avanti a me.

L'ultimo dell'anno, tornando a casa con le borse della spesa, vidi una macchina parcheggiata storta sull'angolo di corso Mazzini. Era arrampicata con due ruote sul marciapiede (cosa degna di Elisa, pensai) sotto una telecamera della polizia municipale, in odore di multa. Cosí ci passai dietro e spostai lo scooter per dare meno fastidio ai pedoni. Poi mi avviai al portone ben contenta di tornarmene a casa dopo un pomeriggio di passeggiata in centro.

Posai le borse per cavarmi di tasca le chiavi e sentii sbattere violentemente una portiera.

– Maria Vittoria, allora avevo capito bene l'indirizzo.

Era Elisa, avevo indovinato.

Ci abbracciammo, e nel farlo vidi che dentro la macchina storta c'erano due sagome che si agitavano, e una figura sprofondata e immobile.

– Sono venuta per chiederti di tornare da mio padre un paio di giorni prima, secondo me si sente un po' solo, anche se dice di no, e io domani sera riparto. Devo anticipare il rientro.

La guardai: mi pareva stanca e tirata come una che sta facendo una battaglia con se stessa. Aveva addosso il piumino nuovo regalato da suo padre, forse aveva anche fatto i colpi di sole ai capelli che apparivano piú chiari e insolitamente pettinati.

– Stai tranquilla, ci penso io. Tu stai bene?

– Mah, diciamo di sí, – sbuffò, facendomi capire che non stava bene per niente, – e tu? Mio padre mi ha chiesto piú d'una volta se ti era piaciuto il suo regalo anche se non so di cosa parla, si vede che immaginava che ci fossimo sentite. Be', ti è piaciuto?

Io caddi dalle nuvole, non potevano essere i gianduiotti, borbottai un «certamente» un po' imbarazzato.

Dalla macchina sbucò una delle due ragazzine per telefonare, e a ruota l'altra, che fece uscire a fatica il nonno con un cappello di feltro a larghe falde che non avevo mai visto.

– Vuole salutarti, – disse stancamente Elisa, – ed è voluto andare a *vedere* il mare all'Ardenza.

La nipotina lo condusse per pochi metri sul marciapiede facendolo inciampare in una buchetta nell'asfalto irregolare: sembrava ancora piú piccolo di quando l'avevo lasciato di fianco al telefono. Si avvicinò tendendomi la mano in modo incerto.

– Auguri Maria Vittoria, non glieli avevo fatti per il Capodanno... le piace il mio cappello?

– Moltissimo.

– È un regalo di Natale, – disse con orgoglio, – ripara dalle intemperie dell'atmosfera ma forse anche dalle altre, dipende dall'uso. Non sempre è facile l'uso di qualcosa che non ci si aspetta.

Non capii cosa intendeva, visto che aveva scandito bene le sillabe; pensai che fosse una frase di Pascal. Lo avrei capito da lí a dieci minuti.

– Ma nonno, il cappello te l'abbiamo preso solo perché tu fossi un po' piú elegante!

– E adesso lo sono?

– Sí!

– Allora, se lo scopo è raggiunto, non rimane che tenerselo in testa.

Si lasciò ricondurre in macchina inciampando di nuovo nella buchetta, a vederlo mi si strinse il cuore.

Dopo i saluti salii in fretta le scale, spinta dalla curiosità. Buttai le scarpe in un angolo avviandomi in cucina scalza, a cercare la scatola dei cioccolatini, la scartai velocemente, il pacchetto era stato fatto male, forse aperto e richiuso da una mano inesperta. Infilato nel nastrino che chiudeva la confezione originale c'era un pezzo di carta piegato. Lo sfilai: in una grafia titubante c'era scritto un numero di telefono, quello di un cellulare, con qualche numero accavallato, senza nessun nome aggiunto. Forse c'era stata l'intenzione di scriverlo, un nome, ma si poteva leggere solo una «A». Ebbi il flash del Professore che calcava con la biro le pagine lasciando le parole incise sulla cartella di pelle, piú che sulla carta.

Rimasi qualche secondo bloccata, a pensare. No, non poteva essere, mi sembrava una cosa troppo bella, poi presi il telefonino e cercai quel messaggio ricevuto la notte di Natale dal numero sconosciuto. Alla quinta cifra una lacrima mi cadde sul display. Era il numero di Angelo, il Professore l'aveva scritto per me, forse sotto sua dettatura, quella sera in cui erano venuti in visita il Menicagli e lui.

Bene, avrei mangiato un cioccolatino a mezzanotte, e avrei fatto fruttare il regalo la mattina dopo, con un BUON ANNO senza firma.

Non sempre è facile l'uso di qualcosa che non ci si aspetta.

– È ora ci sarebbe da arrivare a Pasqua, – disse il Professore, aprendomi la porta.

Non so se era rimasto sull'Aventino ad aspettare l'ascensore, ad ogni modo mi aprí con un tempismo perfetto.

– Professore, non l'ho ringraziata –. Avevo voglia di abbracciarlo ma mi bloccai, so che teneva molto alle forme.

Aveva tentato di farsi il caffè da solo rovesciandolo sul tavolo, e doveva essersi arrangiato anche con la cena, perché rimasto «senza controllori» prima del previsto. Il risultato era che avrei passato almeno due ore a rimediare alle conseguenze.

Non appena si rese conto che vorticavo per la casa si relegò in salotto, dove il vento soffiava fra le fessure della persiana rivolta a ovest.

– Non si sente cinguettare, – aveva osservato, e poi era sprofondato in un silenzio insolito, senza neanche accendere la radio. Immaginai che avesse da pensare.

Nello studio c'era la branda, leggermente umida di qualcosa che non riuscivo a identificare. Tolsi le lenzuola e buttai tutto in lavatrice.

La libreria aveva un aspetto sconsolato tanto quanto il Professore. I libri, aperti e squinternati, se ne stavano sotto i giornali che in pochi giorni erano proliferati a dismisura. Sulla cartella segnata dalle frasi interrotte che il Professore graffiava sulla carta provai inutilmente a individuare «Angelo», ma trovai solo un foglio strappato e leggibile che di certo non aveva scritto lui. Portava la data del primo gennaio ed era aggredito da una grafia a zampe di gallina che sembrava un elettrocardiogramma. Non mi pareva il caso di perdere tempo a sbirciarne il contenuto, come al solito non doveva trattarsi di roba commestibile per i miei denti, e lo lasciai lí in bella vista, prevedendo che avrebbe avuto un ruolo importante prima o poi. Anche le ultime due riviste americane erano sparite, e la foto stinta sul mobile era diventata un'ombra con la cornice, anzi, osservandola bene s'intuivano soltanto i contorni delle due figure su sfondo bianco... Forse il sole invernale stava slavando i colori perché entrava dai vetri senza piú l'ostacolo dello sporco, pensai con orgoglio.

Nelle camere ci rimasi almeno un'ora e reperii una quantità di cose dimenticate: calzini, pashmine, orecchini, braccialetti, un blister di pillole a metà, un quaderno di appunti con la grammatica inglese, ombrelli pieghevoli ultraleggeri, occhiali da sole da vamp. Avrei potuto riempire un sacco per il mercatone. Nella camera di Elisa trovai un rosario fatto con la corda, un libro con la biografia di uno pieno di ricciolini in testa che stava seduto al pianoforte, un manuale di yoga e gli *Esercizi spirituali* di sant'Ignazio di Loyola. Niente di frivolo né di distensivo, a parte una bambola in pannolenci che sembrava piú adatta a un rito vudú che a fare compagnia.

Che ci fosse stato anche il marito, non c'erano dubbi: c'era un bicchiere perfino sul bugiardino delle aspirine in cima al mobiletto del bagno. Quanto ai vuoti di birre, fiaschi e spumante, era pieno il carrello di cucina. Schiaffai tutto in un bel sacco del vetro, visto che non avevo esperienza sul destino dei vuoti dei fiaschi.

– Professore! Non mi chiede il caffè?

– No… – rispose debolmente. Corsi a vedere cosa stava facendo.

Aveva gli occhi chiusi.

– Sta riposando…?

– È che non ho dormito tanto bene.

Avvicinandomi, notai che la parte inferiore dei vecchi pantaloni era umida. – Ha la febbre?

– Non credo… sí, mi faccia un caffè –. Forse voleva distrarmi.

Andai in cucina. Il piano di cottura del fornello era tutto incollato, presumibilmente di acqua appiccicosa per l'amido del riso. Anche in terra c'era quella poltiglia, mista a fazzolettini di carta ridotti in fiocchi.

Tornai immediatamente in salotto.

– Ma Professore, si è fatto da solo il riso in bianco?

– Ieri sera… Elisa si era dimenticata di prepararlo. Perché, ho fatto dei danni?

– Ma dove l'ha scolato?

– Non l'ho scolato, è caduta la pentola prima, ahimè.

– Ma l'acqua bollente?

– Appunto, mi fanno un po' male le gambe.

Lentamente alzò un lembo dei pantaloni, era ustionato, la pelle buttava del siero, non c'era un minuto da perdere.

– Ma perché non me l'ha detto subito?

– Perché non volevo creare dei disagi aggiuntivi, e soprattutto ero preoccupato che lei avesse fin troppe cose da rimettere a posto…

– Ma come?

– Siccome l'uomo è una canna pensante, una volta salvata la testa il resto…

– Chiamo la Vally.

– No! – si rianimò subito. – Disapproverebbe.

– Anche io disapprovo, Professore, andiamo all'ospedale subito.

– Io non lo trovo indispensabile.

– Chiamo Elisa.

– No. So che andava a lavorare in Cina.

– Chiamo il medico.

– Sarà in giro per le visite.

Non stetti nemmeno a rispondere, provai a rintracciare il medico per telefono senza successo, cosí decisi di andare a suonare il campanello a casa sua. Non c'era, ma in compenso trovai quella del Kgb, la Lenzi, che aspettava l'ascensore con il carrello della spesa. Lí per lí pensai di ignorarla, ma poi considerai che una cosí magari a qualcosa poteva servire.

– Sa mica dove posso trovare il dottore?

– Sí, è qui al forno, che c'è il Bacci che ha avuto un collasso mentre faceva la fila…

– E visto che lei sta uscendo lo potrebbe chiamare per il Professore, per favore?

Partí di gran carriera, e con un entusiasmo tale che dopo un quarto d'ora avevamo il medico alla porta, corredato di valigetta.

– O come ha fatto a materializzarsi cosí? – chiese il Professore.

– Me l'ha detto una cornacchia…

– E cosa le hanno detto che ho, stavolta?

– Che ha fatto indigestione di riso in bianco, secondo Maria Vittoria.

Si avvicinò a osservare la gamba e aggrottò la fronte:

– Ora si spogli per benino, che conoscendola mi sa che questa è la punta dell'iceberg.

Condussi in camera tutti e due, poco dopo il medico disse che era necessario chiamare un'ambulanza. Quelle ustioni erano piuttosto gravi, e da curare bene perché non s'infettasse la pelle.

Dell'ambulanza non se ne parlava, andava benissimo un taxi, disse il Professore, in lettiga ci sarebbe andato solo da morto, specificò.

– Adesso sarò fagocitato dal sistema sanitario, – aggiunse una volta in macchina.

– Dove si va? – chiese il tassista allegramente.

– All'ospedale.

– Con questa bella giornata? Siete sicuri?

Arrivammo in un lampo al Pronto soccorso dove l'aria festaiola del Capodanno non era ancora del tutto svanita. C'era un panettone su una barella, poco personale, ma ben disposto.

– Lo si ricovera, – sentenziò il dermatologo, – e lo s'incerotta a dovere.

Il Professore la prese malissimo:

– M'incerotterà la signora qui presente, – puntualizzò indicandomi con una certa precisione.

– Non ha tutto il necessario, qua va fatta una cosa a regola d'arte.

Lo portarono in una stanza isolata subito denominata dal Professore «il secondo Aventino», e nel giro di poco lo riempirono di una schiuma, manco stesse per incendiarsi.

– L'abbiamo sbombolettato per bene, – disse l'infermiere, – deve restare qui qualche giorno…

Il Professore si ammutolí. Dovetti estorcergli qualche indicazione su cosa portare, ma fu difficile:

– La radiolina, per favore, e l'orologio parlante.

– Lo dico ai suoi amici, cosí la vengono a trovare?

– Forse.

– Nient'altro?

Mentre stavo per andarmene, mi richiamò:

– Sulla cartella dovrebbe esserci un foglio, – disse, – se lo trovasse, mi porti anche quello. I soldi sono nel cassetto ma forse non bastano.

– Sono sempre bastati, tra un'ora sono qui, non si preoccupi –. Pensai di nuovo se non fosse il caso di avvisare Elisa, però lui era stato tassativo e conclusi che se dovevo accudirlo in tutto e per tutto, allora mi sarei presa la responsabilità di arrangiarmi. Non era in coma, alla fin fine, ed era accudito.

Come immaginavo, la Vally chiamò chiedendo di suo cognato, e io vuotai il sacco. La fece parecchio tragica, ipotizzò un futuro di antibiotici, di camere sterili, di viaggi per gli ospedali.

– Quasi quasi vengo a darle una mano.

Mi parve una proposta anche piú devastante di quella azzardata dal Professore: «Magari se vado a fare un bagno al mare mi passa tutto, d'altra parte la soluzione ideale per il fuoco è l'acqua».

I suoi amici, fedeli e desiderosi di condividere le riflessioni sulle vicende piú o meno politiche che infestavano i giornali, andarono in processione a sbirciarlo dalla porta, e sentenziarono di trovarlo anche meglio del solito.

– Bollito, per la precisione, – specificò il Professore.

– Tutto sommato in questo ospedale sembra esserci una certa insospettabile efficienza, – commentò il Prigioniero.

– Be', direi che qui sono efficienti e anche lungimiranti. La mattina mi portano una brodaglia che chiamano caffellatte, ma hanno paura che la rovesci, quindi me la portano fredda, con una previdenza ineguagliabile –. Effettivamente era l'unico momento della giornata in cui non mi facevano entrare.

– Nell'infausto frangente ogni particolare porterà seco un improvvido fardello, – vaticinò Costantino.

La teoria secondo cui al Professore seccavano le piccolezze ma non i macigni era confermata. Non disse mai nulla su come si sentisse, in compenso si lamentò della voce dell'infermiere che gli pareva quella del «convitato di pietra», e si lamentò pure del fatto che la mattina non cinguettassero gli uccellini, nonostante la presenza degli alberi. Erano palme, e ipotizzò un plausibile scivolamento dei merli, nel tentativo d'installarsi maldestramente sulla chioma pendente.

Grazie al cielo il tempo reggeva, cosí potevo fare la spola tra casa sua e l'ospedale sul mio glorioso scooter. Quando armeggiavo tra le sue cose continuavo ad avere la sensazione che si diradassero, come succede a un albero che perde le foglie. Eppure ero io a mettere la biancheria nella lavatrice e a stirare, ma dovevo spicciarmi per essere certa che dal cestello all'asse da stiro il numero di indumenti restasse lo stesso. Proprio lui aveva usato quella parola: «fagocitato». Magari la libreria fagocitava i libri come la lavatrice la sua roba.

Intanto il foglio che avevo lasciato sulla cartella del tavolo dello studio era volato, lo ritrovai incastrato sotto il telefono.

Stavolta, visto che avevo tempo, provai a decifrare le zampe di gallina che lo graffiavano di blu:

> Ci sono cose che galleggiano sulla superficie della vita, ormai. Sono quelle che contano, e che sono leggere perché poi andranno portate con sé. Hanno visto come si è formata la materia, hanno capito dunque come dal pensiero si passa alla terra. Come dal nulla si passa al tutto, come il tutto possa essere un lampo o un guizzo visibile solo dall'anima. Catturabile dall'intuizione della scienza.
>
> Il mistero sta nel creare e non nel distruggere. Quindi è vero: c'è un «Sia Fatto». Stavo aspettando.
>
> «Se non ci fosse oscurità l'uomo non sentirebbe minimamente la sua corruzione; se non ci fossero rimedi, l'uomo non spererebbe alcun rimedio. Cosí, non solo è giusto, ma utile per noi che Dio sia nascosto in parte, e scoperto in parte, poiché è egualmente dannoso per l'uomo conoscere Dio senza conoscere la propria miseria, e di conoscere la sua miseria senza conoscere Dio». [346] Pascal.
>
> Cleante (da Epitteto): «Conducimi Zeus, e tu, Destino, là dove avete stabilito per me; vi obbedirò senza esitare; se resistessi diventato allora malvagio, dovrò pur seguirvi sempre».

Continuai a leggere saltando qualche rigo:

> Quindi posso credere che ci sia un cammino inverso, e che io stesso torni al livello di particella infinitesimale magari riuscendo a vedere quello che ho sempre sperato di vedere senza riuscirci.

Non torno nel nulla ma soltanto all'Origine. Riesco vagamente a creare un'immagine che sprofonda, cosí come l'universo si espande nel buio. Anche il buio respira perché non è vuoto, o comunque non cosí vuoto come quelli che non sono piú capaci di pensare.

L'appunto sembrava interrotto, forse chi dettava non voleva andare avanti, o chi scriveva si era rifiutato di scrivere ancora. Restava un numero, 241, e poi piú niente.

Poche parole ma alla fine pure abbastanza comprensibili. La chiave di quei mesi di certo stava lí.

Piegai il foglio e lo misi nella borsa, insieme al suo Epitteto.

Ultimamente non mi chiedeva di leggere.

Capitolo ventesimo

Lo spaccio delle idee

La poltrona dello studio era sfasciata, con la seduta cosí bassa da far sprofondare chiunque. Ci restai un quarto d'ora: si vedevano passare le nuvole come se si fosse in una veranda. O in un'ovovia.

La scrivania davanti a me sembrava altissima, e la libreria ben controllabile.

Non riuscivo a darmi una spiegazione ragionevole della scomparsa dei libri, rimuginavo su una sorta di traversata a vela durante la quale si deve alleggerire il carico per arrivare a destinazione perché il mare è grosso. Forse molti di loro si dissolvevano da soli perché non piú letti, o forse, sparendo, avrebbero spianato la rotta al comandante che vegliava di notte. Una cosa inquietante, mi dissi, quella che avevo pensato. Sarebbe stato meglio scoprire la verità prima o poi, la mia verità di governante pratica e organizzata.

Scorrendo con lo sguardo lo scaffale centrale individuai un altro libro di *Pensieri* messo in orizzontale come un segnale. Andai a prenderlo per vedere cosa dicesse il pensiero 241 buttato lí sul foglio interrotto che avevo ancora in borsa, e lo lessi: «È bello sentirsi stanchi e affaticati per la vana ricerca del vero bene, per poter tendere le braccia al Liberatore».

Mi distrasse un rumore proveniente dal salotto, rimisi a posto il libro e andai a vedere: Arturo grattava contro la persiana abbassata del terrazzo senza successo, e chissà da quanto tempo. Lo feci entrare.

Magari era il gatto a rubare i libri.

Follia per follia, decisi di chiamare Angelo.

Rispose dopo uno squillo, senza darmi il tempo di organizzare una frase.

– Finalmente! Pensavo che fossi arrabbiata… – esordí.

Ci scambiammo qualche battuta per alleggerire l'imbarazzo, poi gli dissi che il Professore si era letteralmente strinato, ma presto sarebbe tornato a casa.

– Verrai a trovarlo?

– Non subito, parto, – era entusiasta, – te l'avrei detto tra cinque minuti. Andrò nel North Carolina, ho vinto una borsa di studio proprio per via dello squalo di Livorno –. Rise. Ma io no.

– Complimenti… Ma tornerai?

– Certo. Tre mesi al massimo. Sono cosí contento che tu mi abbia cercato.

Meno male. Mi veniva da fare il mestolino.

– Ti terrò aggiornato sul Professore, vederlo peggiorare ogni giorno mi preoccupa, avrò bisogno di qualcuno con cui parlarne.

– Tu però trovati un telefonino un po' piú evoluto, cosí poi ci chiamiamo con dei sistemi meno antidiluviani, che dici? Magari fra qualche settimana, quando potrai –. Forse aveva capito che mettevo i soldi nel salvadanaio come una buona governante, e facevo parecchi conti. Mi sentii un po' indietro, ma occuparmi del Professore mi faceva correre con le mie forze soltanto, e non con quelle dei giga.

Ci salutammo senza prendere appuntamenti, poi uscii a portare un po' di torta salata al Professore.

Il giorno dopo lo trovai su una panchina di metallo fuori dalla sua stanza con un sacchetto sulle ginocchia e la valigia di fianco.

– Mi mandano a casa, – borbottò.

– Sembra che aspetti il treno. Chi l'ha aiutata stamani?

– L'infermiere. Guardi un po', dice di avermi lasciato delle cose da spruzzarmi addosso, sono nella busta.

– Pare schiuma da barba.
– Me ne hanno messa a quintali, ma probabile che lo sia.
– Ha parlato con i medici? Le hanno dato dei fogli?
– Anche troppi –. Non si alzava, pareva un mucchietto di stracci.

Gli dissi di farsi coraggio e lo accompagnai alle scale a piccoli passi. Mi venne dietro con titubanza, quasi avesse perso fiducia nella mia guida.

Sulle gambe era fasciato peggio di Lazzaro, ed era taciturno, soprattutto da quando gli avevo detto che probabilmente sarebbe arrivata la Vally a vedere come stava.

Il tassista che ci aprí la portiera aveva un cobra tatuato sull'avambraccio.

– Tanto la Vally non collaborerà, – aveva concluso il Professore dopo la terza curva, – è vittima del concetto di perfezionismo. Troverà che mi hanno dimesso con qualche mese di anticipo.

In casa lo convinsi a stare sul suo letto pulito. Frugando nella valigia non riuscivo a trovare la radiolina che gli avevo lasciato all'ospedale. Che poi era l'unica che funzionasse.

– Non c'è, – mi disse, – l'ho regalata.
– Ma a chi?
– All'infermiere.
– Perché?
– Perché gli piaceva, ha detto che durante il turno di notte gli avrebbe tenuto compagnia –. Lo disse come un fatto ineluttabile al pari delle uova dei colombi, dei bollettini per la beneficenza, e dell'impossibilità di Elisa a chiamarlo qualche volta.

– Quindi niente giornale radio, – conclusi.
– Già... ci penseranno i miei amici a darmi le notizie, quelle inutili. Quella utile ce l'ho: tutto ha un'origine.

Be', certo.

– E quindi cosa farà lí da solo?
– Medito.

– Ma non ha bisogno di qualcosa per sentirsi meglio?

– Sí, in effetti. Mi legga per favore il 41, se trova il mio *Manuale*, e poi me lo lasci in tasca.

– «Attardarsi sulle cose che concernono il corpo è segno di una mancanza di capacità naturali verso la filosofia, per esempio fare molti esercizi fisici, mangiare molto, bere molto, espellere molti escrementi, avere molti rapporti sessuali. Ma, da una parte queste cose vanno fatte come qualcosa di accessorio, dall'altra l'attenzione deve concentrarsi sulle nostre disposizioni interiori».

– Dia qua, faccio bene a meditare, – ripeté.

Meditò poco però, perché dopo neanche mezz'ora arrivarono Aurora e Costantino, e per completare il quadro pure la Vally vestita di rosso, e il Prigioniero trafelato.

Venivano dall'ospedale, dove avevano trovato «il sepolcro vuoto».

Secondo Aurora la vicenda era tale e quale la narrazione del Vangelo a parte le bende sul viso, perfino il medico di turno aveva parlato di resurrezione.

Avevano impilato i quotidiani sulla scrivania in ordine di lettura, ma non avevano fatto in tempo ad aggredire il primo titolo che il Professore era voluto andare nello studio. Una volta sistematosi lí con tanto di lenzuolo sulla poltrona, piombò pure il dottore.

– Vuole visitarlo? – chiesi.

– No, ma vi segno le medicine, cosí ha la scorta. Credo che i suoi amici siano piú salutari di qualunque pasticca.

Come la Vally sentí questa frase ebbe un brivido di disgusto:

– Ma non gli controlla neanche il colesterolo a questo pover'uomo?

– Il colesterolo? – temetti un'uscita incendiaria per il lampo divertito che gli corse negli occhi. – Fosse solo il colesterolo… – e continuò a scrivere.

Una volta posate le ricette sul tagliere di cucina, prima di dileguarsi tirò fuori dalla borsa Arcibaldo e Petronilla:

– Ecco, questo in caso di colesterolo alto è perfetto, – e lo mise fra le mani sollecite della Vally.

Il Professore tutto sommato si riprese in fretta, «come un ragazzino», sentenziò il dottore dopo una quindicina di giorni.

Elisa invece era sparita. Forse telefonava la sera quando io me ne tornavo in corso Mazzini, col buio e un freddo becco, tanto che avevo bisogno di accendere il riscaldamento. Cercavo di risparmiare, a volte però, se il tepore mi conciliava il sonno, mi limitavo a sognare di spegnere durante la notte, cosí la mattina mi venivano i sensi di colpa. Di progetti economici infatti ne avevo due: uno smartphone e un avvocato.

Se Angelo non fosse partito per l'America, avrei invertito le priorità, ma stando cosí le cose era piú urgente munirsi di un telefonino evoluto. Tanto la separazione era già decisa. I tempi erano maturi, avevo percorso abbastanza strada per capirlo da me. Adesso anch'io rimuginavo, specialmente durante le faccende e a volte persino in modo proficuo.

Una mattina, spolverando la fotografia nello studio, mi resi conto di spolverare solo una cornice.

– Professore, ha tolto la fotografia?

Lui se ne stava sprofondato nel divano del salotto con la radio rotta che a tratti mandava una musica che lo rapiva.

– No, non si vede piú nulla nell'immagine?

– È tutto bianco, – presi il portafoto, le linguette dietro erano a posto, – però non sembra manomessa.

– Davvero? – chiese lui, con calma.

Smontai il supporto della cornice e capii che la foto era stata girata. Come se qualcuno non avesse piú voluto vederla, anche se le figure erano molto sbiadite.

– Ah, ecco, era messa male.

– I protagonisti della foto sono messi anche peggio.

– È un bel ricordo, però, non trova? – Non ne ero cosí sicura.

Lui spense la radio, friggeva troppo ed era sgradevole. Non rispose.

– Se vuole ne mettiamo un'altra... – provai a suggerire.

– Sarebbe la stessa cosa per me, – commentò, e mi pentii subito di aver parlato a vanvera, – in compenso potrebbe dirmi se si vede l'ombra del nespolo, cosí poi capisco se pioverà.

Voleva distrarmi, era chiaro.

Attraverso le fessure vidi una tortora: attaccò il suo verso triste solo quando fu sicura che il sole sarebbe rimasto fuori dalla nuvola.

– Sí, per ora l'ombra del nespolo si vede.

Accese di nuovo la radio che si mise ancora a friggere, cosí la spense con un sospiro. Sembrava angosciato.

– In quella foto non dovrei esserci io, ma Ted. Lui e sua madre saranno accomunati ormai da quella candela accesa che li legava una volta.

Non dissi nulla, presi di nuovo la foto e la guardai. Anche voltandola verso la luce, si vedeva poco o niente, ma decisi che non importava. Avrei colmato i vuoti usando le parole.

– Questa foto è piú nitida di quello che pensa. Si vedono due persone felici che si tengono a braccetto sotto un sole forte di mezzogiorno, sono in un prato verde su cui si distinguono la torre di Pisa e le mura, in fondo c'è la piazza dell'Arcivescovado e da un lato inizia via della Faggiola. Non ci sono turisti in giro, e una delle due persone è certamente un Professore perché ha in mano l'*Etica*.

Riuscii a farlo sorridere, poi mi chiese la foto e la strinse in mano prima di restituirmela spiegazzata.

– La rimetta dalla parte giusta come sa fare lei, e poi prepari un bel caffè per due, cosí lo prendiamo insieme, – disse.

Il giorno dopo, la mattina presto andai al mercato. Volevo comprare i *cenci* di Carnevale, pochi perché le cose particolarmente fritte e quindi particolarmente buone non fanno tanto bene.

Mi misi a cercare quelli belli croccanti con lo zucchero sopra, un vero e proprio attentato alla frugalità quaresimale iniziata da due giorni. Superai la fila che c'era davanti alla bottega che frigge i *frati* dietro alla piazza e mi venne voglia di prenderne uno bello tondo. Poi comprai una radiolina nuova, con i miei soldi. Un regalo. Quell'aggeggio mezzo scassato che gracchiava sulla scrivania del Professore avrebbe fatto venire il magone a chiunque.

– E gli *scagliozzi* li fai? – chiedevano dal marciapiede.

– A quest'ora? Aspetta un attimino…

Polenta fritta al mattino è da pescatori che fanno l'alba in mare, in effetti.

Sentivo già la primavera nell'aria, le giornate si allungavano, sebbene di poco, e il grigio serale indugiava a lungo.

– Professore, c'è una sorpresa, – dissi appena entrata in casa.

Lo trovai ancora a letto, era la prima volta.

La serranda completamente alzata, se ne stava con la testa su una pila di cuscini. Non aveva con sé né la radio né l'orologio parlante.

– C'è una sorpresa, un'altra?

A cosa si riferiva? Per un attimo mi venne il dubbio che fosse successo qualcosa, ma mi resi conto che stava facendo un po' di confusione con i pensieri. Andai a mettere le pile nella radiolina nuova e gliela appoggiai accanto senza dire nulla. Appena provò a spostarsi, la sentí con la mano:

– E questa da dove viene? Io non la conosco…

– Le piace il mio regalo, Professore?

Si mise subito a cercare il notiziario come faceva di solito, e quando trovò una musica che gli piaceva se l'accostò all'orecchio come fosse un animaletto da coccolare.

– Straordinario… – commentò, – funziona a meraviglia. L'ha pagata tanto?

– È un regalo e non si dice.
– Un regalo bellissimo, poi senza ragione…
– La ragione è che era rimasto senza. Ma lei si sente bene?
– Sono un po' preoccupato, non riesco piú a trovare le cose. Ad esempio le mie stanze, i vestiti, perdo il ricordo dei numeri di telefono… come se affondasse tutto nel buio che mi circonda.
– Non trova le stanze?
– Sí, come se si spostassero. Improvvisamente tutto è diventato relativo.
Oddio.
– Guardi, per favore, se di là è rimasto il *Trattato sulla natura umana*, una piccola riduzione. Mensola in basso. Se lo trova c'è dentro una margherita essiccata, lí c'è una sottolineatura.
Una caccia al tesoro, praticamente.
– L'autore è Hume! – mi gridò col poco fiato in corpo.
Trovai tutto: – «L'immaginazione non è tenuta allo stesso ordine ed alla stessa forma delle impressioni relative; invece la memoria è, in qualche modo, in condizione d'inferiorità, perché non può fare i mutamenti».
– Ah, meno male… – commentò.
Mentre giravo per la casa si alzò, volle farsi la barba con una macchinetta antidiluviana che gli aveva regalato Elisa chissà quanti anni prima. L'operazione gli riusciva anche abbastanza bene, perché era solo una questione di tatto. Non mi chiese il caffè, ma un bicchiere d'acqua. Io gli proposi coraggiosamente il frate. Ne mangiò un po' piú di metà, probabilmente per riconoscenza, finché mi porse quello che restava: – È passato abbondantemente il giro di boa.
Non fui sicura che si riferisse solo al frate, ma mi limitai a dargli un tovagliolo.
– Mi raccomando, quello che resta va agli uccellini, magari gradiscono lo zucchero.

Dopo qualche giorno, intanto che aspettava il Prigioniero che gli doveva leggere una lettera della banca, andò a prendere il libro dei *Pensieri* e mi chiese di cercargliene uno sulla natura dell'uomo, uno che si ricordava lui ma non perfettamente. Gliene lessi diversi ma non imbroccavo mai quello giusto, tanto che alla fine pensò di essersi sbagliato:

– Ecco, – commentò, – è un effetto della perdita di orientamento, mi dia pure il libro che so cosa farci.

Lo mise in un vecchio sacchetto di stoffa che teneva in un cassetto della scrivania, ben nascosto, e raggruppò in una piccola pila altri volumi rimasti sdraiati. Non mi trattenni:

– Che ci fa, Professore?

– Un libro di per sé non è nulla se non trova qualcuno che lo fa vivere nella lettura.

– Come fa lei, no?

– No. Io uso la memoria, ormai, che è fallace, ma il libro merita di rinascere ogni volta.

Scoprii cosí, per caso e inaspettatamente, che ne sceglieva uno al giorno per regalarlo.

– Ma non le dispiace un po'?

– No, sarei egoista e ingeneroso se non lasciassi volare verso il traguardo i miei compagni di viaggio.

La scoperta mi liberò da quel senso di inquietudine che mi affliggeva ormai da settimane. Chissà se lui aveva capito che mi stavo facendo delle domande, o se si rendeva conto di quale aspetto stesse prendendo la sua libreria agli occhi di chi la guardava. Pianificava con un certo metodo la sparizione, in modo da creare degli spazi alternati che delimitavano la dislocazione degli argomenti.

Quando arrivò il Prigioniero gli chiese se aveva collocato i volumi che gli aveva dato, ne dedussi che il suo amico fungeva da intermediario per quella sorta di spaccio delle idee.

– Sí, mia moglie ne ha trovati alcuni interessanti...

– Buon segno, – sospirò il Professore, – starà cambiando anche lei –. Poi ebbe un sussulto e riprese dal sacchetto i *Pensieri*. – Guarda un po' intorno al 100 o qualcosa del genere...

Il Prigioniero si sollevò gli occhiali sulla fronte e si appiccicò il libro davanti al naso come fosse stato sotto il vetrino di un microscopio, sgranando bene gli occhi per braccare le parole. Fosse cascato il mondo, non se ne sarebbe accorto. Rimase in silenzio qualche minuto mentre il Professore attendeva nella posizione della statua, finché a un certo punto restò a bocca spalancata e disse:

– Senti un po' qua. Non so se cercavi questo, ma questo è inquietante davvero...

– Leggi, leggi cosa dice.

– Su una sezione riguardante la natura dell'uomo: «Ci conosciamo tanto poco, che molti sono convinti di essere vicini alla morte anche se stanno bene; e molti credono di star bene quando sono vicini alla morte, e non sentono la febbre vicina, e l'ascesso in via di formarsi».

Il Professore annuí in silenzio.

– Tu credi che parli di una malattia vera? – chiese il Prigioniero, togliendosi definitivamente gli occhiali. Continuava a tenere il naso incollato nel bel mezzo del libro e ora scorreva avidamente la pagina.

– No.

– Allora qui lo spiega: «Corriamo senza un pensiero verso il precipizio, dopo esserci messi davanti agli occhi qualcosa che ci impedisca di vederlo».

– Appunto, – sospirò il Professore, – o non si vede o non si vuole vedere quello che ci conduce alla rovina. Gli occhi c'entrano poco in ogni caso.

Stavolta fu il Prigioniero a sospirare, probabile che avesse capito a cosa alludeva. Io intanto giravo con lo straccio intorno ai loro piedi finché lui si rimise gli occhiali reclamando la lettera della banca, che gli pareva ben piú rassicurante.

– No, non direi che sia piú rassicurante, – osservò dopo

che l'amico finí di leggergliela. – In pratica dice che loro faranno tutto quello che vogliono e a me non rimane che accettare. O mangi questa minestra o salti dalla finestra...

Il Prigioniero affondò di nuovo il naso nei fogli:

– Hai pochi soldi, lo sai?

– Lo so, ma c'è chi sta peggio. A Elisa lascerò la casa, qualche spicciolo, nessun debito.

– Tu come stai?

– Ah, non lo so. Ho un senso di colpa intermittente. E la certezza di essere pronto alla partenza sia quando sto male sia quando sto bene.

Il Prigioniero non si aspettava quella risposta, aggrottò la fronte e mi guardò. Forse voleva capire se fossi informata di qualcosa, ma io quel senso di colpa del Professore, che affiorava ogni tanto, avevo imparato ad accettarlo come si accettano le nuvole e la pioggia. O forse era lui che doveva rivelarmi un segreto. In ogni caso decise di non farlo.

– Io il libro di Pascal non te lo lascio: sei troppo scettico e impreparato su questi argomenti, nonostante la tua veneranda età. Ma te ne do un altro di storia dell'arte, perché il gusto per l'arte fa parte del concetto di eredità.

Non v'è grand'uomo per il suo maggiordomo, pensai.

Sapevo tutto di lui, che non dormiva la notte, che ascoltava una musica un po' triste, che voleva in tasca la testa della statuina che aveva rotto, che aveva voluto tenere in mano la foto sbiadita perché gliel'avevo descritta bene. Che, alla fine, dipendeva dalla mia pazienza dalla mattina alla sera.

Rimasero nello studio per un bel po', e alla fine non trovarono nemmeno la scusa buona per uscire. Il Prigioniero aveva portato i giornali e il Professore pareva stanco, io cercavo una medicina che avrebbe dovuto prendere.

L'avevo lasciata sulla credenza di fianco alle altre, con tanto di biglietto per l'orario di assunzione.

Dopo mezz'ora trovai il flacone vuoto nella spazzatura, e andai immediatamente a chiedere spiegazioni:

– Pensavo che fosse per fare gli sciacqui in bocca, ma aveva un sapore orribile e l'ho rovesciata nel lavandino, magari era un veleno.

– E se invece fosse stata indispensabile?

– Nulla è indispensabile, almeno a un certo punto, che è il mio.

– Cosa sarebbe questo profumino? – sviò il Prigioniero.

– Carciofi, – risposi.

– Ma si cucinano agevolmente? – mi chiese.

– Una volta tolte le spine e puliti bene sí, eccome.

– Uhm... ci proverò... – commentò un po' sconsolato.

Tornai in cucina, i miei sei carciofi mi guardavano dal fondo della pentola con l'evidente intenzione di suggerirmi qualcosa.

– Aspetti, aspetti! – gridai, mentre la porta si stava aprendo; il Professore se ne stava sulla soglia porgendo il suo sacchetto con il libro.

Li raggiunsi con tre carciofi messi in un barattolo, «per un assaggio». Il Prigioniero era entusiasta.

– Di' un po'... – disse il Professore, – la tu' moglie ti cucinerebbe solo le spine, eh?

– Non credo che sia mai entrato un carciofo in casa mia a parte mio cognato...

– Sono tre, – dissi, – se ne avessi avuti trenta glieli avrei dati volentieri, con tutto quello che le devo.

– Vai a casa subito, prima che il tempo peggiori ulteriormente. È nuvoloso, – concluse il Professore.

Guardai dalla finestra: il sole splendeva sulle chiome delle colline facendole apparire di velluto, e il cielo era limpido come accade quando la primavera sta incubando.

Capitolo ventunesimo

La svolta e il Voltone

Un temporale violento ma breve, poi era tornato il sole. A volte nei posti di mare fa cosí, in un modo rapinoso e inspiegabile. Mi ero presa un'acquata sullo scooter che facevo pietà, la spesa era fradicia, neanche il pane di campagna si era salvato, mi conveniva farci una panzanella.

Entrai in casa Farnesi in quelle condizioni e trovai Elisa. Dovevo sembrare uno spaventapasseri, a giudicare dalla sua faccia.

– Hai fatto la doccia vestita?

Indossava i soliti jeans e una felpa nera con su scritto: SE PECORA TI FAI sul davanti. Aveva tagliato i capelli e non era riuscita a farsi la coda di cavallo come si deve.

– Mi ha beccato il temporale poco fa...

– Poco fa ero con mio padre sul balcone e non tuonava nemmeno.

– Eccome se tuonava... – sentii la voce del Professore in lontananza, forse dal bagno.

Un udito perfetto davvero.

– Non ti aspettavamo, – le dissi allegramente.

– È l'unico lato divertente degli imprevisti, – concluse lei.

Misi i miei vestiti zuppi sullo stendipanni e m'infilai una maglia infeltrita del Professore in attesa che asciugassero. Si stava levando il vento, come se una volta fatta la scenata il cielo sentisse il bisogno di voltare pagina.

– Quando ci vuole ci vuole, – diceva Elisa dal corridoio.

La vedevo di spalle, cosí lessi il retro della maglia: IL

LUPO È VEGANO. Andarsene in giro con una scritta del genere a caratteri cubitali sulla maglia era una bella sfida.

Stava parlando con il Professore che armeggiava nello studio alla ricerca di qualcosa che non trovava.

– Come sarebbe a dire «quando ci vuole ci vuole»? Le cose vanno risolte alla radice con un certo metodo e gradualmente, – diceva lui, – non basta chiudersi in un monastero per un mese. E poi che monastero?

Guardai Elisa incuriosita, lei annuí e mi fece segno di tacere con aria complice.

– Le Oblate. Bel posto, sul lago.

Ero piú stupita di suo padre, altroché, cascavo dalle nuvole.

– *Oblate* vuol dire *dimenticate*, *perse*, ma le grane non si dimenticano. Soprattutto quelle che ti sei cercata. Ora poi che fai? Saresti cosa?

– Vegana, – ammiccò di nuovo. Forse stava scherzando, ma non era tipo da venire apposta dalla Svizzera per prenderci in giro.

– Questa non la so, ma non voglio neanche saperla.

Il Professore aveva una certa energia mattutina che mi piaceva, doveva essere la medicina nuova. Io invece non riuscivo a raccapezzarmi, vagavo per la cucina senza ricordarmi perché. Forse quello di Elisa era un esperimento spirituale.

– Bisogna fare l'*upgrade*! – gli strillò dietro.

– Hai scoperto l'acqua calda? – Il Professore intanto si era cavato di tasca l'Epitteto.

– Leggi qua che ti fa bene, il 13.

– Non se ne parla!

– Fallo per me.

Lei sbuffò: – «Se vuoi progredire, sopporta di apparire stolto e insensato, per quanto concerne le cose esteriori». Ah, come se non lo sapessi… «Sappi infatti che non è facile conservare la tua scelta di vita in una disposizione conforme alla natura e nello stesso tempo occuparsi delle cose esteriori. Ma è necessario che, se ti prendi cura di una di queste cose, trascuri l'altra». Puah, questa roba è scaduta.

– Grazie, ridammi il libretto. Vita, morte, felicità o pace non è roba che scade, – borbottò lui.

Ero capitata nel bel mezzo di un discorso serio nel quale non volevo affatto ficcare il naso, ma non riuscivo ad andarmene. Stavo lí, con la spesa fatta, la casa da sistemare e il pranzo da organizzare. Mi chiesi cosa si cucina a una novizia vegana, non ne sapevo nulla.

Intanto né lei né suo padre parevano volersi occupare di me. Malgrado i discorsi, lui era contento della sorpresa, eccome.

Andai a guardare il calendario: non c'erano ponti, e soprattutto era martedí. Elisa poi era da sola, meno nervosa del solito ma piú sopra le righe.

– Noi andiamo fuori, – disse il Professore, e si mise tranquillamente una scarpa nera e una meno nera sotto lo sguardo indifferente di sua figlia.

– Se te ne vai di casa e cambi anche lavoro avrai bisogno di parecchie cose. Ma come ti è venuto in mente? E le tue figliole?

– Ho fiducia nella Provvidenza.

– Spero che la Provvidenza non si chiami Luciano Farnesi perché io sono agli sgoccioli.

Sembrava che Elisa si volesse incamminare sulla via del ritiro monastico per davvero. Graduale, certo, una sorta di «Aventino» permanente.

Secondo me non aveva le idee troppo chiare nemmeno lei. E suo padre doveva essere della mia stessa opinione:

– Ora parliamo con calma in un luogo che assecondi la razionalità... ma soprattutto vediamo d'instaurare un dialogo socratico, – disse.

– Si va alla terrazza Mascagni? – Evidentemente Elisa sapeva benissimo cosa fosse un «dialogo socratico».

– Sí, passando dalle ville, anche da Villa Mimbelli.

– Intanto per prima cosa mi libererò dello smartphone –.

Io rizzai le orecchie, poteva essere una buona occasione per me.

– Ottimo, tanto non lo consumi certo per chiamare il sottoscritto.

Elisa non poteva sapere che suo padre si era ustionato le gambe, eravamo stati delle tombe. Né aveva potuto vedere i segnali che si erano accumulati: l'indifferenza per i notiziari, la radio a lungo spenta, l'orologio parlante scomparso e non cercato, forse scarico da giorni e sepolto in qualche tasca, i libri regalati. Anche i giornali spesso restavano chiusi e ammonticchiati sulla scrivania, via via prendevo qualche foglio per pulire i vetri senza farmi troppi scrupoli.

Sembrava che si distaccasse dalle cose, in un modo piú amaro e sofferto di quello delle Oblate. Le uniche cose di cui pareva non stancarsi erano i «luoghi della mente», e il ricordo di qualche posto di cui conservava un'immagine sua.

– Quando andiamo a Viareggio? – chiese a Elisa appena tornarono a casa.

– Babbo dimmi te, – lei aveva poca voglia di andare in giro in macchina, si vedeva.

Il Professore si sedette sull'Aventino:

– Allora andremo domani: lí si dovrebbe camminare bene, c'è un marciapiede largo, una strada lunga che arriva fino a Lido di Camaiore. Ricordo la sequenza dei palazzi liberty e il porto. Il molo è spazioso e si può camminare fino in cima da dove una volta ci si buttava per fare il bagno…

Uno dei «luoghi della mente».

Sembrava stanco morto e disse che non aveva fame.

– Maria Vittoria, se vuoi vai pure a casa, in questi due giorni penso a tutto io. Sei d'accordo, babbo?

Lui annuí con una certa preoccupazione, come se la presenza della figlia esigesse da parte sua uno sforzo ulteriore, ma doveroso, che un buon padre deve fare. Un esempio di saggezza da mettere fra le cose che cadevano sotto il «concetto di eredità», da lasciare ai posteri.

Una faticaccia.

Proposi di venire almeno per cucinare qualcosa, ma Elisa fu irremovibile. Prima che uscissi, mi disse con noncuranza:

– Lascio lo smartphone sul letto, cosí puoi buttare via quello preistorico che hai. Io sono impegnata in questo cammino di ascesi che a mio padre non piace, ma che lui stesso sta facendo da decenni, senza che io lo intralci –. Alzò la voce per dire l'ultima frase.

– Grazie, ma sei sicura?

– A presto, credo, – aggiunse, ma non mi dette il tempo di ribattere perché le suonò l'oggetto da cui intendeva separarsi.

Quel pomeriggio, tornando a casa, successe quello che prima o poi doveva succedere. Alla svolta di Borgo dei Cappuccini su corso Mazzini, una Panda non mi dette la precedenza e la schivai per un pelo. A momenti quell'imbecille mi tirava sotto, e lo mandai dove si meritava. Lessi la targa e la riconobbi.

– Se ti buttavo in terra facevo solo bene! – il mio ex uscí a pesce dalla macchina, con una camicia sgualcita messa di fuori. Mi aveva riconosciuto nonostante il casco con la visiera abbassata. Era già abbronzato, si vede che alla spa dove lavorava stava piú fuori dalla reception che dentro.

– M'aveva detto Maurizio che t'aggiravi in corso Mazzini, ci passo tutti i giorni apposta –. Mi puntò l'indice.

– Vieni che si fa tardi! Un ista' a leti'a'!! – urlò sua madre dal finestrino.

– E Maurizio non poteva farsi una borsata di cavoli suoi? – chiesi.

– E se'ondo te io mi faccio tratta' come m'hai trattato te, cosí senza di' nulla?

– Come ho fatto io per anni.

– Vedi di non esagera' sennò…

– Sennò?

– Non approfitta' der fatto che c'è mi' ma' in macchina…

– Buongiorno signora!

Lei aprí la portiera, aveva un cagnolino in braccio: – E allora, un ti s'è piú vista. Questo qui ti garba? Un è un amore? Va portato a vaccina'.

Scesi dallo scooter e andai a guardare il chihuahua. Mi abbaiò.

– Me l'ha fatto di regalo lui perché piangevo ancora per Barolo...

– La posso capire.

Non mi chiese nulla, né dove stavo né cosa facevo, né perché ero andata via. Suo figlio se l'era comprata col chihuahua.

– Visto che il modo di cascare in piedi lo trovi, – dissi a lui, – fai un regalo anche a me, metti una firmetta al posto giusto quando sarà il momento.

– Poi dirai che ti devo mantene', non sono mica scemo.

– Tranquillo, non chiedo un centesimo, mi basta non averti fra i piedi.

La cosa gli piacque, tanto era l'amore che nutriva per me.

– Poi però vedi di di' in giro che eravamo d'accordo. Intesi?

Mi misi a ridere: – E cosí siamo a posto? Buttati nel cesso quindici anni di pantomima?

– A posto cosí.

– Bravo.

Alzò le spalle, secondo me il modo di rimpiazzarmi l'aveva già trovato. E a giudicare dalla camicia, il ferro da stiro non era il suo forte.

– Stai da queste parti, allora?

– Piú o meno, ma la cosa non ti riguarda.

– Allora hai fatto vaíni.

– Solo a chiudere con te ho trovato una miniera d'oro.

– Allora vieni? Il veterinario sta aspettando! – sua madre friggeva. – È un'ora che si sta a fa' i giri in tondo a corso Mazzini...

– In bocca al lupo, – rimontai sullo scooter: – e vedi di

da' la precedenza a chi ce l'ha sempre avuta! – urlai sorpassando. Ma per prudenza superai il mio portone e svoltai in via Marradi. Che non capisse dove stavo.

– Allora, si passa sotto piazza della Repubblica e si finisce al porto dagli Scali D'Azeglio. Ti do un passaggio se ti va! – Il Menicagli mi guardava divertito dalla barca attraccata agli Scali delle Ancore.

Una strana mattinata, quella. Finalmente me ne stavo per conto mio e gironzolavo senza una meta precisa, e senza il timore di fare brutti incontri come quello del giorno prima. Per quanto sommario, un chiarimento c'era stato.

Avevo lasciato lo scooter sugli Scali Bettarini e mi ero incamminata verso il quartiere Venezia oltrepassando la grande piazza della Repubblica, e finendo poi sul primo ponticello utile per raggiungere gli Scali delle Pietre, la via Buia, via dei Pescatori, e perdermi tra quelle stradine dove c'è puzza di pesce e candeggina.

Cosí ero finita a Santa Caterina, che è a forma di faro, a mettere una candela solitaria e storta, e poi mi ero avviata verso il porto.

– Che ci fai da queste parti a pascolare cosí a mezza mattina? – chiese il Menicagli. – Ti ho chiamato almeno tre volte sbracciandomi ma te niente.

– Scusa, non immaginavo che fossi te.

Aveva una giacchetta leggera di jeans di quelle che vendono al mercato americano, e sotto una camicia a quadri che pareva uscita dal guardaroba datato del Professore.

– Dài, sali che ti faccio posto. Scommetto che non hai mai fatto un bel giro sui Fossi con un bolide cosí.

La barca era in pratica una specie di peschereccio rivisitato con tanto di piccola plancia e verniciatura blu data di fresco, ma aveva un'esile passerella che la collegava alla sponda. Non potevo rifiutare.

– Dice bene Angelo... – commentò il Menicagli. – Ti vede benissimo a Pisa, e neanche sulla chiatta a bere l'aperitivo, diciamo sulla spalletta larga dei lungarni, e sobria, sennò ti sbilanci.

– Non avevate argomenti migliori?

Mi tese la mano, e mi ci avvinghiai senza tanti riguardi. Una volta a bordo trovai qualche parola per complimentarmi della barca. Effettivamente il passaggio ci voleva, mi facevano male le scarpe nuove.

– Senti, vengo subito al sodo. Angelo mi ha scritto una serie di lagne dall'America.

– Ah, sí? E che lagne? – Mi veniva da ridere.

– Che non ti sente né ti vede né niente perché anche le videochiamate non le ricevi. Dopo mi dai il tuo indirizzo mail, va bene? Cosí glielo giro.

Il cuore faceva le scintille.

– Da cosa mi hai riconosciuto? – chiesi al Menicagli.

– Una bionda spaesata che si aggira sugli Scali delle Ancore si nota, specie se è una che s'imbambola a guardare la fortezza vecchia. Ti piace Livorno, eh?

– Per forza.

– Anche a me. Il vecchio Farnesi come sta?

– Insomma. Allora si passa sotto il Voltone?

Aveva acceso il motore, la barca si era staccata un po' dal moletto procedendo verso terra. Davamo le spalle al porto di cui s'intravedeva un fumaiolo di nave alto come la gru del Neri, dietro alla fortezza. Ci si stava muovendo verso il cuore del quartiere. Avevo un po' freddo lí sopra, ma non volevo dirlo per non fare anch'io le lagne.

Era bello osservare il canale da un altro punto di vista, cosí dall'acqua e in pieno sole mi garbava ancora di piú la nostra Venezia livornese. Vedevo sfilare i palazzi colorati, le facciate zabaione, ocra, salmone, rosa pallido, quasi tutte con gli scuri di un verde intenso che poi si specchiano nelle acque limacciose dei Fossi.

– Cos'hai detto? – Il rumore del motore copriva le voci.

– Hai paura a passare di lí? Sotto la piazza.

I gabbiani se ne volavano via strepitando al nostro passaggio, e si scompigliava anche la calma delle barche ormeggiate in fila fino all'imbocco del Voltone. La fortezza nuova rimase sulla sinistra lasciando intravedere l'ampio specchio di mare su cui s'innalzano le mura e parte degli Scali delle Cantine, poi ci infilammo sotto la galleria. Lunga, buia, sotto piazza della Repubblica, con l'acqua che manda riflessi sulla volta nera.

– Allora che mi dicevi del nostro Farnesi? – la voce del Menicagli, lí alla fine del Voltone, ritornava un po' cavernosa, come quando l'avevo sentito per la prima volta raffreddato marcio.

– Insomma, mi pare un po' peggio, forse sente la primavera –. Fui un po' vaga, anche la mia voce rimbombava.

– Può darsi che siano tutte e due le cose...

– Quali?

– La primavera e il desiderio di attraccare, visto che ha individuato il molo.

Uscimmo dal Voltone che il cielo pareva ancora piú brillante, gli Scali Saffi erano ormai a portata di mano.

La barca si avvicinò a un punto dove si poteva saltare sulla sponda, e il Menicagli mi aiutò a raggiungerla dopo aver lanciato una cima.

– Ti è piaciuto il giro? Aspetta! – Io restai un po' frastornata sulla sponda. – Mi devi dare la mail!

– Dammi tu quella di Angelo, – la scrissi con la matita sul retro del buono sconto dell'ammorbidente.

Quando il giorno dopo entrai in casa un po' prima del solito, il Professore era di pessimo umore e c'era un odore sgradevole misto ad alcol. Elisa era già partita.

Lo smartphone era sul letto, tutto pieno di ditate unte e apparentemente morto. In casa faceva abbastanza caldo. D'altra parte il sole entrava a secchiate non trovando nemmeno il salmastro sui vetri. Li pulivo spesso proprio perché erano la porta della luce, preziosa comunque in quella casa.

– Ma se piove accenderà un po' di caldaia, vero? – mi

chiese il Professore senza troppa convinzione. Era meno imbacuccato del solito, e la sua lisa giacca di lana era messa alla rovescia sulle spalle ossute.

S'interessò della mia breve esperienza nautica sui Fossi, provando ad anticipare le mie descrizioni in base ai suoi ricordi, e cosí appresi che i cambiamenti riguardavano piú che altro il traffico e la quantità di barche di cui aveva «poche immagini».

– Una volta era tutto piú…

– Piú?

– Ero diverso io, probabilmente. Non solo il mondo. E con questo non voglio dire che il mondo sia peggiore, il male c'era anche prima, ma forse era piú riconoscibile. Ormai è mimetico.

– Cioè?

– Siamo vittime del relativismo.

Ecco.

Non si spiegò. Andò semplicemente a controllare le pagine del suo libro messo di fianco alla fotografia pallida, e accarezzò la fotografia. Non l'aveva mai fatto.

La porta del bagno era accostata, quando l'aprii non cigolò, ma invece di entrare mi bloccai sulla soglia. Il puzzo proveniva da lí, e rimasi scioccata: biancheria sporca buttata in terra, il water impresentabile, sangue, saponetta del lavandino ridotta in poltiglia, impronte sui muri. Doveva essere accaduto da poco, pensai, altrimenti quell'odore nauseabondo si sarebbe sentito dal pianerottolo, e il pavimento era ancora umido. Non dissi nulla, ma fui afferrata di colpo dalla paura. Quel tornado spazzò via qualunque altro pensiero.

Arretrai un po', appoggiandomi al muro del corridoio. Fino ad allora era stato tutto originale, interessante, magnetico ma controllabile. In quel momento mi parve che qualcuno avesse lanciato un peso di piombo nello specchio del mio stomaco, scuotendomi da quella tranquillità infantile in cui mi stavo adagiando. Sotto sotto volevo lasciare fuori dalla porta la sgradevolezza, la pesantezza, come se quelle non dovessero toccare né a lui né a me che lo accudivo. Ero paralizzata, senza delle istruzioni da dare a me stessa per ingranare una marcia, avanti o indietro.

Il Professore probabilmente sentí che mi ero fermata.

– Ho fatto dei danni?

– No, non tanto, – mentii, e mi armai di ogni sorta di spugne per ripulire quel disastro. Mi venne una forte nausea: desideravo rivedere tutto a posto in un batter d'occhio.

– Non si sente bene, Professore?

– Non particolarmente. «L'uomo è dipendenza, desiderio di indipendenza, bisogno», come dice Pascal.

Ci misi piú tempo di quello che immaginavo, non feci neanche il caffè, ma riuscii a cancellare ogni traccia, incluso l'odore, prima che piombasse in casa la Vally non preannunciata. Me la ritrovai davanti alla porta con una faccia angosciata e in compagnia di una macchinetta.

– Ho l'holter, – annunciò.

– Il cosa? – chiese il Professore fiaccamente.

– Una cosa che dovresti farti fare anche te...

Andò nello studio a raccontargli a domicilio i pregi di questa macchina che registra il comportamento del cuore per tutto il giorno.

– Capisco, – disse lui. – In ogni caso «il cuore ha le sue ragioni che la ragione non conosce». Quindi, se non le conosce la ragione, figuriamoci quella macchinetta.

Poi chiusero la porta, e la Vally parlò a lungo con una vocina che non lasciava presagire nulla di buono. Intercettai per caso che voleva convincerlo ad andare in un «istituto specifico per ciechi».

– Lí ti leggerebbero tutto quello che vuoi, poi avresti assistenza continua... anche la notte –. Era evidente che io non dovevo sentire.

Lui fu insolitamente paziente, accompagnandola alla porta si limitò solo a chiedere:

– È vero che ti sei già comprata il posto al cimitero?

– Ovviamente, l'ho preso in alto, era un bel risparmio, però mi devo sbrigare perché fra una ventina di anni scade...

– Ma non hai le vertigini?

– Maria Vittoria, chissà cosa succede al mio cuore adesso: sono venuta qua apposta con l'holter per essere sicura che mi registri anche i momenti in cui mi arrabbio.

– Cosa vuoi che gli succeda? Si distrae un po' –. Quindi il Professore si mise a cercare un paio di scarpe che non avevo mai visto, almeno in base alla descrizione che ne faceva. La Vally se ne stava in un angolo contrita, ma alla fine confessò:

– Erano impresentabili, le ho buttate via io.

– Ma le avevo comprate con Elisa quando nevicava...

– E quante volte è nevicato a Livorno negli ultimi trent'anni?

– Solo quella volta, ma facemmo una lunga camminata ad Antignano, si vedeva la Gorgona...

– Va bene, invece ora che si è vecchi quando nevica si sta tappati in casa che è meglio. Oggi comunque non nevica.

Uscirono in silenzio, probabilmente la Vally aveva in mente qualche commissione o qualche altro discorso sgradevole da fare. Misi sul fuoco la minestra di farro e provai a telefonare al medico senza successo. Poi andai nello studio: la libreria era quasi vuota. Vuota come una bottiglia di spumante dopo una festa.

Scesi a suonare il campanello del medico, sperando che fosse in casa. C'era.

Gli raccontai che il Professore aveva avuto quell'episodio preoccupante, e che io temevo di cucinare cose non adatte al suo stomaco. Scosse la testa e mi disse che i guai non dipendevano certo da quello che cucinavo.

– La Favilla è venuta da me qualche giorno fa. Mi ha detto che il Professore le ha bussato alla porta alle quattro di mattina pensando di essere in cucina. L'ha chiamata con il nome della moglie, e lei ha dovuto riaccompagnarlo a casa e tranquillizzarlo. L'ha fatto un paio di volte, alla seconda le è pure scappato il gatto.

Restai di stucco.

– Non ne sapevo niente, mi dice che «perde le stanze» ma credevo fosse un modo di dire. Perché, secondo lei, non me l'ha raccontato?

– Perché si dimentica subito quello che è successo.

– Ma di giorno sembra quasi il solito. Che si fa?

– Nulla, io però ho dovuto raccontarlo alla figlia che ho visto pochi giorni fa, deve prendersi le sue responsabilità.

Quindi la Vally correva ai ripari pur di non lasciare suo cognato alla mercé di Elisa. Ma qualunque piano avessero in mente, ci voleva tempo.

E sul tempo il Professore era imbattibile.

Capitolo ventiduesimo

Il corvo di Epitteto

Pasqua era a un passo quando Elisa chiamò per dire a suo padre che aveva trovato una struttura adatta a lui, un posto «accogliente» in cui portarlo dopo l'estate.

– Dopo l'estate?! – Il Professore sembrava stupito. Io ebbi una vertigine, se si mobilitava Elisa in persona, per me era davvero finita.

Da qualche frase intercettata capii che si trovava a lavorare in Austria, e non in un monastero, forse al momento aveva ben altro a cui pensare.

– Ma non accantonerà l'idea, – commentò poi desolato il Professore, – ci proverà di sicuro, specialmente dopo che non sarò piú un ostacolo.

Cercò di riassumermi quello che si erano detti: avrebbero passato insieme le vacanze, poi lei si sarebbe dedicata a una sorta di «inserimento graduale» in questo «luogo della cuccagna», come lo chiamò lui.

Chissà cosa intendeva per graduale, visto che di norma arrivava e ripartiva come un ciclone.

Non aveva scelta, gli aveva spiegato, le figlie crescevano e avevano un sacco di esigenze, gli impegni erano tanti, il lavoro le prendeva sempre piú tempo. Lei sentiva l'obbligo morale di affrontare la questione alla radice.

Ero spiazzata, glielo dissi con cautela, perché capivo che una qualunque mia perplessità sarebbe stata pioggia sul bagnato. Ma non rispose.

Per la prima volta mi chiesi se fosse lucido, e mi vergognai di quel pensiero. Preferivo immaginare che i suoi disorientamenti fossero una tattica per prendere in giro tutti quanti, e non il segno che la malattia progrediva.

Lo guardai, era proprio una sfinge. Tirò fuori il suo libricino:

– Mi legga il diciottesimo, per favore...

Smisi di tagliare le carote e mi asciugai le mani: – «Quando un corvo ha emesso un gracidio di malaugurio, non lasciarti trascinare dalla tua rappresentazione, ma opera subito la distinzione dentro di te e di' a te stesso: "Niente di tutto ciò è un presagio per me, ma solo per il mio corpo o per le mie proprietà, o per la mia reputazione..."»

– Come conclude?

– «... Per me, tutti i presagi sono favorevoli, se voglio che lo siano; infatti, qualunque sia l'avvenimento che risulterà da essi, dipende da me trarne beneficio».

– Lo lasci sulla credenza, per favore. Devo aver combinato troppi guai di cui non mi accorgo.

– Non si deve preoccupare di questo.

– Lei comunque ha taciuto, vero?

– Io sono una tomba, andrei anche contro il mio interesse, non trova?

– Ecco! – si rasserenò subito. Mi offrii di dormire qualche volta lí, com'era accaduto quando ero io ad averne bisogno. Mi bastava allontanare la prospettiva di un posto «accogliente».

– No, – disse lui dopo averci meditato, – finché mi è possibile, no.

Le sue parole suonarono come il triste verso del corvo di Epitteto, ma non ci ricamai.

Poi chiese un caffè, volle che gli leggessi un articolo di politica vecchio di un mese, e si mise di fianco al telefono, sull'Aventino.

– Ora vediamo se da questo apparecchio sortirà qualcosa di meglio dell'ospizio, data l'ora.

Sortí una «novità assoluta»:

– Aurora propone oggi Villa Fabbricotti, insieme al Prigioniero fornito di articoli. Costantino al momento giace a letto con un attacco di cervicale.

L'atmosfera si rasserenò di colpo come se fosse passata una ventata. Lui cercò i giornali piú recenti senza trovarli e senza neanche preoccuparsi di non averli trovati, anzi sostenne che quello che sapeva già bastava e avanzava, però volle dirmi una cosa «fondamentale»:

– Visti i progetti bellicosi di mia figlia e di mia cognata, si crei un piano di azione alternativo per il suo futuro, su cui potrei dare il mio imprimatur –. Poi, prima d'imboccare la porta di casa, aggiunse: – Dimenticavo di dirle che nel caso volesse fare delle zucchine lesse...

– Me ne guardo bene.

– No, nel caso le faccia pure.

La cosa mi sconvolse forse piú della notizia di prima. Mi affacciai alla finestra per controllare i suoi movimenti, Aurora aveva il naso sprofondato tra le pagine di una rivista. I gorgheggi dei saluti giunsero fino all'ultimo piano, poi si avviarono alla fine della via dove stava arrivando il Prigioniero curvo e con lo sguardo incollato a terra per non inciampare.

Restai a fissare per qualche minuto la strada ormai vuota, il cielo con le nuvole mosse da un vento leggero. I pini profumavano, le chiome scure e gonfie come cuscini in bilico sui tronchi. Per qualche motivo inspiegabile non ero cosí giú di corda come mi sarei aspettata. Mi sarebbe piaciuto andare a raccogliere i pinoli col tepore della prima estate, avrei spaccato i gusci con le pietre, sporcandomi le mani del loro terriccio appiccicoso. Mangiare una manciata di pinoli è una fatica immensa, però ne vale sempre la pena.

Richiusi la finestra.

Adesso l'aria salmastra e la luce della mattina sembravano fuse in un unico impasto che avvolgeva i pochi fascicoli rimasti. Ne presi uno tra le mani e mi accorsi che ripeteva un solo pensiero sparso per una cinquantina di facciate: «Avrei molto piú paura di ingannarmi, e di trovare poi che la religione cristiana sia vera, che non d'ingannarmi credendola vera».

Mi sorpresi a compiere quel gesto che faceva il Professore di far frullare sotto il pollice tutte le pagine, e notai che alcune erano bianche. Quel fascicolo, mi dissi, somigliava al fondo di una bottiglia di vino buono. Il residuo in cristalli di una marea di meditazioni fermentate e depositate lí, ma bevute.

Mi sforzai di venire a capo del significato di quel pensiero, e arrivai alla conclusione che era perfetto per chiudere un cerchio.

Tornarono tutti insieme, Professore, Aurora e Prigioniero. Gongolanti:

– Abbiamo una notizia cattiva e una buona, – annunciò solenne il Prigioniero. – Cominciamo da quella cattiva... – continuò rivolto a me.

Gli occhiali pesanti gli scivolavano sul naso che pareva la pinna di uno squalo. Da vicino emanava l'odore di naftalina di cui era impregnato il vecchio soprabito. Ai suoi tempi doveva essere stato uno che terrorizzava gli scolari impreparati.

– La notizia cattiva è che mia moglie ha scoperto tutto...

– Ohibò, – commentò il Professore, e Aurora lanciò un gridolino oscillando leggermente, come una trottola.

– La notizia buona è che ha approvato la cosa, dicendo che trova la decisione di averle affidato il mio appartamentino un atto socialmente utile, addirittura inspiegabile, data la fonte.

– Bisogna festeggiare! – modulò Aurora commossa dopo aver ritrovato il baricentro.

– Ma senti questa che è stupefacente, – aggiunse il Prigioniero, volgendo la pinna del naso verso il Professore, – sostiene che se l'idea fosse stata tua avrebbe anche da presentare le sue scuse ma...

– Non anelo a tanto e in ogni caso le preferirei postume. Il tutto in cosa si traduce?

– Nell'imprimatur dello status quo. Maria Vittoria può

stare tranquilla per un bel po', diciamo anche qualche anno –. Era un altro regalo, un altro tratto che si aggiungeva alla chiusura di un cerchio.

Guardai verso le colline di Montenero: una nube scura lottava contro la luce che si alzava da occidente, i gabbiani volavano bassi sfiorando le paraboliche, e spalancando il becco quasi volessero mangiarsi l'aria. Io ero salva, qualunque cosa accadesse, e ringraziai innumerevoli volte il Prigioniero.

Apparecchiai, misi dei fagiolini lessi al centro del piatto perché il Professore li trovasse con facilità, ma non finí quel poco che gli avevo dato.

– Sono un po' stanco, – disse, – ma queste cose sono squisite. Ci riproverò stasera, lei me le camufferà ad arte e nulla sarà sprecato.

Respirava a fatica.

Il telefono prese a squillare furiosamente, troppo presto per il solito orario degli amici.

Il Professore se ne stava sprofondato nel divano con la porta chiusa e la radiolina a un volume piuttosto alto. Volevo arrangiarmi da sola, senza disturbarlo.

Risposi, e la voce di un uomo mi disse che aveva già chiamato molte volte, dall'alba. La voce era pacata, però.

– Abbiamo trovato un'agenda nella borsa, e fra i numeri sotto la dicitura EMERGENZA c'è anche questo. Lei conosce la signorina Poggi?

– Aspetti –. Mi pareva di aver sentito quel cognome ma non mi veniva in mente come e quando, lí per lí.

Andai a chiedere al Professore se conosceva una certa signorina Poggi.

– La conosce anche lei, Maria Vittoria, è mia cognata.

– La Vally?

Certo, era il cognome della moglie, l'avevo letto su quell'articolo... – Chiedono di parlare con qualcuno che la conosce, – insistetti.

– Quindi anche con lei, – concluse logicamente il Professore, e non si alzò.

Tornai al telefono.

– Sono un medico dell'ospedale di Pisa, – continuò la voce, che era diventata ostentatamente amichevole (fin troppo), – la signorina è in coma per un'emorragia cerebrale a seguito di un incidente domestico. Come da prassi volevo avvisare i parenti, visto che è arrivata in ambulanza accompagnata da un vicino di casa. Aveva con sé una borsa e dentro c'era l'agenda.

Rimasi di sasso.

Non era possibile che la Vally, venuta a zampettare in casa solo pochi giorni prima, fosse in coma. Mi sentii mancare la terra sotto i piedi, inghiottii senza riuscire a spiccicare parola. La voce, che aveva previsto la reazione, attese in silenzio.

Chiesi dove fosse, in che condizioni, di che cosa avesse bisogno, ma il medico si tenne sul vago dicendo che aveva necessità di parlare con il parente piú prossimo. Corsi dal Professore e lo tirai giú dal divano di peso, senza curarmi delle sue proteste. Gli misi in mano la cornetta, avvisandolo che c'era un problema grosso. Restai vicino a lui pronta a sorreggerlo anche se mi tremavano le gambe. Per sicurezza lo feci sedere.

Il Professore dette le sue generalità, poi tacque a lungo, respirando profondamente un paio di volte. Quindi disse di assumersi qualunque responsabilità del caso. Ripeté per ben due volte «lei sa certo meglio di me, e io capisco e ne rispondo».

La sua faccia era grigia, le labbra contratte come se avesse tenuto uno spicchio di limone in bocca. Lentamente cercò l'incavo su cui riporre la cornetta, poi andò nello studio senza dire una parola.

Quella mattina la luce era limpida e il vento fischiava nei cassoni degli avvolgibili, forse il libeccio faceva già ingrossare il mare. Entrato nello studio protese le mani verso la maniglia della finestra per assicurarsi che fosse chiusa bene, ma poi appoggiò la testa al vetro, con estrema stanchezza.

Dovevo fare qualcosa di consueto, di neutro, di semplice, se volevo aiutarlo. – Vuole un caffè?

– Sí, forse è meglio...

Entrò in cucina titubante e si sedette sull'Aventino come se dovesse restarci per poco: con le mani sulle ginocchia ossute e gli occhi rivolti verso la parete di fronte, illuminata dalla luce riflessa. Forse si ricordava che a quell'ora il sole inondava la stanza.

– Dovremmo chiamare Elisa, – disse, – ma in questo momento mi sfuggono le ultime cifre del numero, tutti i miei ricordi sono scoloriti. A proposito, è scolorito l'arazzo del salotto? L'aveva comprato mia moglie.

– Direi di sí, con tutta la luce che prende di giorno...

– Già... – e si mise a sorseggiare il caffè con svogliatezza. – La vita è proprio come un arazzo scolorito dai raggi violenti del sole –. Posò con cautela la tazzina mezza piena su un angolo del tavolo, in bilico.

– Mi sembra che abbia un sapore diverso...

Io feci il numero del telefono di casa di Elisa, che non rispose.

– Certo, – disse il Professore, – sarà al lavoro.

Si alzò, e di lí a poco tornò con il suo Epitteto.

– L'undicesimo, per favore... mi serve.

– «Non dire mai di una cosa: "L'ho perduta", ma "l'ho restituita". Tuo figlio è morto? È stato restituito. Tua moglie è morta? È stata restituita. Il tuo campo ti è stato tolto?»

– Le ultime due frasi, per favore.

– «Che importanza ha per te attraverso chi te lo ha richiesto indietro colui che te lo aveva dato? Per tutto il tempo in cui questi beni ti sono dati, prenditene cura come se non appartenessero a te, come fanno i viaggiatori in una locanda».

– Dia qua, grazie.

Cercai di farmi consolare anch'io da quelle parole, ma non ci riuscii. Ero sgomenta e bisognosa di agire. Cosí presi il sapone di Marsiglia e mi accanii sulle patacche che costellavano le camicie. Erano troppo grandi per lui, dimagriva ogni giorno di piú navigando negli abiti come un pesce rosso nel suo globo di vetro.

Mi chiedevo se lavare o meno i pavimenti, se provare di nuovo a chiamare Elisa, se cercare Aurora, se mettere a posto quello smartphone devitalizzato approfittando dei negozi aperti.

Optai per la chiamata ad Aurora: singhiozzava sconvolta, disse che voleva essere d'aiuto in qualunque modo. La sua mi parve l'unica reazione normale. Io e il Professore eravamo paralizzati.

Partimmo di pomeriggio, fra le folate di vento, con la Cinquecento di Aurora che oscillava sull'Aurelia come un fuscello.

– Questa è la vecchia strada, vero?

Il Professore stava aggrappato alla maniglia quasi temesse di volare, non ne aveva voluto sapere di fare strade alternative, ci teneva che fosse quella che esisteva immutata dal 1970. Come al solito cercava di far corrispondere i ricordi alla realtà. Forse l'aveva fatta centinaia di volte con la Vally che brontolava, o lo criticava, o gli teneva bordone su qualche memoria passata. Insomma, aveva *bisogno* di quella strada.

– A Pisa magari ci affacciamo, dopo, quando avremo finito, sulla piazza dei Miracoli. Mia cognata, nonostante le sue previsioni e pianificazioni, alla fine si è dovuta fidare di un cieco...

Tacque a lungo.

Parcheggiai vicino alle mura. Nell'ospedale faticavamo a orientarci, vagammo a lungo, «convogliati» ora in un reparto ora in un altro. Un caldo disumano, come se avessero voluto tenere i malati piú gravi in un'enorme incubatrice, come i bambini prematuri. Molti di loro avevano anche la camicina dei neonati. A noi fecero mettere delle tuniche per incontrare la Vally.

Era lí, sdraiata, e sembrava quella di sempre, non fosse stato per il macchinario che le suonava accanto, e per il fatto che pareva cosí indifferente a tutto. Lo sguardo sul soffitto e senza parole di critica per nessuno.

– Se capisse che siamo qui ci sgriderebbe, – commentò lui, – e ci chiederebbe di tornare prima di buio. Lei col buio non guida. In che direzione si trova?

Spostai il suo dito indice verso il letto, il neon illuminava i quattro pazienti della stanza, tutti rigorosamente legati al marchingegno che emetteva lo stesso suono.

– Ha un buchetto in testa, Professore…

– Sí, ho dato io il permesso al neurochirurgo di fare il drenaggio del sangue, per smaltire l'emorragia –. Poi, dopo un attimo: – Ho deciso che sarebbe stato in linea con il concetto di generosità. Quello di far defluire ciò che è superfluo trattenere.

Dal buco usciva un tubicino in cui scorreva pigramente il sangue. Mi chiesi quanto si può vivere in quelle condizioni.

– Chissà… – disse piano il Professore, quasi avesse sentito il mio pensiero.

Restammo lí, finché arrivò il neurochirurgo: i capelli grigi, gli occhi piccoli dietro le lenti, la fronte ampia, il sorriso di chi ha dimestichezza con la vita e con la morte. Capí al volo, prese la mano al Professore e lo ringraziò per avergli reso piú semplice la scelta. Poi lo fece accomodare in un piccolo studio che si affacciava sul corridoio, e accostò la porta. Io restai a guardare le infermiere che volteggiavano intorno ai pazienti, ostentavano tutte indifferenza, come se avessero a che fare con una simulazione. Probabilmente era un modo per difendersi.

Quando uscimmo il sole era tramontato dietro la fortezza. L'Arno aveva gli stessi colori del cielo striato di rosso, le facciate dei palazzi sembravano di carne, quasi. Pensai che a Livorno l'orizzonte doveva essere infuocato, con il profilo della Gorgona contro le ultime braci del sole. Forse sarei stata anche capace di descrivere quel paesaggio, ma il Professore non me lo chiese, volle soltanto fare due passi verso la piazza. In silenzio, respirando profondamente.

La Vally morí pochi giorni dopo, da sola e senza strepito, come faceva quando entrava in casa zampettando sulle punte. E velocemente, come quando veniva a Livorno, scegliendo apposta le ore con poco traffico per fare prima.

Elisa arrivò «dopo la polvere». Trafelata, disorientata, arrabbiata con sua zia, cosí come sua zia doveva essersi arrabbiata con sua sorella, «scomparsa dall'oggi al domani».

Non avevano scelto un buon momento per morire, né sua zia né sua madre. La vidi piangere in un angolino del salotto mentre faceva finta di controllare se ci fossero dei colombi. Mi fece pena.

Aveva fatto tanti chilometri con quel peso sul cuore, che andava ad aggiungersi a chissà quanti altri pesi nascosti.

– Ho saputo che è stata colpita da una bottiglia, una di quelle che comprava per farsi le inalazioni... – si riprese, piú che altro per nascondere il dolore. Alla fine era l'unica zia, l'unica che l'aveva *vista* crescere.

– Caduta vittima del perfezionismo salutistico, come prevedevo... Mi hanno spiegato che prendeva una medicina complice delle emorragie, – commentò il Professore fra sé e sé. – Tutti gli uomini sono mortali, dice Aristotele, la Vally faceva parte della categoria...

– Ma cosa c'entra ora Aristotele? – lo attaccò Elisa, gli occhi rossi e aggressivi. – Siamo tutti mortali, ma tu devi prendere le medicine lo stesso. *Per favore.*

Poi si rovistò addosso, non trovava i fazzolettini di carta nelle tasche, li aveva disseminati sul pavimento come faceva suo padre. Disse che avrebbe sbrigato lei le faccende, e il giorno dopo sarebbero andati al funerale organizzato per il pomeriggio. La sua faccia però diceva tutt'altro, e piú precisamente «Non me la sento di occuparmene da sola, c'è qualcuno che mi accompagna a Pisa?»

Stranamente il Professore non si propose, però le disse che il posto al cimitero c'era già, cosí nell'arco di poco Elisa sparí di nuovo lasciandoci a vagare per la casa senza un senso apparente.

– Dovrò informarmi bene, – borbottò lui, – non so che burocrazia ci sia per i morti, ma visto che c'è per i vivi...

Non aggiunsi nulla, sentivo qualcosa di freddo e umido, un po' come quando si va al mare la mattina presto nelle giornate di nebbia. Il Professore uscí sul terrazzo con un cappotto leggero e cominciò a passeggiare su e giú in profonda meditazione, e senza chiedere nulla.

Fu allora che realizzai che non chiedeva piú nulla da un po', neanche l'orologio parlante, un libro, un caffè, la radiolina. Come se vivesse una vita parallela, tutta interiore. L'ultima volta che lo avevo visto con la radiolina attaccata all'orecchio si era limitato a dire che i giornalisti «scivolavano sulle parole importanti e inciampavano sugli avverbi, perché l'unica cosa che conta, ormai, è la pubblicità». Da allora aveva spento e riacceso solo in cerca di un po' di «musica buona, magari Mozart».

Fu costretto a rientrare quando arrivò, inaspettata, la delegazione dei suoi amici al completo, come ai bei tempi. Perfino Costantino, nonostante il mal di schiena, si era affacciato alla porta togliendosi il cappello di feltro e facendo al Professore un rigido inchino di ossequio che potevamo apprezzare solo Aurora, il Prigioniero e io.

Aurora piangeva.

Guardai il Professore, era un po' giallognolo, o forse la luce non era abbastanza limpida con tutto quello scirocco che rincarava.

– Forse si potrebbe bere un po' d'acqua... – disse il Prigioniero.

– Ma quando arriva Pasqua? – chiese il Professore mentre andavo a prendere qualcosa da bere.

– Dovrebbe essere bassa, quest'anno, – Aurora si soffiò il naso alla chetichella.

Si spostarono in salotto, un po' imbastiti e incerti, come se ci fosse stato un ospite non presentato che andava in qualche modo accettato nella compagnia, ma di cui non si conoscono i gusti.

Costantino si sedette impettito, sembrava infilato in un'armatura medievale. Aurora si relegò in una poltrona laterale e il Prigioniero s'insaccò nel cappotto che non si era voluto togliere. Poi chiese:

– Ma Luciano, tu che hai sempre qualche pensiero a portata di mano...

– Non so se ho ancora la *Lettera a Meneceo*...

– Epicuro?

– Maria Vittoria, per favore... nel cassetto del comodino insieme a Epitteto...

Trovai poche pagine spillate insieme, e gliele portai perché controllasse se fossero quelle giuste.

– Sí. Le frasi sottolineate.

– «Il piú orribile dei mali, la morte, non è dunque nulla per noi; poiché quando noi siamo, la morte non c'è, e quando c'è la morte, allora noi non siamo piú. E cosí essa nulla importa, né ai vivi né ai morti, perché in quelli non c'è, questi non sono piú».

Aurora piangeva. Io posai i fogli sulla credenza del salotto.

– Questa frase vi sarà piaciuta, – disse il Professore, – ma a me ne piace una di Pascal.

– Quale? – chiese il Prigioniero.

– «Fra noi e l'inferno o il cielo non vi è frammezzo che la vita, che è la cosa piú fragile del mondo».

– Dice proprio cosí?

– Già. Tutti i filosofi sono sintetici quando si rivolgono agli amici.

Il Prigioniero andò nello studio: ormai gli scaffali erano quasi del tutto vuoti. Ricordava qualcosa, prese un fascicoletto spillato che conteneva solo quella frase, ripetuta piú volte. Poche settimane prima avevo notato quello strano fenomeno con un'altra frase.

– Lo sai che la tua biblioteca rispecchia esattamente quello che pensi? – Non pareva stupirsene piú di tanto.

– Infatti penso sempre meno…

Si alzò con sforzo, e tutti gli strinsero affettuosamente la mano che tendeva debolmente, in una direzione generica.

Uscirono proprio mentre Arturo prese a grattare dietro la portafinestra del soggiorno.

Sgusciò in casa vellutato e insolente.

Capitolo ventitreesimo

Pesci rari

C'era ancora Elisa quando il Professore si sentí male la prima volta. Male in un modo inspiegabile, non come era accaduto i giorni precedenti.

Me lo ricordo, perché era una situazione insolita: dopo il funerale della Vally, Elisa aveva detto di voler usufruire delle ferie che aveva accumulato. Al telefono con il marito era stata piuttosto decisa, aveva bisogno di essere lasciata in pace, le figlie si sarebbero arrangiate. Ma subito dopo si era fatta venire i sensi di colpa.

– Certo, io quando morí mia madre non sapevo farmi un uovo al tegame.

– Terribile, – aggiunse il Professore.

– Terribile cosa?

– L'uovo, – disse.

Quindi, disseminate le briciole che aveva in tasca, si stese sul letto e non riuscí a parlare per almeno un paio d'ore. Non si capiva cosa avesse ed Elisa chiamò il medico. Disse che sarebbe passato in serata.

Noi lo studiavamo, come fosse stato un pesce raro dell'acquario: se ne stava sdraiato a occhi chiusi, respirando appena, a volte boccheggiando. Ogni tanto spostava un piede o un braccio di pochi centimetri.

Elisa prese a girare per le stanze in cerca d'indizi, guardava le medicine, gli chiedeva cosa volesse prendere per stare meglio, ma lui al massimo agitava la mano come per allontanare un moscone. Lei si stizziva, ma non se la prendeva con lui, o meglio se la prendeva solo quando si accorgeva che aveva una sorta di sorrisetto sulle labbra.

– Ma mi prendi in giro??

Niente, agitava la mano.

– Che fai, saluti?

Lui allora lasciò cadere la mano sul materasso come fosse una cosa inutile, probabilmente per non dare adito a ulteriori discussioni.

– Marvi, te ci capisci?

A quelle parole il Professore ebbe una specie di sussulto e fece cenno di no con la testa.

Restammo a guardare quella catalessi inspiegabile, e quando dissi che sarei andata a preparargli qualcosa di estremamente digeribile, lui si pronunciò:

– Schiacciare i nomi è inaccettabile. È come una caricatura...

– Sí, lo so, babbo, è solo per fare prima.

– Appunto, non serve, il tempo è molto relativo.

– Santo cielo –. Elisa si passò una mano fra i capelli. – Filosofeggia anche quando sta boccheggiando.

– Proprio perché sto boccheggiando... – E sprofondò in una nuova catalessi.

Andai subito a mettere l'acqua sul fuoco, in automatico. Tanto, mal che vada una volta che bolle ci si può sempre buttare dentro qualcosa.

Con l'aria piú tiepida anche quella del Kgb era ricomparsa fra i pitosfori a tutte le ore, e suonò il campanello con in mano una raccomandata:

– Ho incontrato il postino giú...

Sembrava soddisfatta, il postino e la raccomandata da firmare erano cascati a fagiolo, aveva la scusa per ficcare il naso. Chiese notizie del Professore, ma io non le detti molta corda.

– Sarà stufo, pover'omo... – commentò, e sparí nell'ascensore con il carrello attaccato. Non mi piacque quella parola, «stufo», ma la diceva lunga.

Elisa mi strappò di mano la raccomandata e andò ad avvisare suo padre. La novità lo rianimò, anche se per poco:

– Chi la manda?

Elisa tacque. Sembrava che anche lei non si raccapezzasse, o non volesse dire la verità, però alla fine la disse:

– È l'iscrizione in quel posto che ti dicevo… si chiama Villa Smeralda.

– Villa Smeralda, hanno sempre questi nomi tranquillizzanti, ma il concetto è lo stesso.

Gli toccò la fronte, sudava.

– Dove si troverebbe questo posto…?

– A Nugola.

– Nugola? – il Professore aprí gli occhi puntandoli interrogativamente sul soffitto.

– Una volta ti ho portato a fare una passeggiata là, è carina, in mezzo al verde.

– Già, il verde delle zucchine… – e ripiombò in una sorta di torpore.

Lei rimase con il foglio in mano, dubbiosa. A quanto pare c'erano anche dei termini di scadenza per l'acconto e lei, cosí a occhio e croce, non sembrava affatto convinta.

Io mi allontanai, mi veniva il magone a pensare al Professore fuori dal suo ambiente. Molto presto, questione di pochi mesi, avremmo preso strade divergenti, lo sapevo, però dopo quasi un anno ero un'altra persona e non riuscivo ad accettare l'idea di separarmi da lui.

– Maria Vittoria…

Elisa mi venne a cercare in cucina mentre stavo pelando le barbabietole da sostituire alle zucchine. Sentivo il bisogno di un colore vivace anch'io.

– Mio padre ti convoca al suo capezzale, – ironizzò camuffando l'ansia, e io andai con il pelapatate ancora in mano.

– Ma lei verrebbe a trovarmi a Nugola? – mi chiese.

Lo rassicurai, non so cosa avrei dato per risultare convincente, e sconfiggere quel senso di rottamazione che probabilmente sentiva. A Nugola in motorino sarebbe stato un bel viaggetto, ma ci sarei andata e basta, se davvero doveva finire cosí.

Arrivò anche Elisa con il suo strumento e attaccò a suonare una musica molto rilassante, forse per prender tempo con se stessa.

– Questo è Bach, vero?

– Babbo, ti dà fastidio?

– Anzi... – e agitò la mano come per dire «Continua». Doveva essere un modo di comunicare un pensiero che non era in grado di esprimere con le parole. Andò avanti una buona mezz'ora, finché il Professore si riprese inspiegabilmente. O cosí parve a me.

Fu uno strano pomeriggio, nessuno mi disse di andarmene prima, come se la mia presenza costituisse un elemento indispensabile per mantenere un equilibrio precario. Neanche la visita del dottore, sul tardi, riuscí a modificare quel clima.

– Cosa si sente? – chiese al Professore. Aprí la valigetta e cominciò ad auscultargli i polmoni. Il Professore si rifiutava di fare dei respiri profondi oppure non ne aveva la forza.

– Allora, qual è il problema? I polmoni sono a posto.

– Non saprei.

Prese a tastargli la pancia.

– Le fa male l'addome?

– Anche.

– Si sente pesante la testa?

– Anche.

– Ha mangiato qualcosa?

– Probabile.

– Allora ho capito, – concluse il dottore con rassegnazione, – lei è un filosofo e non un paziente, si faccia fare una bella camomilla, e se domani mattina sta ancora male andiamo all'ospedale.

Il Professore non voleva sentir parlare di ospedale, cosí Elisa distese gli spartiti sulla coperta. Suo padre stava immobile, avrebbe funzionato meglio di un leggio. Voleva suonare ancora un po', visto l'effetto prodigioso della musica.

Raggiunsi in fretta corso Mazzini. Non vedevo tramonti da un po' di giorni e ne sentivo la mancanza. A dire il vero non si trattava proprio di tramonti quanto di ciò che resta del tramonto, cioè la macchia di colori che si caricano di fucsia prima di essere ingurgitati dalla notte. Dalla finestrella della mia cucina potevo monitorare il cammino della stagione verso il cuore della primavera, sui balconi erano comparse piante che in inverno erano rimaste al chiuso, qualche rondine in cerca del coppo per il nido, o già sulle antenne delle tv.

Quella casa, sebbene vecchia e piccola, ormai mi rispecchiava, e aveva perso gran parte del suo aspetto di covo abbandonato. Non ero ai livelli della simbiosi fra il Professore e la sua libreria, però qualcosa di me quella casetta la sapeva raccontare: che ero una maniaca dell'ordine, che mi sfogavo con i particolari (un'oliera di terracotta, per esempio), che collezionavo i campioncini di cosmetici troppo cari per le mie tasche, e soprattutto che leggevo di piú. O meglio leggevo e basta, invece di lavare colletti, stirare camicie, riattaccare bottoni, tanto che non avevo neanche comprato l'asse, e mi arrangiavo con il tavolo del cucinino.

Misi la tuta da casa, e mi sedetti con i piedi sul tavolino addentando una mela.

I *Pensieri* troneggiavano sul comodino insieme al Vangelo che mi aveva regalato don Baracchini con quella parola, «Coraggio», che serve sempre a poco se non è accompagnata da qualcosa che la spieghi. E poi c'era la conchiglia candida e arricciolata che mi ricordava una galassia. E Angelo, con cui avevo qualcosa in sospeso. Tirai giú i piedi dal tavolino.

Erano passati quindici giorni, e ancora non gli avevo mandato nessuna mail.

Nel cassetto della camera avevo il foglio del buono sconto dietro cui avevo scritto l'indirizzo che mi aveva dato il Menicagli.

Chissà com'era facile per quelli come lui scrivere una mail efficace, chiara, intelligente. Ma ad Angelo avrei dovuto comunicare qualcosa di molto complicato che dicesse «Mi manchi un po' anche se non è il caso di ammetterlo» e pure «Guarda che qui c'è un peggioramento della salute del Professore e io, forse, ho bisogno di te». Insomma, volevo dire cose difficili. E poi, con tutta la distanza geografica che c'era, le parole sarebbero arrivate fiacche, Angelo magari le avrebbe lette in un momento sbagliato. Alla fine quando qui si è svegli in America si dorme, e viceversa.

Intanto che rimuginavo queste cose mi rivestii in fretta e andai in un centro di telefonia, dove di norma ci sono quelli abili a far funzionare qualunque aggeggio che serva a comunicare. Trovai un energumeno con il segno del Wi-Fi tatuato sul collo. Mi parve perfetto. E difatti nell'arco di un'ora trovò il modo di rianimare lo smartphone di Elisa e consegnarmelo come nuovo.

Ora, con l'oggetto supertecnologico in mano, non avrei avuto piú scuse.

Mi sedetti su una panchina per ispezionarlo. Era un vero e proprio condensato di perfezioni, stavo passando praticamente dalla penna d'oca alla macchina del tempo. Inghiottii e cominciai a scrivere un CARO ANGELO indirizzato a me stessa.

Lo smartphone eseguí senza stupirsi, lo ricevetti e rilessi. Quella gelida efficienza mi metteva soggezione, ma a quel punto dovevo procedere, bastava cambiare il destinatario del messaggio.

CARO ANGELO, – fu il testo dopo lunga e ponderata riflessione, – IL PROFESSORE STA MALE, MI PIACEREBBE SENTIRTI PRESTO. MV.

Pareva un telegramma, però c'era dentro tutto.

Capitolo ventiquattresimo

Il bandolo della matassa

Elisa se ne andò lasciando la casa incredibilmente in ordine. Aveva attaccato una serie di biglietti in giro come promemoria, sembravano quelli di una caccia al tesoro. Mi aveva già spiegato a voce che le medicine dovevano essere cambiate, che il Professore ormai parlava pochissimo ma era «normale», che aveva buttato via un sacco di giornali, che non c'era piú bisogno di cucinare, che la radiolina serviva piú come coperta di Linus che per dispensare programmi. Però era come se temesse di non essersi spiegata bene, oppure pensava di stipare in una volta sola tutta la premura che nessuno le aveva mai riconosciuto.

– Non va piú lasciato solo la notte, – aveva concluso. – Anche per andare bendati in un labirinto conosciuto ci vuole una guida, ogni tanto, perché l'uscita è nascosta.

Figlia di suo padre sempre di piú.

Cosí mi ero organizzata per restare a guardare il fascio del faro che scorreva sull'armadio, ascoltare i rumori notturni, la televisione sempre accesa della signora Favilla, qualche miagolio furioso di Arturo, la radiolina fuori sintonia, i gabbiani all'alba, le rondini, la saracinesca del fornaio la mattina presto, e tutto mi era familiare come se facesse parte della mia vita da tempo immemorabile.

Mi sdraiai fin dalla prima sera completamente vestita come se avessi avuto la certezza di dover uscire di casa da un momento all'altro, e provai a mettermi nei panni di Elisa. Non resistetti piú di qualche minuto, mi veniva un sudore freddo e un senso di oppressione da cui non riuscivo a difendermi. Non avevo proprio gli strumenti.

E lei li aveva?

Fu solo dopo alcuni giorni che mi resi conto che avrei anche potuto mettermi il pigiama e deporre lo spirito da crocerossina, in fondo bastava che fossi presente e che agissi al bisogno.

Angelo aveva risposto alle mie quattro parole in croce con una frase semplice e rassicurante: TRA QUALCHE GIORNO TI CHIAMO IO, BASTA CHE TU MI FACCIA UNO SQUILLO. Fargli uno squillo. Era una parola.

– Maria Vittoria, io non ho nessuna intenzione di andare a Nugola, in quella villa dal nome accattivante, – mi disse il Professore tutto d'un fiato una sera, – anche se dovrei far fruttare l'insegnamento di Epitteto.

Mi prese alla sprovvista, perché mi ero assuefatta ai suoi interminabili silenzi e alle mie pellegrinazioni mentali.

– Avrebbe una tattica per non andarci? – insistette.

– Ne ha parlato con i suoi amici?

– Certo, ma non riusciamo piú a fare delle conversazioni proficue, forse perché io non sono piú efficace nelle spiegazioni, o forse perché vogliono proteggermi dalla malinconia, chissà.

Mi sembrò un discorso particolarmente lungo, infatti cercò subito una sedia per riprendersi.

Venivano a trovarlo piú volte al giorno e uscivano raramente, il Prigioniero era molto piú assiduo e affettuoso degli altri, portava sempre un libro da leggere ad alta voce, che il Professore ascoltava in silenzio, sprofondato nel divano, senza commentare. A volte sembrava quasi assopirsi.

– Hai sentito, Luciano? – chiedeva il Prigioniero. – Cosa ne pensi?

– Non penso, cerco dei collegamenti. Spesso quello che non salta agli occhi subito è piú potente di quello che s'intende lí per lí.

Forse il suo amico sapeva perfettamente a cosa si riferisse ma non lo diceva, sospirava e basta, poi riattaccava a leggere.

– Era meglio il romanzo di ieri?

– Forse sí, ma domani porta *I Dialoghi*.

– Tutti?! Sono tanti libri...

– Non quelli di Platone, *I Dialoghi con la Divina Provvidenza*.

– Non ce li ho davvero... di santa Caterina da Siena?

– Credo, ne ho sentito parlare alla radio una volta. Vorrei averli magari per poco...

Volle per forza che mettessi dei soldi in tasca al Prigioniero, ma lui li lasciò in una zuppiera vuota in salotto.

Quando il Prigioniero tornava a casa sua, verso l'ora di pranzo, sentivo sempre il solito commento:

– Mi viene a trovare perché sa cosa significa la prigionia...

– Professore, l'ironia non la perde mai.

– Ciascuno ha le sue prigioni, a meno che non venga un angelo a liberarci.

Pensai al mio, di Angelo. Stava aspettando paziente il mio squillo. Ma con i giorni e le notti capovolte non trovavo mai il momento giusto.

– Davvero? Io per esempio non ho prigioni... – Ma era vero?

Si rifugiò a letto anche se era l'ora del suo piccolo pasto, tenendosi vicino la radiolina in quel suo solito modo, come un pulcino da carezzare. Apparentemente si addormentò, esausto per quei pochi avvenimenti della mattina.

– Professore... – bisbigliai.

Aprí gli occhi subito.

– Dove sono?

– In camera sua.

– Laura è al lavoro?

Mi sentii mancare la terra sotto i piedi. Era successo.

– No, Professore…
– Ah già, – si scosse. – Lei sarebbe, dunque?
– Maria Vittoria –. Sentii una solitudine profonda, come fossi stata dimenticata in una stiva.
– Quindi… sono ancora qui. Ma non a Nugola, vero?
– No –. Di Nugola si ricordava eccome, doveva essere il suo incubo.
Pensai di fargli una domanda, per aiutarlo a concentrarsi ma anche per strappargli un'informazione.
– Professore, quante ore di fuso orario ci sono tra qui e gli Stati Uniti?
Cercò con sforzo nella memoria e mi rispose che erano almeno sei. – Sono indietro, perché si trovano a occidente. Il sole tramonta a occidente… Quindi là ancora devono vivere questa mattinata –. Sospirò. – Il tempo, vede, è relativo.
Lo ripeteva sempre piú spesso.
Ripiombò in un torpore che escludeva di certo un piatto di minestra. Sentire parlare di Stati Uniti non gli aveva risvegliato dei pensieri dolorosi, almeno in apparenza. Forse dimenticava alcune cose per serbarne altre.
Io mi allontanai e feci lo squillo ad Angelo. Mi tremavano le mani.
Richiamò subito. Fu una telefonata breve ma bella. Gli dissi che mi sentivo davanti all'impresa piú difficile della mia vita: guidare un cieco in un labirinto sconosciuto. Piú o meno come aveva detto Elisa.
– Ti penso, – mi rassicurò, – sentiamoci tutti i giorni cosí posso collaborare.
All'inizio le nostre erano chiacchiere piene d'imbarazzi e goffaggini, ma a poco a poco riuscimmo a trovare un ritmo e un linguaggio che ci avvicinava di piú. Mi chiamava tutte le sere, dopo che avevo «rincalzato le coperte» al Professore, come diceva lui.
Quella consuetudine mi teneva compagnia. Non avrei mai immaginato che nel tono della voce si potessero na-

scondere tante cose non dette. Ci sembrava naturale parlare di lui, quasi che la sua parabola di vita indicasse un'orbita sicura. Gli raccontai del fenomeno dei libri scomparsi, che all'inizio mi era sembrato paranormale, poi avevo scoperto che li regalava.

– Sai, no, – gli dissi, – che la virtú di un uomo dipende...

– Da ciò che fa abitualmente, – concluse lui.

– Peccato, vedere quella libreria svuotarsi mi fa un po' male.

– Hai ragione, è una lenta emorragia di parole, sentimenti e desideri che è partita proprio da lí, dalla sua ricchezza principale.

Un'altra volta gli chiesi cosa sapeva dei fascicoli, che adesso, tra quei pochi libri, spiccavano di piú. Soprattutto pensieri di Pascal, con le stesse frasi ripetute a ruota. E un sacco di pagine bianche.

Rise: – Erano i passaggi che amava di piú. Provava a fotocopiarli da solo, a scuola. I bidelli avevano sempre da fare e lui non voleva aspettare, cosí si arrangiava. Ma faceva pasticci. Fotocopiava piú volte la stessa pagina...

– E perché li fotocopiava?

– Per regalarli, e discuterne poi con i suoi studenti, o gli amici.

– Hai ragione, ci sta.

– Di notte dorme? – mi aveva chiesto a un tratto Angelo.

– Un po' sí, ma si sveglia spesso, va in bagno, o crede di andarci. Cosí mi devo alzare per fargli imbroccare la porta giusta. Quella che cigola. Però non si accorge piú nemmeno che cigola.

Era vero, non badava piú ai suggerimenti meteo della porta, anche perché non usciva, e se usciva andava sul balcone.

Se Aurora e Costantino insistevano per portarlo fuori, sembravano piú che altro due carabinieri che accompagnano un fragile detenuto alla sbarra. Li guardavo dalla finestra, oscillanti e perplessi. Tornavano quasi sempre nell'arco di mezz'ora come se anche Villa Fabbricotti fosse diventata una meta irraggiungibile.

Di pomeriggio, al termine dei suoi giri, si faceva vivo anche il dottore, provava a fare qualche battuta, misurava la pressione e tastava la pancia facendo domande precise che restavano senza risposta. Ma da quello che avevo capito, dal Professore di risposte precise sulla sua salute non ne aveva avute mai.

– Si sente debole? La pressione è molto bassa.

– Anche.

– Le fa male l'addome?

– Anche.

– Oltre a cosa, Professore?

– Oltre a tutto il resto.

– Le medicine ci sono tutte? – chiese una sera prima di andarsene.

Lo accompagnai in cucina a controllare la montagna di scatolette, e lui restò perplesso.

– Cosa sono queste bottigliette di gocce?

– Non ne ho la piú pallida idea, pensavo che lo sapesse lei. Elisa ha scritto a cosa servono. Gli mostrai i biglietti: «per digerire», «per dormire», «per quando perde l'orientamento e si scollega dalla realtà», «per quando è triste», «per quando è felice».

Lui sgranò gli occhi e prese in mano le scatole: non avevano indicazioni di sorta, e se avevano qualche scritta era in tedesco.

Tornò dal Professore che stava ancora sul letto ma con le coperte addosso. Si sentiva cinguettare alla grande anche in camera, ma lui non ci badava. Vidi sfrecciare una rondine a mezzo metro, era venuta a trovarlo.

– Professore, è passato all'omeopatia e non mi ha detto nulla?

– Omeo cosa?

– Medicina omeopatica.

– Non ho fatto niente.

– Sí, ma secondo me ha delle gocce omeopatiche di là, e io sono dell'opinione che non servano a nulla.

– Meglio... In ogni caso tutto ciò che si definisce «omeo» asseconda di certo qualcosa che sappiamo solo noi.

Il dottore lo guardò dubbioso.

– La cicuta che si bevve Socrate era certamente omeopatica, – precisò.

– In che senso omeopatica?

– Non serví a nulla –. Sorrise senza aprire gli occhi.

– Lo ammazzò, se ricordo bene.

– Niente affatto.

– Mi sa che io e lei la vediamo diversamente.

Si rivolse a me: – Magari prendo le scatole e chiedo a un collega che ha *saltato il fosso*, lei comunque gliele dia solo se le chiede lui, o Elisa –. Uscendo aggiunse: – Io conosco le mie, di medicine, ma sono comunque convinto che lui per sfangarla ci mette del suo. E s'immagini lei quanto.

– Tanto –. Aveva sentito.

Se ne andò scuotendo la testa e prima d'infilare le scale si raccomandò: – Mi chiami se ha bisogno... – Una frase di eroica premura che avrebbe certamente apprezzato molto la Vally.

Quella sera riferii ad Angelo la storia delle medicine.

– Se fossi in te non mi farei troppe domande, non ha bisogno di niente, lo vedi dalla libreria vuota.

– Quando tornerai?

– Presto, tra una decina di giorni.

Il Professore non cenava, o meglio provava a sbocconcellare qualcosa che poi restava in bilico sull'orlo del piatto, che era sempre molto piccolo «per fugare l'*horror vacui*», diceva con qualche sprazzo d'ironia che per un po' mi rassicurava. Poi andava in pellegrinaggio per il salotto senza accendere la tv, passava nello studio a tastare la desolazione degli scaffali, e infine in camera, dove gli faceva fatica mettere il pigiama e sostenere l'ampiezza della stanza.

– Non credo che questa sia camera mia, – borbottava arrivato alla sponda del letto.

Io, seguendolo come un'ombra, notavo che sbagliava le direzioni e che lasciava dei piccoli segnali come un tappo di plastica, o un pacchetto di fazzoletti di carta, o una moneta, su tavoli o sedie per poter poi riconoscere il luogo. Forse Elisa aveva parlato di labirinto perché aveva visto suo padre muoversi per la casa in quel modo. Lasciando il filo di Arianna.

– Ecco, da qui ci sono passato, – diceva, e io avevo l'impressione che si riferisse a qualcos'altro.

– Ma la sua casa è sempre stata questa? – gli chiesi una sera che mi sembrava piú irrequieto del solito, nei suoi giri. Angelo mi aveva appena scritto un messaggio dicendo che era atterrato a Roma, ed ero particolarmente serena. Avrei voluto trasmettergli un po' di quella serenità ma non ci riuscivo.

– Sí, questa è casa mia da almeno cinquant'anni...

– E quindi la conosce, no?

– Non la *riconosco*.

Sollevò lo sguardo, come a cercare dei fantasmi, allungò una mano per toccare uno stipite, misurò la larghezza della porta. Capii che alludeva a una marea di ricordi di cui la planimetria della casa era solo la superficie. Poi scosse la testa, si asciugò la fronte e mi disse che era giunto il momento che io mi riappropriassi della mia vita.

Era particolarmente loquace, quella sera.

– Mi sembra inutile che lei stia qui, oltretutto che cosa dovrebbe accadere mai che non accada all'uomo già da milioni di anni?

Non seppi cosa rispondere.

– Mi piacerebbe lasciare un buon ricordo, – aggiunse, voltandosi verso di me.

– Ne ho a centinaia, di bellissimi... – Avevo paura di sentirmi travolgere dalla tristezza.

– Non serve, se non producono dei fatti concreti come risultato.

Il suo regalo di Natale si stava traducendo in un bel fatto concreto, ma non lo dissi perché non volevo sbilanciarmi col destino. E poi ci voleva qualcosa che dipendesse da me solamente, che fosse una conseguenza naturale di quell'incontro imprevisto con la sua vita.

– Guardi, se penso a lei... una cosa la faccio di certo: mi rimetto a studiare.

Non so come mi venne in mente, l'idea mi esplose in testa come un popcorn nel microonde, tanto che lí per lí temetti di avere il cervello pieno di granturco.

In ogni caso l'esplosione cambiò veramente il destino della serata.

– A studiare?

– Sí.

– Davvero?

– Ma sí, a studiare! – mi sentii già molto piú convinta, motivata, orgogliosa. Il tempo l'avrei trovato di certo, esistono anche i surgelati oltre ai vestiti che non si stirano.

– Promesso?

– Promesso! – Volle che gli dessi la mano per suggellare il patto, e me la strinse con insolito vigore.

– Allora dobbiamo festeggiare! Accenda la luce e cerchi subito se c'è qualcosa di buono da bere!

– Professore, per la sua salute è meglio di no.

– Ma per la sua sí. Lo spirito ci vuole per imparare, lo spirito!

Si volle mettere le scarpe «per dare solennità alla decisione», s'infilò la giacca per «le occasioni pubbliche», inforcò i vecchi occhiali che stavano inutilizzati nel cassetto del comodino, andò ad allacciarsi perfino l'orologio fermo che teneva nello studio vicino al portacarte, cercò una cravatta che ricordasse «i momenti ufficiali» e cominciò a darmi direttive.

– Nella madia del salotto ci sono i bicchieri di cristallo, alcuni sono da spumante, ne prenda due.

Era stupefacente, la notizia che gli avevo dato gli aveva risvegliato una vitalità impensabile fino a dieci minuti prima.

– Cerchi nello studio dove ho uno sportello segreto, quello laterale. Una volta ci tenevo dei liquori o qualche bottiglia da riservare ai grandi eventi... guardi bene.

A dire la verità io avevo fatto sparire tutto da tempo per timore che la Vally ficcasse il naso, e poi alcune bottiglie puzzavano di aceto, le avevo svuotate nell'acquaio.

– Professore...

– Sí sí, ne sono sicuro, una volta c'erano ma... – e si bloccò. Forse realizzò in quel momento che la sua memoria gli metteva davanti immagini che arrivavano da una stella lontana, e si sedette dietro la scrivania come non faceva da tempo. Con le dita si mise a scorrere il bordo per misurare le dimensioni, chissà se ripensava alla cattedra dove saliva quando insegnava. Forse una volta faceva quel gesto quando meditava in classe.

– Sí, ha ragione... – concluse piano, – probabilmente mi sbaglio, però potremmo festeggiare con qualcos'altro che non siano le medicine, no? – non aveva perso l'entusiasmo. Era contento, si fece e disfece il nodo alla cravatta per assicurarsi che fosse perfetto. L'abbinamento degli abiti e dei colori era improponibile, ma tanto lo vedevo solo io, e poi il suo entusiasmo era troppo contagioso perché ci badassi, si trattava di una bellissima recita basata sul tatto e sulle parole, non sulla vista.

– Ho un'idea, Professore!

– Ottimo, mi fido degli studiosi, e comunque sappia che poi l'interrogherò.

– No no, aspetti, non sono ancora preparata, ma la stupirò!

Andai a trafficare in cucina dove avevo già neutralizzato le tracce di quella misera cena non finita, che in coda avrebbe previsto la frutta. C'erano delle mele, qualche fragola, un kiwi, dei mirtilli, e riuscii a fare una sorta di minuscola macedonia aggiungendoci un po' di zucchero di canna, un gheriglio di noce, un quadretto di cioccolata. Infine, presa dallo zelo, rifinii l'opera con qualche goccia di quella boccetta con l'indicazione scritta da Elisa «per quando è felice». Un capolavoro. Non poteva chiamarsi dolce ma ne aveva tutte le intenzioni. Soprattutto aveva il movente giusto per finire nel bicchiere di cristallo. Glielo porsi con cautela, anche se non era pieno fino all'orlo. Usai i pezzetti di frutta avanzati e li misi in un calice uguale, per fargli da spalla in quel meraviglioso spettacolo.

– Che sarebbe questa squisitezza?

– Tutto quello che ho trovato, l'assaggi.

– Ma il cucchiaino che mi ha dato è di quelli di cucina?

Caddi dalle nuvole.

– Perché?

– Sempre in salotto, in un cassetto un po' nascosto della madia, c'è un servizio di posate d'argento se Elisa non l'ha portato via... ce l'ha messo Laura.

I cucchiaini erano un po' anneriti. Li presi, li pulii, e lui li volle toccare prima che li usassimo.

– Sí, li riconosco, – sembrava al settimo cielo. – Erano almeno trent'anni che non li *vedevo*.

Ci sedemmo sul divano a mangiare la macedonia di frutta camuffata a festa.

Il Professore faceva una fatica tremenda a buttarla giú, ma non demordeva, rumava a lungo con il cucchiaino prima di tirare su qualcosa, e sorrideva.

– Squisito, ha il sapore della vittoria, il sapore della scienza. Lei non può immaginare come mi entusiasmi l'idea di essere riuscito chissà come a suscitarle la voglia di rimettersi a studiare. È cosí bello cercare il bandolo della matassa...

Un pezzetto di mela gli cadde sulla maglia e io con un fazzoletto di carta lo raccolsi subito senza che se ne accorgesse.

Fuori tuonò, sembrava spaventato.

– Bombardano?

– Professore, è un temporale…

Restò in ascolto.

– Un temporale… e i lampi si vedono?

– Sí, sono in lontananza verso il mare.

– E illuminano il cielo pieno di nubi gonfie, grigie, come di piombo?

– Sí…

– Sa, forse mia moglie è morta per colpa mia.

Fu inaspettato, e mi gelò.

– Perché lo dice?

Lui continuò a cacciare il cucchiaino sul fondo ma timidamente, come per recuperare un oggetto finito in un buco.

– Quel giorno discutemmo a lungo. Sul futuro indecifrabile di Elisa, e sul mio. Laura avrebbe voluto che mi ricoverassi per tentare una terapia nuova. Ma io non ero d'accordo. M'impuntai, avevo paura di soffrire.

Tacque qualche secondo.

– Si guariva, Professore, con quella terapia?

– No.

Riprese a cercare qualche mirtillo nel calice, con caparbietà.

– Eravamo in macchina. Lei alla guida, naturalmente.

Mi sembrò che l'aria si appesantisse, come il vento che si condensava in pioggia, fuori.

– Gridammo, dicendo cose che non si dovrebbero dire. A un certo punto io aprii la portiera di scatto, lei tentò di fermarmi e sbandò contro una camionetta blindata del Camp Darby. Io rotolai fuori nel fossato, ma lei… sentii solo un lamento, dopo lo schianto –. Tacque ancora, come se riprendesse fiato. – Non lo sapeva, vero?

Sollevò la testa e smise di fare rumore con il cucchiaino per essere sicuro di sentire la mia risposta.

– Quando ci si arrabbia si dicono tante cose, ma non sono vere…

– Ma lei non l'ha conosciuta. Laura era una persona fragile, permeabile alla vita –. Provò a bere il po' di zucchero che era proprio in fondo al calice e ci infilò il naso come fanno i bambini. Un pezzetto di fragola cadde sul divano.

– Io non l'ho conosciuta, sua moglie, è vero. Però lei è troppo severo con se stesso.

Non sapevo come continuare, volevo dirgli che tutti gli volevano bene, e che non poteva sentire colpe per cose che non dipendevano da lui.

– E poi tutti i farmaci che prendeva... per sopportarmi.

Mi ricordai della borsa piena di psicofarmaci scaduti appesa all'attaccapanni.

Lo guardai con compassione, ma anche con stupore, pensavo di conoscerlo abbastanza e invece qualcosa mi mancava, mi sarebbe mancato per sempre. Forse, pensai, desiderava cosí ostinatamente comprendere l'universo per ripescare nell'infinito una goccia di sollievo. Intanto stava vagando in alta quota, alla ricerca della parola *fine* in solitudine.

Cominciò a respirare affannosamente, come se faticasse a tirare fuori altre parole.

– Maria Vittoria, sa che ci sono cose che non si sapranno mai?

– Ma lei crede che sia indispensabile saperle?

Sorrise compiaciuto. – Per esempio lei non vorrà dirmi cosa c'era in realtà in questo bicchiere.

Restai in dubbio solo per pochi secondi.

– Solo frutta...

– C'era un sapore come di prato, di erba appena tagliata con foglie di menta.

– Ed era buono?

– Buonissimo, anzi mi ha permesso di arrivare alla fine del bicchiere... però ora sono stanco, come avessi compiuto una grande impresa.

– L'ha compiuta, Professore.

– Già, ho avvicinato anche lei ai libri. Come vede non tutti i mali vengono per nuocere, neppure i peggiori.

Restammo seduti sul divano per una mezz'ora, lui era stanco ma sorrideva, come se pensasse a qualcosa di sereno.

Capii che si stava sganciando.

– La bimba dorme? – chiese.

– Quale bimba?

Indicò il corridoio.

Lo aiutai ad alzarsi, con cautela.

– Tutto tace quindi dorme, e pensare che Laura…

Si passò una mano sugli occhi.

– Scusa, Liliana, la mente fa brutti scherzi. Ma tu dopo magari mi leggerai qualche pensiero…

Liliana.

– Pensavo che non saresti piú tornata.

Lo vidi passare accanto a quella cornice in cui tutto ormai era bianco. Non avevo mai saputo il nome di sua sorella, per un attimo immaginai anch'io che fosse con noi.

– Che cosa mi leggi?

– Non ne ho piú visti di *Pensieri* di là, però c'è un libro nuovo che prima non c'era.

– Riesci a leggere il titolo con questa poca luce?

– *Le confessioni* di Sant'Agostino.

– Bene, allora vorrei che mi leggessi quel pezzo tanto bello, quello che dice «Tardi ti amai, bellezza cosí antica e cosí nuova…»

– Piú o meno a che punto?

– Libro decimo.

– «Tardi ti amai, bellezza cosí antica e cosí nuova, tardi ti amai. Sí, perché tu eri dentro di me e io fuori».

L'aveva sussurrata con me, parola per parola, e mi chiesi perché avesse voluto farmela leggere se la sapeva a memoria. Ma forse è come quando ti piace una canzone, che l'ascolti mille volte per risentirla.

Lo accompagnai in camera e volle spogliarsi da solo e mettersi il pigiama, seppure con grande sforzo. Di certo sua sorella non lo aiutava, cosí restai a lato. Nel frattempo sfogliai il libro e appena si sdraiò presi a leggere dall'inizio. Quando mi sembrò addormentato, smisi. Ma, proprio mentre mi allontanavo, disse:

– Sento un silenzio totale, guarda fuori, dimmi cosa vedi.

Le nuvole si erano diradate e c'erano delle pozze di cielo blu in cui s'intravedevano le stelle. Glielo dissi proprio usando queste parole.

– Brava, le vedo anche io...

Tornai in cucina e misi a posto le gocce che Elisa aveva portato dalla Svizzera, «Sei come minimo», aveva aggiunto in modo telegrafico. Riaprii la boccetta e annusai il contenuto da vicino: sapeva di erba tagliata e menta, come il prato di un bel giardino su cui sdraiarsi.

Capitolo venticinquesimo

Tardi ti amai

Elisa arrivò con il sole sfacciato di mezzogiorno, io stavo mettendo le mie cose in una borsa per liberare la camera. Avevo gli occhi gonfi di pianto ed ero stordita per la notte insonne.

Andò dritta al comodino di suo padre e prese il libro che avevo lasciato lí nella concitazione della nottata. Mi guardò come se fossi la sua unica amica sulla terra:

– Hai visto cosa c'era alla fine del labirinto? – mi mostrò il libro, poi mi abbracciò.

– Ha voluto che gli leggessi qualche riga prima di *addormentarsi*.

– «Tardi ti amai, bellezza cosí antica e cosí nuova, tardi ti amai. Sí, perché tu eri dentro di me e io fuori». La conosceva a memoria.

La casa era piena di luce, di vento, dell'odore del mare appena risvegliato dall'estate, dei pitosfori, dei fiori tiepidi e profumati. Non eravamo solo in due, sentivo una quantità incredibile di creature varie aggirarsi per le stanze: le formiche, uscite da un buchino della cucina, le rondini che avevano ripreso a fare la spola sotto il tetto dello studio, le tortore che tubavano nelle fioriere in attesa di briciole, le cince, qualche focaia sul muro del corridoio, Arturo sul terrazzo a implorare.

Sollevai un po' l'avvolgibile e vidi sbucare la zampina nera.

– Elisa, che dici, alzo un altro po'? – Parlai allegramente come se il Professore fosse sprofondato nel divano con la sua radiolina.

– Certo che sí, i gatti sono sempre di buon auspicio.

– Ci tieni molto al divano?

– Ma ti pare?

Dopo un istante suonò il campanello e spuntarono Aurora, Costantino e il Prigioniero carichi di giornali vecchi e disorientati, come senza bussola.

– Luciano era con noi, – provò inutilmente a modulare Aurora, – altrimenti non avremmo potuto attraversare Villa Fabbricotti –. La voce si rompeva.

– L'amico, l'amico caro per il quale noi tutti abbiamo costruito la nostra giornata cosí come dal lavoro del mollusco si forma la conchiglia, ebbene lavora con assiduità anche adesso... – Costantino scoppiò in lacrime, Elisa aspettò in silenzio. Appena aveva aperto la porta Arturo era sgusciato sul pianerottolo, passando come un fulmine fra le gambe del Prigioniero impalato e compunto.

Intanto, quella del Kgb tornava dal tetto con il catino vuoto.

– Con una giornata cosí bella i panni bagnati si asciugano subito...

Capitolo ventiseiesimo

Vedere l'invisibile

– Per il nostro fratello... – e gli sfuggí il nome, a don Baracchini. Cosí una donna piuttosto anziana gli portò un foglietto all'ambone. Era bassa di statura ma con un passo lungo e deciso che copriva mezza navata in un amen. Non l'avevo mai vista.

– Chi è, la conosci? – sussurrai ad Angelo.

– La moglie del Prigioniero.

– E tu come lo sai?

– Mi insegnava greco al liceo, la conosco bene –. Mi prese per mano, era la prima volta, e la dolcezza che mi salí lungo il braccio mi fece capire in che direzione sarebbe andato il futuro.

Non me la sarei immaginata cosí, la temibile moglie del Prigioniero, e men che meno proprio lí, impettita e rispettosa davanti al feretro del nemico, su cui aveva posato una rosa bianca.

Poi c'era lui, il Prigioniero, a debita distanza dalla moglie, con il soprabito grigio che gli avevo visto dalla fine di marzo e il giornale ficcato in una tasca, come fosse venuto a leggere un articolo al Professore.

C'era anche Costantino con una stampella e una giacca blu, che oscillava forse in preda alla sciatica.

Poi Aurora sotto un cappello nero che nascondeva le lacrime, la Favilla, quella del Kgb ovviamente, il Menicagli, il dottore, e perfino il giornalaio di largo Vaturi con le mani sporche d'inchiostro. Fu proprio lui a depositare il quotidiano fresco sopra la corona.

C'era un odore di umidità, incenso e salmastro, che copriva anche quello dei fiori, tipico delle chiese di mare.

Quel funerale pomeridiano di prima estate non fu triste, e nemmeno pomposo. Don Baracchini aveva convocato l'unico nigeriano che pareva tagliato per suonare l'organo. Elisa non volle la predica. Dopo le invocazioni ai vari santi, lesse alcuni *Pensieri* di Pascal. Don Baracchini era in difficoltà su quel punto, ma si dovette rassegnare, perché lo scopo era accompagnare un'anima che alla fin fine sapeva vedere l'invisibile.

Fuori, intanto, dopo la benedizione si era levato lo scirocco di colpo, e sospingeva le navi verso il porto come prima o poi sospinge un po' tutti.

– E ora? – mi chiese Angelo sulle scale della chiesa. – Andiamo a fare una passeggiata?

Mi prese a braccetto.

Mi venne un nodo alla gola, quello che viene ai bambini quando si fanno male ma, distratti da qualcosa di bello, non sanno se ridere o piangere.

– Passiamo da Villa Fabbricotti, – riuscii a dire in qualche modo.

Ci avviammo, e già sapevo che cosa sarebbe successo dopo.

Prima di tutto, mi sarei ripresa Aceto.

Grazie all'avvocato Paolo Ferrara, a Emilia Busdraghi e a Federica Mazzanti.

Fonti delle citazioni

Le citazioni alle pp. 32 e 33 sono tratte da Arthur Schopenhauer, *L'arte di trattare le donne*, a cura di Franco Volpi, Adelphi, Milano 2000, p. 44 (© 2000 Adelphi Edizioni S.p.A. Milano).

La frase che pronuncia il Professore a p. 36, «non v'è grand'uomo per il suo maggiordomo», piú volte ripetuta nel testo, è la traduzione della massima di Madame Cornuel «Il n'y avoit point de héros pour les valets de chambre», riportata da Georg Wilhelm Friedrich Hegel in *La fenomenologia dello spirito*, a cura di Gianluca Garelli, Einaudi, Torino 2008, cap. VI, p. 440.

La citazione alle pp. 46-47 è tratta da *Manuale di Epitteto*, a cura di Pierre Hadot, trad. it. di Angelica Taglia, Einaudi, Torino 2006, p. 143.

La citazione a p. 61 è tratta da *Manuale di Epitteto* cit., n. 38.

La citazione a p. 67 è tratta da Epicuro, *Opere, frammenti, testimonianze*, trad. it. di Ettore Bignone, Laterza, Roma-Bari 2003, p. 36.

Le citazioni alle pp. 73-74 sono tratte da *Manuale di Epitteto* cit., nn. 43 e 47.

La prima citazione a p. 88 è tratta da Baruch Spinoza, *Tractatus Politicus*, a cura di Omero Proietti, trad. fr. di Charles Ramond, Epiméthée - Presses Universitaires de France, Paris 2005, p. 90.

La maledizione a p. 88 è tratta da Steven Nadler, *Baruch Spinoza e l'Olanda del Seicento*, trad. it. di Davide Tarizzo, Einaudi, Torino 2002, pp. 133-34.

La prima citazione a p. 95 è tratta da *Manuale di Epitteto* cit., n. 9.

La seconda citazione a p. 95 è tratta da Epicuro, *Opere, frammenti, testimonianze* cit., libro I, fr. XXIX, p. 89.

La citazione a p. 97 è tratta da Schopenhauer, *L'arte di trattare le donne* cit., pp. 69 e 72.

La citazione a p. 109 è tratta da Blaise Pascal, *Pensieri*, trad. it. di Ugo Bernasconi, Bietti, Milano 1932, par. XVIII, n. 10, p. 162.

Le citazioni a p. 110 sono tratte da Pascal, *Pensieri* [Bernasconi] cit., par. XVIII, n. 1, p. 159 e par. V, nn. 1 e 2, p. 55.

La citazione a p. 114 è tratta da *Manuale di Epitteto* cit., n. 3.

La citazione a p. 116 è tratta da Seneca, *Sull'ira*, in Id., *I dialoghi*, a cura di Renato Laurenti, Laterza, Roma-Bari 1987, par. XXVIII, p. 168.

Le citazioni a p. 117 sono tratte da Baruch Spinoza, *Ethica*, trad. it. di Gaetano Durante, Sansoni, Firenze 1963, pp. 35 e 283.

La frase alle pp. 122, 144 e 157 «Ciò che può la virtú di un uomo non si misura dai suoi sforzi, ma da ciò che fa abitualmente» è una libera traduzione dell'Autrice dall'originale francese di Blaise Pascal «Ce que peut la vertu d'un homme ne se doit pas mesurer par ses efforts, mais par son ordinaire».

La frase «Ciò che può la virtù di un uomo non va misurato dai suoi sforzi, ma dalla sua normalità» a p. 122 è tratta da Blaise Pascal, *Pensieri*, a cura di Adriano Bausola, trad. it. di Adriano Bausola e Remo Tapella, Bompiani, Milano 2000, p. 177.

La citazione a p. 126 è tratta da Galileo Galilei, *Sidereus Nuncius*, a cura di Andrea Battistini, trad. it. di Maria Timpanaro Cardini, Marsilio, Venezia 1993, p. 44.

Le citazioni a p. 133 sono tratte da Aristotele, *La Metafisica*, a cura di Giovanni Reale, Vita e Pensiero, Milano 1993, pp. 409 e 411.

La citazione a p. 134 è tratta da Blaise Pascal, *Pensieri*, trad. it. di Franco De Poli, Rizzoli, Milano 2010, n. 196.

La prima citazione a p. 137 è tratta da Pascal, *Pensieri* [De Poli] cit., nn. 134 e 162.

La seconda citazione a p. 137 è tratta da *Manuale di Epitteto* cit., n. 31.

La citazione a p. 140 è tratta da Pascal, *Pensieri* [Bernasconi] cit., par. XX, n. 8, p. 167.

La citazione a p. 141 è tratta da *Manuale di Epitteto* cit., n. 5.

La citazione a p. 150 è tratta da Aristotele, *L'Etica Nicomachea*, a cura di Armando Carlini, Laterza, Bari 1927, p. 30.

La citazione a p. 153 è tratta da Pascal, *Pensieri* [De Poli] cit., n. 73.

La citazione a p. 161 è tratta da *I frammenti degli Stoici antichi*, a cura di Nicola Festa, vol. I. *Zenone*, Laterza, Bari 1932, p. 62.

La citazione a p. 174 è tratta da *Manuale di Epitteto* cit., n. 7.

Le citazioni alle pp. 176-77 sono tratte da Enrico Bergson, *L'evoluzione creatrice*, trad. it. di Umberto Segre, Dall'Oglio, Milano 1954, pp. 29 e 31.

La citazione a p. 192 è tratta da Pascal, *Pensieri* [De Poli] cit., n. 341.

La prima citazione a p. 205 è tratta da Pascal, *Pensieri* [De Poli] cit., n. 346.

La seconda citazione a p. 205 è tratta da *Manuale di Epitteto* cit., n. 53.1.

La citazione a p. 207 è tratta da Pascal, *Pensieri* [De Poli] cit., n. 241.

La citazione a p. 210 è tratta da *Manuale di Epitteto* cit., n. 41.

La citazione a p. 214 è tratta da David Hume, *La natura umana*, trad. it. e cura di Mario Dal Pra, La Nuova Italia, Firenze 1951, p. 55.

Le citazioni a p. 216 sono tratte da Pascal, *Pensieri* [De Poli] cit., nn. 103 e 108.

La citazione alle pp. 220-21 è tratta da *Manuale di Epitteto* cit., n. 13.

La prima citazione a p. 229 è tratta da Pascal, *Pensieri* [De Poli] cit., n. 74.

La seconda citazione a p. 229 è tratta da Pascal, *Pensieri* [De Poli] cit., n. 162.

La citazione a p. 233 è tratta da *Manuale di Epitteto* cit., n. 18.

La citazione alle pp. 234-35 è tratta da Pascal, *Pensieri* [De Poli] cit., n. 137.

La citazione a p. 238 è tratta da *Manuale di Epitteto* cit., n. 11.

La prima citazione a p. 243 è tratta da Epicuro, *Opere, frammenti, testimonianze* cit., p. 32.

La seconda citazione a p. 243 è tratta da Pascal, *Pensieri* [De Poli] cit., n. 125.

La citazione alle pp. 264 e 266 è tratta da Sant'Agostino, *Le confessioni*, Introduzione, traduzione e note di Carlo Carena, Città Nuova Editrice, Roma 1991, libro X, p. 288.

Indice

Stampato per conto della Casa editrice Einaudi
presso ELCOGRAF S.p.A. - Stabilimento di Cles (Tn)

C.L. 24003

Ristampa				Anno
6	2019	2020	2021	2022